BASTEI
LÜBBE
TASCHENBUCH

Weitere Titel der Autorin:

Die Professorin

Lara Hill

DIE REISE-LEITERIN

Erotischer Roman

BASTEI LÜBBE
TASCHENBUCH

BASTEI LÜBBE TASCHENBUCH
Band 17 493

Dieser Titel ist auch als E-Book erschienen

MIX
Papier aus verantwortungsvollen Quellen
FSC® C083411

Originalausgabe

Titelillustration: © shutterstock/Gabriel Georgescu;
© Nele Schütz Design, München
Umschlaggestaltung: © Nele Schütz Design, München
Satz: Urban SatzKonzept, Düsseldorf
Gesetzt aus der Palatino
Druck und Verarbeitung: CPI books GmbH, Leck – Germany
Printed in Germany
ISBN 978-3-404-17493-5

5 4 3 2 1

Es war einer dieser Abende, an denen man den nahenden Mittsommer schon ahnte. Das Licht des schwindenden Tages hatte die milchige helle Konsistenz, wie es sie nur hoch im Norden gibt, jenes matte Zwielicht, das einen silbrigen Schimmer über die Landschaft legt. Der Himmel war mit einem Hauch von Kupfer überzogen und über der Ostsee lag ein sanftes Glühen.

Lena Blomquist saß auf der Felszunge, die ganz in der Nähe ihres Hauses ins Meer ragte. Sie saß auf *ihrem* Felsen, dort, wo sie als Kind nach einem Streit mit ihrer Schwester geweint, als Teenager ihre ersten Liebeswunden geleckt und später berufliche Probleme gewälzt und gelöst hatte. Diese Klippe war ein besonderer Ort, was an dem Panorama liegen mochte, das sie dem Betrachter bot. Ein endloser Himmel, darunter das weite Meer und über dem Wasser die Möwen, die sich mit ausgebreiteten Schwingen vom Wind tragen ließen, frei und schwerelos. Dieser Anblick klärte den Kopf und weitete das Herz. Er half, Verrücktes wieder in die richtige Position zu bringen.

An diesem Tag hatte Lena jedoch nicht geweint. Mit ihrer Schwester pflegte sie nur noch selten Kontakt und dieser verlief viel zu distanziert, als dass sie sich hätten streiten können. Sie litt auch nicht unter Liebeskummer. Längst hatte sie die Suche nach ihrem Traummann aufgeben. Es gab sie nicht, diese Traummänner, jedenfalls nicht für sie. Entweder waren sie bereits vergeben, Muttersöhnchen oder im Bett alles andere als ein Traum. Nur Frust und Verletzungen, nein, das brauchte sie nicht mehr. Und ihre beruflichen Probleme waren inzwischen auch gelöst. An diesem Abend wollte sie sich hier auf der Klippe nur erholen nach einem langen Tag, an dem sie eine Touristengruppe nach der anderen durch Schloss Gripsholm geführt hatte, und frische Luft tanken. Der sanfte Wind sollte ihr die unzähligen Porträts schwedischer Adeliger und die Fakten über die einzelnen Bauphasen des Schlosses aus dem Kopf wehen.

Lena atmete tief durch und spürte, wie der Geruch von Salz und Jod ihr neue Energie gab. Mit angezogenen Beinen, das Kinn auf den Knien, saß sie da, die Unendlichkeit des Meeres vor sich, den Felsen, der alle Zeiten überdauert hatte, unter sich. Sie lauschte dem leisen Plätschern des Wassers, das wie Musik in ihren Ohren klang. In diese Musik mischten sich jedoch plötzlich andere Töne, die sie aufhorchen ließen. *Dancing Queen* von ABBA.

Erstaunt setzte sie sich aufrecht hin, streckte den Hals und lugte über die Felsklippe hinunter in die kleine Bucht zu ihrer Linken. Dort entdeckte sie zwei Rucksäcke im Sand, einen CD-Player und ein Paar, das sich gerade innig küsste. Normalerweise fanden Touristen kaum den Weg zu diesem Küstenabschnitt, aber diese beiden jungen Leute schienen genau wie sie an diesem Abend die Abgeschiedenheit der Natur gesucht zu haben. Die beiden bewegten sich im Takt der Musik, eng aneinandergeschmiegt, wie aneinander festgewachsen, mit geschlossenen Augen. Auf den ersten Blick erkannte sie, dass da ein Paar tanzte, dessen Herzen genauso im zärtlichen Gleichklang schlugen wie sich ihre Körper miteinander bewegten. Sie schätzte die beiden um die zwanzig. In diesem Alter glaubt man noch an die große Liebe, dachte sie mit verständnisvollem Lächeln.

Das Mädchen löste sich jetzt aus der Umarmung, tanzte

allein weiter, bewegte erotisch ihre Hüften, während es sich mit einer anmutigen Geste das Trägershirt über den Kopf zog. Ihre Brüste waren klein, rund und fest, ihre Taille schmal. Immer noch tanzend öffnete sie den Verschluss ihrer weißen Shorts. Mit kreisenden Beckenbewegungen ließ sie diese an ihren glatten gebräunten Beinen hinuntergleiten, stieg heraus und tanzte nun nackt weiter, mit geschlossenen Augen, halb geöffneten Lippen und Bewegungen, die von Verlangen, Hingabe und Leidenschaft erzählten.

Wow, die Kleine hatte es aber schon richtig drauf, einen Mann anzumachen.

Lena schluckte. Eigentlich hätte sie sich schleunigst zurückziehen müssen, hätte an der anderen Seite der Felszunge hinuntersteigen und zurück zu ihrem Haus gehen sollen. Doch ihr Verstand vermochte nicht, diesen Befehl an ihre Beine weiterzugeben. Wie hypnotisiert kauerte sie in der Felsmulde und konnte ihre Augen nicht von dem Paar abwenden.

Jetzt trat die hübsche Dunkelhaarige an ihren Partner heran, liebkoste seinen freien Oberkörper, leckte seine Brustwarzen und öffnete dabei geschickt den Bund seiner Bermudas. Nun waren beide so, wie Gott sie geschaffen hatte, der attraktive Tänzer unübersehbar erregt. Er zog die junge Frau wieder an sich und küsste sie. Ohne seine Lippen von ihren zu nehmen, hob er sie auf die Arme und trug sie zum Wasser, wo er sie sanft auf den Sand bettete. Er beugte sich über sie. Seine Hände strichen über ihren Bauch, wanderten weiter hinauf zu ihren Brüsten. Er massierte sie, rieb die Spitzen, saugte an ihnen. Dabei schob er seine linke Hand tiefer, fand den Weg zwischen ihre Schenkel. Seine Freundin bäumte ihren Leib seiner Linken entgegen. In diesem Moment glitt eine Welle auf die beiden zu, teilte sich an ihren Füßen und umspülte ihre Körper. Die junge Frau spreizte die Beine, schlang die Arme um den Nacken ihres

Liebhabers und rieb ihre Scham an seiner Hand, intensiv, erkennbar hungrig. Eine neue Welle kam heran, umsprudelte die beiden, zog sich wieder zurück. Der junge Mann legte sich jetzt auf seine Freundin, drang in sie ein, und sie begannen, sich rhythmisch zu bewegen. Längst war die Musik von ABBA verklungen, längst mischten sich in das leise Rauschen der Ostsee Töne höchster Lust. Das Meer umspülte die zuckenden Körper, Welle um Welle. Immer schneller arbeiteten die Liebenden gegen das Wasser an, Tropfen sprühten hoch, Gischt schäumte auf, und als sich das Meer erneut zurückzog, sackten die beiden erschöpft in sich zusammen. Befriedigt und gesättigt. Ineinander verschlungen blieben sie liegen und warteten darauf, dass die Ostsee ihre heißen Körper abkühlen würde.

Lenas Mund fühlte sich strohtrocken an. Sie spürte ein Kribbeln zwischen den Schenkeln. Das Gefühl von Scham breitete sich in ihr aus.

Wie konnte sie nur ... Niemals zuvor hatte sie Leute bei einer solchen Intimität beobachtet. Und niemals wäre sie auf den Gedanken gekommen, dass sie das Zuschauen derart anmachen würde.

Wie ein Dieb, der auf der Hut war, nicht entdeckt zu werden, zog sie sich langsam und geräuschlos aus ihrem Hinterhalt zurück, kletterte an der anderen Seite der Felszunge hinunter und lief auf nackten Füßen landeinwärts. Nach ein paar Metern schirmte ein Birkenwäldchen sie von etwaigen Blicken der Liebenden am Strand ab. Hier zog sie ihre Clogs wieder an. Unangenehm berührt stellte sie beim Gehen fest, wie feucht sie zwischen den Schenkeln war.

Kein Wunder, du hattest auch lange keinen Sex mehr, flüsterte ihr eine Stimme zu.

Ihr Atem hatte sich beschleunigt, ihr Blut kreiste schneller. Sie blieb stehen. Das Zwielicht ließ die Schatten zwischen den

Bäumen wie graue Schleier aussehen, Schleier, die jedoch die sexuellen Bilder in ihrem Kopf nicht verhüllen konnten. Ein paar Mal atmete sie tief durch. Dann ging sie weiter, dabei dämpfte das Moos unter ihren Füßen den Klang ihrer Schritte. Nach ein paar Metern bog sie nach links ab, bahnte sich den Weg an duftenden Himbeer- und Ginstersträuchern vorbei zu der Wiese, über die sie zum Ufer zurückgelangte. Hier verweilte sie wieder ein paar hämmernde Herzschläge lang, auf sicherem, ihr bekanntem Terrain. Noch einmal sah sie zu der Felszunge hinüber, die schräg vor ihr lag und die sie von dem Paar trennte. Dann ging sie quer durch das feuchte Gras auf ihr Haus zu. Nachdem sie sich weit genug von dem Felsen entfernt hatte, legte sie den Rest des Weges am Strand entlang zurück. Sie genoss das kühle Nass an den nackten Füßen, obwohl es ihr immer noch aufgewühltes Gemüt nicht wirklich beruhigen konnte.

Wie konnte ihre Beobachtung nur eine solch verwirrende Wirkung auf sie haben? Sie war alles andere als prüde, empfand sich als moderne Frau, die zu ihren körperlichen Bedürfnissen stand und sie sich auch erfüllte. Aber eine Spannerin …?, fragte sie sich voller Selbstkritik. Verständnislos schüttelte sie den Kopf. Sie blieb stehen. Gedankenverloren folgte ihr Blick einem roten Motorboot, das parallel zum Strand seine Bahn zog. Es kam aus der Richtung, wo die Felszunge lag, nahm jetzt Kurs aufs Ufer und näherte sich rasch. Dabei drosselte sein Fahrer die Geschwindigkeit. Für den Bruchteil einer Sekunde fragte sie sich, ob das Boot zu ihr wollte. Sein Anblick war nichts Ungewohntes für diese Gegend. Viele Einheimische an der Küste besaßen ein solches Verkehrsmittel.

Inzwischen war es so nahe, dass sie das Gesicht des Kapitäns sehen konnte. Sie kannte ihn nicht. Normalerweise hätte sie sich abgewandt und wäre weitergegangen. Doch sie schaute zu ihm hinüber. Und er zu ihr. Als ihr Blick seinen traf, hatte sie das Gefühl, die Welt würde für einen Moment stillstehen. Groß, kräftig, golden gebräunte Haut, blondes Kurzhaar und ein Dreitagebart ... Wie ein Wikinger stand er am Steuer, wie der sprichwörtliche Fels in der Brandung. Und mit dem freien muskulösen Oberkörper höchst erotisch. Er erwiderte ihren Blick, selbst als er das Boot leicht abdrehte, schaute er sie immer noch an. Sie sah, dass er lächelte. Sie lächelte zurück. Der signalrot gestrichene Kahn tuckerte weiter in Richtung Stockholm. Dabei blieb er ziemlich nah an der Küste. Sie konnte erkennen, wie sein Fahrer noch einmal zu ihr zurückschaute, bevor er in der nächsten Bucht, die hinter ihrem Haus lag, verschwand.

Was war denn das gewesen?

Lena griff sich an die Stirn. Eine merkwürdige Begegnung, mit ziemlich merkwürdigen Empfindungen!

Während sie langsam weiterging, suchte sie völlig verwirrt nach einer Erklärung für all diese diffusen Regungen, denen sie keinen Namen geben konnte. Hatte der Liebesakt am Strand sie so sensibel gemacht? Oder war ihr gesunder Verstand durch den anstrengenden Tag einfach nur zu müde, um Körper und Herz Einhalt zu gebieten? Warum sonst sollte sie der Anblick eines ihr völlig Fremden dermaßen aus der Fassung bringen und die Begierde in ihr wecken, sich an diesen Mann zu schmiegen, Haut an Haut?

Lena war froh, als sie zu Hause ankam. Das gelbe Holzhaus mit den weiß abgesetzten Balken und Fenstern lag wie ein Sonnenfleck inmitten einer grünen, bunt blühenden Wiese, die von hohen Rotbuchen bewacht wurde. Am Ende der Wiese hinterm Haus schloss sich ein schmaler Streifen Sandstrand an.

An diesem Abend kam es ihr vor wie eine Schutzburg. Hier konnte sie alles vergessen: all die verborgenen sexuellen Wünsche, alle Fantasien, die die Beobachtung des Pärchens in ihr ausgelöst hatten, wie auch die beunruhigende Begegnung mit dem Bootsfahrer. Die Nacht würde alles mit sich fortnehmen und am nächsten Morgen wäre die Welt wie immer.

Sie stieg die beiden Stufen zu der Holzveranda hoch und wollte gerade die Tür aufstoßen, als ihr Handy klingelte. Der Ton ließ sie zusammenzucken.

Maja ruft an, las sie auf dem Display. Ihre Schwester. Sie lachte kurz auf. Welch ein merkwürdiger Abend.

»Hej, ich bin es.« Obwohl ihre Schwester eine so zierliche Frau war, klang ihre Stimme tief und voll. »Ich habe nicht viel Zeit. Ich wollte dich nur fragen, ob es dir recht ist, wenn ich morgen spontan bei dir vorbeikomme. Ich fliege am Vormittag nach Stockholm. Ein Geschäftstermin. Da ich mir einen Mietwagen nehme, dachte ich ...«

»Ja, klar, ich freue mich«, erwiderte Lena und sie freute sich tatsächlich.

»So gegen drei?«

»Das passt.«

»Dann also bis morgen.« Und da klickte es auch schon in der Leitung.

Kopfschüttelnd sah Lena auf das Handy in ihrer Hand.

Typisch Maja. Immer in Hektik.

Mit Maja Blomquist wehte am nächsten Tag pünktlich um fünfzehn Uhr der Duft der großen weiten Welt in das kleine gelbe Holzhaus am Ostseestrand.

Lena empfing ihre Schwester vor der Haustür. In einem weißen ärmellosen Etuikleid, das ihre weibliche Figur in Szene setzte, auf High Heels und mit einer Laptoptasche unter dem Arm kam Maja auf sie zu. Ihre langen schwarzen Locken – Schneewittchenhaar, wie sie es als Kind immer genannt hatte – waren streng aus dem Gesicht gekämmt und im Nacken zu einem dicken Knoten zusammengefasst. Diese Frisur betonte Majas große samtbraune Augen, lenkte jedoch auch schonungslos den Blick auf die beiden feinen Linien seitlich des sinnlichen Mundes, die sie vor einem Vierteljahr bei ihrer Schwester noch nicht entdeckt hatte.

»Hej.« Mit kühlen Lippen küsste Maja Lena auf beide Wangen. »Wie geht's?«

»Gut.« Lena lächelte ihre ältere Schwester an. Dabei schwappte eine warme Woge durch ihr Herz.

Obwohl sie so unterschiedlich waren wie Geschwister nur sein konnten, freute sie sich, ihre Schwester nach so langer Zeit wiederzusehen. Sie hakte sich bei ihr unter und führte sie ins Haus. Durch den engen Flur gingen sie in die vom Sonnenlicht durchflutete Küche mit den verschrammten taubenblauen Holzmöbeln und dem blank geschrubbten Schiffsparkett, auf dem Maja jetzt stehen blieb und sich umsah.

»Hier ist ja alles noch wie früher«, sagte sie mit hochgezogenen Brauen und deutlich missbilligendem Blick. »Ich dachte, du hättest mal ein bisschen renoviert.«

Lena schluckte pikiert.

»Warum sollte ich?«, fragte sie und zwang sich zu einem herzlichen Lächeln. »Mir gefällt es so, wie es ist. Außerdem habe ich zurzeit nicht das nötige Geld für neue Möbel.«

»Vielleicht hättest du deinen Job als Nachtschwester doch nicht kündigen sollen. Als Studentin verdient man nichts.« Mit strenger Miene schüttelte Maja den Kopf. »Ich verstehe sowieso nicht, wieso man, wenn man gutes Geld verdient und fast dreißig ist, plötzlich studieren will.«

»Okay, du nicht, aber ich bin eben anders als du«, gab Lena knapp zurück, um dann leichthin hinzuzufügen: »Bevor wir mit der Grundsatzdiskussion anfangen, gehen wir am besten erst einmal in die Sonne. Ich habe draußen auf der Terrasse gedeckt.«

Maja folgte ihr durch die weiße Fenstertür.

»Du hast sogar gebacken?«, staunte sie mit Blick auf den Apfelkuchen, der neben einer Vase mit rosafarbenen Gartenrosen stand.

»Das ist doch durchaus angemessen, wenn mich meine einzige Schwester nach ein paar Monaten mal wieder besucht, oder?«

Ihr war nur allzu bewusst, dass Maja bei einem – zugegeben ziemlich hypothetischen – Besuch ihrerseits in Göteborg nicht gebacken hätte. Ihre Schwester war der Prototyp einer Karrierefrau. Sie arbeitete für eine international agierende Werbeagentur, bei der sie eine hohe Position innehatte. Kochen und Backen waren für sie Fremdwörter. Wahrscheinlich die einzigen, deren Bedeutung sie nicht kennt, dachte Lena belustigt.

»Setz dich«, bat sie ihren seltenen Gast. »Der Kaffee ist auch schon fertig.«

Maja stand am Geländer und blickte hinunter aufs Wasser. Flirrend fiel das Sonnenlicht durch das Laub der Buchen und zauberte ein verwobenes Muster auf die Rasenfläche. Das leise Plätschern der Ostsee vermischte sich mit dem allgegenwärtigen Vogelgezwitscher.

»Findest du es nicht zu einsam hier?«, fragte Maja, und drehte sich zu Lena um. »Wenn du schon studierst, solltest du auch in Stockholm wohnen und mit den anderen Studenten die Gamla Stan mit ihren Kneipen und Lokalen genießen.«

»Es sind nur etwa sechzig Kilometer zur Uni«, widersprach

Lena ihr. Das war doch keine Entfernung! »Im Übrigen kenne ich das Leben in der Gamla Stan aus meiner Zeit am Krankenhaus. Die Einsamkeit hier hat mir dabei geholfen, meinen Burnout zu überwinden. Nach fünf Jahren Nachtdienst in der Notaufnahme bin ich Papa wirklich dankbar dafür, dass ich hier wohnen darf.« Sie trat neben ihre Schwester und ließ den Blick übers Wasser gleiten bis hin zu der Linie, wo dessen Blau mit dem des Himmels verschmolz. »Weißt du, die Weite hier und die Stille der Natur haben mir geholfen, mein Leben zu ändern. Nur deshalb kann ich jetzt beruflich neue Wege gehen«, fügte sie nachdenklich hinzu.

»Dolmetscherin«, stellte Maja neben ihr trocken fest.

»Konferenzdolmetscherin«, korrigierte Lena ihre Schwester.

Natürlich wusste sie, dass Maja ihre Entscheidung missbilligte, aber es war schließlich ihr Leben. Und es war ihr Burnout gewesen. Maja kannte keine Schwächen, weder körperliche noch seelische.

Mit einem leisen Seufzer stieß sich Lena vom Geländer ab und setzte sich in einen der Korbsessel.

»Also, ich habe jetzt Hunger«, sagte sie energisch und verteilte den Kuchen auf die beiden Teller.

Maja setzte sich ihr gegenüber, mit Blick in den Garten. Er war eine einzige verwunschene Märchenlandschaft mit üppigen Rosensträuchern in allen Rottönen, lila Rittersporn, blauem Lavendel und weißem Schleierkraut. In seiner Mitte beschützte die ausladende Krone einer mächtigen Buche dieses Paradies, das einem der Bilder von Carl Larsson glich. Maja jedoch schien diese Schönheit gar nicht wahrzunehmen, sondern widmete sich schweigend und mit in sich gekehrtem Blick ihrem Apfelkuchen. Da spürte Lena einen Anflug von Wut in sich aufkommen. Majas Missachtung gegenüber dem alten Ferienhaus ihrer Eltern ärgerte sie. Ja, es verletzte sie.

Immerhin waren sie damals als Kinder hier sehr glücklich gewesen. So viele Erinnerungen an schöne Stunden lebten unter diesem Dach, die für ihre Schwester schon gestorben zu sein schienen.

»Sag mal, erinnerst du dich eigentlich gar nicht mehr daran, dass wir beide hier wunderschöne Wochenenden verbracht haben?« Sie warf Maja einen herausfordernden Blick zu. »Wie wir mit unseren Eltern im Sommer auf dieser Terrasse Krebse gegessen haben? Oder an Weihnachten, wenn alle Räume nach Bratäpfeln und Safranplätzchen geduftet haben?«

Maja sah von ihrem Teller hoch und verdrehte die Augen. »Jetzt werde bitte nicht rührselig. Als Ferienhaus war es okay, aber du bist fast dreißig und lebst hier wie ... wie eine alte Frau, deren Leben bereits vorbei ist.«

»Du spinnst.« Mehr fiel Lena dazu nicht ein.

Die beiden schwiegen eine Weile, aßen weiter, nippten an ihrem Kaffee. Ziemlich frustriert über Majas Verhalten blickte Lena auf die silbrig schimmernde Oberfläche der Ostsee.

Ob Maja auch den kalten Hauch zwischen uns spürt?, fragte sie sich bedrückt.

»Ich habe mich verlobt«, hörte sie da ihre Schwester plötzlich sagen.

Lena ließ die Kuchengabel sinken. »Verlobt?«

Maja lachte belustigt. »Das hast du mir nicht zugetraut. Stimmt's?«

Lena sparte sich eine Antwort darauf. »Mit diesem Autor? Lars ...?« Ihr fiel der Nachname nicht ein, aber vielleicht hatte Maja ihn auch noch nicht erwähnt.

»Genau. Mit Lars.«

»Aber ihr kennt euch doch noch gar nicht so lange.«

»Ein Dreivierteljahr.« Wieder lachte Maja. »Ich fand, es wäre jetzt an der Zeit.«

»Warum?« Verständnislos sah Lena ihre Schwester an.

»Weil jede Frau einen Mann an ihrer Seite haben sollte.«

Jetzt musste Lena lachen. »Das musst du mir erklären. Ich dachte, du bist autark, selbstständig in jeder Hinsicht, eine knallharte Karrierefrau, die ihr eigenes Geld verdient und ihr eigenes Ding macht.«

»Erstens hindert mich Lars nicht daran, und zweitens finde ich es gut, bei gesellschaftlichen Anlässen einen Ehemann an der Seite zu haben. Das gibt mir in meiner Position etwas Solides, etwas Bodenständiges. Und drittens möchte ich Kinder haben.«

»Du willst …?« Lena traute kaum ihren Ohren. Früher war sie immer diejenige von ihnen gewesen, die sich eine Familie gewünscht hatte. Ein gemütliches Zuhause, Ehemann, Kinder und Tiere. Mit diesem Traum hatte sie jedoch inzwischen abgeschlossen. Und jetzt wollte Maja …?

Ihre Schwester zuckte mit den Schultern. »Ich verstehe nicht, warum du so erstaunt bist. Karriere und Familie, das wäre perfekt.«

Ja, genau, wurde Lena plötzlich klar. Beruflicher und privater Erfolg, ein Ehemann, Schwiegereltern, zwei süße Kinderchen, möglichst Mädchen und Junge, komplettierten das Bild, das Maja als Perfektionistin anstrebte.

»Und dein Verlobter, beziehungsweise, dein Ehemann wird dann später für die Kinder da sein?«

»Er ist selbstständig. Er arbeitet zu Hause. Natürlich werden wir eine Hilfe im Haushalt und eine Kinderfrau haben.«

Natürlich … Lena räusperte sich. »Hast du ein Foto von Lars? Dann weiß ich wenigstens schon mal, wie mein zukünftiger Schwager aussieht.«

Maja schüttelte den Kopf und trank einen Schluck.

Das hätte ihr klar sein müssen. Andere Frauen hatten Bilder

von ihrem Liebsten im Portemonnaie, ihre Schwester nur eine Kollektion goldener Kreditkarten.

»Ich schicke dir in den nächsten Tagen eines.« Die frisch Verlobte stand auf und setzte sich in den Schaukelstuhl am Ende der Veranda.

»Weiß Papa schon von deiner Verlobung?«

»Du bist die Erste, der ich es erzähle.«

»Welch eine Ehre. Wann hast du denn das letzte Mal mit Papa telefoniert?«

Lena wusste von ihrem Vater, der seit dem Tod ihrer Mutter vor fünf Jahren auf Mallorca lebte, dass er höchstens alle zwei Monate mit seiner älteren Tochter sprach.

»Das ist schon etwas länger her«, bestätigte ihr Maja, während sie hin und her schaukelte und dabei ein paar Blüten von den Lavendelpflanzen im Blumenkasten abrupfte. »Ich werde ihn aber in den nächsten Tagen anrufen«, fügte sie schnell hinzu.

Lena nickte nur, stand auf und setzte die beiden Teller aufeinander. »Möchtest du noch etwas anderes trinken als Kaffee? Vielleicht ein Glas Weißwein?«

»Nein, danke. Erzähl mal, was gibt es denn Neues hier in Norrtälje? Triffst du schon mal Leute von früher?«

»Klar, beim Einkaufen, aber enge Kontakte habe ich nicht.«

Maja zerrieb die Lavendelblüten zwischen Zeigefinger und Daumen. »Und der schöne Filip?« Maja blickte auf und lachte sie an, irgendwie verzerrt, wie Lena schien, aber vielleicht irrte sie sich auch. Die ganze Unterhaltung mit ihrer Schwester empfand sie als verzerrt und gezwungen. »Hat er immer noch den Ruf des großen Frauenverführers?«

Erstaunt sah sie Maja an. »Filip? Den habe ich seit Jahren nicht mehr gesehen. Wahrscheinlich genauso lange nicht wie du. Ich weiß nur, dass seine Mutter immer noch lebt.«

Maja schaute hinaus aufs Meer. »Hätte ja sein können, dass er immer noch die Frauen unglücklich macht.«

»Das wäre dann das Problem dieser Frauen«, erwiderte Lena trocken.

Wie kam Maja denn jetzt auf Filip Sörensen, den Schwarm aus ihrer Teenagerzeit? Filip war zwölf Jahre älter als ihre Schwester, und als diese sich unsterblich in ihn verliebt hatte, war er schon Kapitän bei einer schwedischen Schifffahrtsgesellschaft. In einer Mittsommernacht hatte sie ihre Unschuld an ihn verloren und danach noch lange gelitten, weil er die Frauen wechselte wie andere ihre Hemden.

Maja wippte weiter und schwieg wieder. Dabei spielten ihre Finger unruhig im Schoß. Schon seit Jahren verbreitete sie eine Unstetigkeit, die Lena nervös machte. Das stellte sie auch jetzt wieder fest. Ihre Schwester hielt die Hände niemals still.

»Lars ist der ruhige Pol in meinem Leben«, sagte Maja, als hätte sie ihre Gedanken erraten.

Der ruhige Pol? Um Maja ruhigzustellen, brauchte es schon eine starke Schlaftablette. Ob ihr Verlobter so langweilig war?

»Es könnte klappen mit uns«, fügte Maja hinzu.

Es könnte klappen … Das hörte sich nun wirklich nach der ganz großen Liebe an, dachte sie voller Ironie.

»Da fällt mir gerade etwas ein«, fuhr ihre Schwester fort und klang wieder ganz engagiert. »Ich kenne jemanden in Stockholm, der Apartments vermietet. Für den Fall, dass du doch mal in die Stadt zurückziehen willst, um näher am Unigeschehen zu sein. Schreib dir die Nummer mal auf. Dag heißt der Typ. Er macht in Immobilien und Restaurants. Wir arbeiten für ihn. Du kannst dich ruhig auf mich berufen.«

Brauche ich nicht, wollte sie schon erwidern, dann jedoch stand sie auf und holte ihr Handy. »Okay, sag mir die Nummer.«

Maja blätterte in ihrem neuesten Smartphone und nannte ihr die Nummer.

»Danke.« Sie wusste jetzt schon, dass sie dieses Angebot niemals in Anspruch nehmen würde. Ihr gefiel es in Norrtälje.

Ihre Schwester schaukelte weiter und rupfte zur Zerstreuung noch ein paar Blütenstängel ab.

Beim dritten Mal werde ich etwas sagen, nahm sich Lena mit aufsteigender Wut vor.

»Übrigens, ich werde vielleicht für ein Jahr unser Büro in New York leiten«, teilte die Karrierefrau ihr nun mit stolzem Lächeln mit. »Das entscheidet sich in Kürze.«

»Und dein Verlobter?«

»Lars begleitet mich natürlich. Er kann überall schreiben, auch in Big Apple.«

»Ich dachte immer, Schriftsteller brauchen Ruhe zum Arbeiten. Rückzugsorte in der Stille der Natur.«

»Er geht mir zuliebe mit. Außerdem will er wahrscheinlich nicht das Risiko eingehen, dass ich im fernen New York einen anderen kennenlerne.«

»Das kann jedem überall passieren«, erwiderte Lena gelassen.

Ihre Schwester sah auf ihre Armbanduhr, natürlich eine goldene.

»Ich muss jetzt los«, sagte sie in gehetztem Tonfall.

»Jetzt schon? Du warst kaum eine Stunde hier.« Lena war enttäuscht. Wie unwichtig musste sie für Maja sein.

»Ich habe heute Abend einen Kundentermin in Stockholm.«

Erst am Abend? Warum bleibt sie dann nicht noch ein bisschen?, fragte sie sich einen Sekundenbruchteil lang.

»Du könntest danach wiederkommen. Dann hätten wir noch ein paar Stunden zusammen«, schlug sie vor. »Du fliegst doch sicher erst morgen früh zurück. Warum willst du in der Stadt im Hotel übernachten, wenn du hier …«

Maja stand auf.

»Lena, du kennst mich doch«, entgegnete sie energisch, um sie dann überraschenderweise in die Arme zu nehmen. »Sei mir nicht böse«, fuhr sie in sanfterem Ton fort, »aber ich halte es auf dem Land einfach nicht aus. Ich bin eben ein Stadtmensch. Ich will noch ein bisschen bummeln, mich unter die Leute …« Maja ließ sie los, drehte sich um und lehnte sich mit verschränkten Armen ans Geländer.

Sie beobachtete ihre Schwester, wie sie auf das silbrig schimmernde Meer hinausblickte. Die Nachmittagssonne malte rötliche Lichter auf Majas Haar und wieder einmal fiel ihr auf, wie wunderschön ihre Schwester war. Ein Schneewittchentyp. In Erinnerung an dieses Kosewort, das sie ihr früher gegeben hatte, lächelte sie traurig vor sich hin.

»Okay, dann fahr jetzt«, sagte sie schließlich und seufzte leise. Während sie die Vase mit den rosa Rosen mit beiden Händen umfasste, wanderte ihr Blick ein wenig hilflos über die gelb gestrichene Fassade des Holzhauses, an der tintenblaue Clematis hochrankten. Sie konnte nicht verstehen, dass Maja für diese schöne Umgebung so blind war. »Ich finde es so schade, dass wir uns nach Mamas Tod höchstens noch dreimal im Jahr sehen«, murmelte sie wie zu sich selbst. »Wenn wir auch sehr unterschiedlich sind, haben wir uns doch immer gut verstanden. Ich meine, als Kinder haben wir uns geliebt.«

Maja drehte sich zu ihr um und kam auf sie zu. Zum ersten Mal in dieser kurzen Stunde besaß ihr Lächeln etwas Weiches.

»Ich hoffe, wir lieben uns auch heute noch. Ich jedenfalls liebe dich genauso wie früher«, sagte sie augenzwinkernd und betont munter im Ton. Sentimentalitäten waren nicht ihre Sache. Dennoch strich sie ihr jetzt einmal kurz über die Wange. »Weißt du, Kleines, was ich glaube? Von uns beiden ist bestimmt eine ein Kuckucksei.«

Da musste Lena lachen und Maja stimmte ein. Sie umarmten sich, und ein paar Lidschläge lang fühlte sich die Jüngere der Älteren wieder ganz nah.

Nachdem Maja weg war, setzte sich Lena wieder auf die Terrasse. Eigentlich hätte sie für ihre Spanischklausur lernen müssen, aber Majas Unruhe hatte auf sie abgefärbt. Jetzt wäre sie in der Stimmung gewesen, zu ihrem Felsen zu wandern und sich den Kopf leer wehen zu lassen. Doch irgendetwas hielt sie davon ab. War es die Befürchtung, dort das Pärchen wieder anzutreffen und daran erinnert zu werden, dass sie gerade sexuell eine Zeit der Dürre durchlebte? Oder noch schlimmer, dass es die große Liebe, deren Suche sie längst aufgegeben hatte, vielleicht doch geben mochte? Verpasste sie vielleicht etwas?

Jetzt reiß dich zusammen, sagte sie sich energisch. Nimm deine Spanischunterlagen und lern.

Entschlossen stand sie auf. Da klingelte das Telefon. Dankbar für die Ablenkung bog sie in den Flur ab.

»Hej, ich bin's, Cleo. Störe ich?«

»Cleo!«, rief Lena voller Freude. »Nein, du störst überhaupt nicht. Im Gegenteil.«

»Im Gegenteil?«

Lena sah ihre Freundin vor sich. Das von rotblondem Lockengespinst umrahmte Gesicht zur verdutzten Miene verzogen, die kurze Nase mit den Sommersprossen gekraust und die blauen Augen weit aufgerissen. Cleo neigte zu extremer Mimik und Gestik, was Lena schon oft zum Lachen gebracht hatte.

»Maja war für knapp eine Stunde hier«, erklärte sie ihr. »Sie ist gerade wieder gefahren.«

Cleo lachte das für sie so typische Lachen, herzhaft und schallend.

»Okay, okay, ich weiß Bescheid. Also, warum ich anrufe. Könntest du morgen in Stockholm eine Touristengruppe aus unserem Hotel in Empfang nehmen und mit den Leuten auf die Schären fahren? Ihnen ein bisschen über unser Land erzählen, na ja, du weißt schon, die übliche Touristenführung durch den Schärengarten.«

Lena hatte Cleo überrascht zugehört. »Warum buchst du für die Leute keine geführte Tour? Es gibt doch so viele Ausflugsschiffe mit Touristenführern an Bord, die alle Sehenswürdigkeiten in mehreren Sprachen erklären.«

»Weil ich für unsere Gäste keinen Platz mehr bekommen habe. Alles ausgebucht. Die Gruppe ist nur eine Woche bei uns. Deutsche, die für ein schwedisches Unternehmen arbeiten und in unserem Hotel eine Tagung haben. Morgen ist ihr freier Tag. Also, Lena, sei so lieb. Ich bin wirklich in Not. Du sprichst perfekt Deutsch, bist Schwedin, siehst aus wie eine typische Schwedin und arbeitest als Reiseführerin. Wer würde besser passen? Falls du morgen in der Uni nicht einen wichtigen Kurs haben solltest ... Bitte, bitte. Ich kümmere mich um das Boot. Du musst nur ein bisschen erzählen und kannst ansonsten die frische Luft genießen.«

Lena seufzte in sich hinein. Dazu hatte sie überhaupt keine Lust, andererseits konnte sie Cleo diese Bitte nicht abschlagen. Dennoch machte sie einen letzten Versuch, die Sache abzubiegen.

»Du sagtest doch gerade, dass alle Schiffe ausgebucht sind.«

»Natürlich nicht alle, nur die mit Touristenführern an Bord.

Und auch nur in der Zeit, in der unsere Gäste wiederum Zeit haben. Papa hat einen Bekannten, der wird euch am Anleger Skeppsbron abholen. Pfahl sechsundvierzig. Das Boot heißt *Matti*.«

»Dort treffe ich die Gruppe?«

»Um zehn Uhr. Sie kommen mit einem unserer Hotelbusse.«

Lena musste lachen. »Das klingt so, als hättest du bereits alles organisiert, ohne zu wissen, ob ich überhaupt einverstanden bin.«

Zwei, drei Atemlängen herrschte tiefes Schweigen in der Leitung. Sie sah ihre Freundin vor sich, wie sich ein koboldhaftes Lächeln auf ihr hübsches Gesicht legte. »Und, hilfst du mir?«

»Ja, ja, ich bin einverstanden. Ich bin ab halb zehn dort. Wie lange soll der Ausflug dauern?«

»Bis abends. Der Bus bringt die Leute um sieben Uhr zum Abendessen zurück zum Hotel. Vielleicht könntest du die Gruppe nach der Schiffstour noch ein bisschen durch die Gamla Stan führen? Die armen Männer sitzen den ganzen Tag in unserem Konferenzraum. Die freuen sich bestimmt, wenn sie mal was anderes sehen.«

»Das auch noch?«

»Papa lässt sich deine Reiseleitung etwas kosten, glaub mir. Und als arme Studentin ...«

Tatsächlich konnte Lena solche Nebeneinkünfte immer gut brauchen. Das Studium finanzierte sie von ihrem Gesparten, das von Semester zu Semester schrumpfte. Für das Wochenendhaus ihres Vaters zahlte sie auch eine kleine Miete, freiwillig, um bei Maja nicht den Eindruck zu erwecken, sie würde sich Vorteile verschaffen wollen.

»Du hast ja recht«, murmelte sie in die Leitung.

Ihrer Freundin musste sie nichts vormachen. Cleo kannte sie besser als ihre Schwester. Das galt für alle Bereiche ihres Lebens.

»Okay, dann mach's gut. Wir telefonieren morgen Abend oder übermorgen, falls es keine Änderungen mehr geben sollte. Und wie gesagt, ich danke dir. Du hast etwas bei mir gut.«

Lena lächelte versonnen. Es war eher umgekehrt. Cleo hatte einiges bei ihr gut, wenn sie allein an ihr Auto dachte, einen alten Volvo, den die Freundin ihr überlassen hatte, ohne dass sie ihn bezahlen musste.

»Ich hab dich lieb«, fügte die Tochter des Besitzers einer der größten Hotelketten Schwedens hinzu, bevor es in der Leitung klickte.

Nach diesem Gespräch fühlte sich Lena gleich viel besser. Cleo Gustafson war unkompliziert, locker und nahm das Leben leicht, ohne oberflächlich zu sein. Sie kannten sich seit ewigen Zeiten, seit ihre Eltern damals das Ferienhaus in Norrtälje gekauft hatten. Maja hatte nie viel mit der lebenslustigen Cleo anfangen können. Vielleicht war sie aber auch nur eifersüchtig gewesen auf die innige Freundschaft zwischen Cleo und Lena. Schon früher hatte Maja ihre Gefühle immer für sich behalten.

Okay, dann würde sie also morgen nach Stockholm fahren und einen Ausflug in den Schärengarten machen, sagte sie sich, während sie wieder ins Freie ging. Als sie auf dem Bootssteg saß, zu dem es schon lange kein Boot mehr gab, sah sie plötzlich wieder den *Wikinger* vor sich. Sie war sich fast sicher, dass er grüne Augen hatte. Oder blaue? Nein, grüne. Blaue Augen hatten die meisten Schweden, und dieser Typ war etwas Besonderes. Die ganze Begegnung war etwas Besonderes gewesen. Wie schön wäre es, wenn er jetzt hier vorbeifahren

würde. Sie würde aufstehen, winken und vielleicht hielt er ja an …

Jetzt reicht es aber!, rief sie sich zur Ordnung und öffnete die Augen. Solche Szenen gab es nur auf der Leinwand. Das wirkliche Leben verlief weit weniger aufregend.

Am nächsten Tag zeigte sich der Himmel über Stockholm in diesem unerhört tiefen Blau, das es nur im Sommer gab. Über den schönen alten Häusern der Stadt lag diese lichte Atmosphäre der Sommertage, die so typisch für Schweden war.

Lena ließ sich Zeit. Sie war ohnehin viel zu früh. In der Nähe des Piers fand sie einen Parkplatz, was einem Wunder gleichkam. Sie schulterte ihre Umhängetasche und schlenderte auf den Kai zu.

Hier dominierten imposante großbürgerliche Häuser das Bild der Stadt, die im achtzehnten und neunzehnten Jahrhundert entstanden waren, prachtvolle historische Gemäuer, hinter deren Fassaden sich heute moderne Bürokomplexe verbargen. Das Wasser im Hafenbecken glitzerte in der Sonne. Zahllose Masten ragten schaukelnd in die Höhe und bildeten ein Muster senkrechter Linien vor dem wolkenlosen Himmel. Von einem Boot namens *Matti* war weit und breit nichts zu sehen.

Sie setzte sich auf die Bank in der Nähe des Treffpunktes und betrachtete das Treiben.

Touristen mit Rucksäcken und bunten Kappen warteten überall am Kai auf ihren Ausflug in die Schärenwelt. Eine Gruppe von Schulkindern drängelte sich lärmend auf der Gangway zu einem der nostalgischen Dampfschiffe, kaum gebändigt durch ihre junge Lehrerin. Mit noch lauterem Kreischen begleiteten die Möwen hinausfahrende und ankommende Boote. Ganz in der Nähe ertönte eine Schiffssirene. Sie klang wie der Ruf zu verlockenden neuen Ufern.

Lena schmeckte die salzige Luft auf ihren Lippen und sehnte sich zurück nach der Ruhe und beschaulichen Stille in Norrtälje.

Ich werde noch zum Einsiedler, dachte sie belustigt, während sie zu dem Kormoran hinüberschaute, der einsam auf dem Bug eines vor sich hin dümpelnden Bootes saß und aufs Meer hinaussah, als würde er von dort jemanden erwarten. Da entdeckte sie das kleine weiße Schiff, auf dessen Rumpf in schwarzen Großbuchstaben *Matti* stand. Sein Kapitän manövrierte es geschickt an den großen Ausflugsdampfern vorbei auf die Mole zu, zu der Anlegestelle für Kleinboote. Sie stand auf und winkte, um auf sich aufmerksam zu machen. Der rotblonde Mann im Führerhaus winkte zurück.

»Frau Blomquist?«, hörte sie da hinter sich eine Männerstimme auf Deutsch fragen.

Sie drehte sich um und sah sich einer Gruppe von Männern unterschiedlichen Alters gegenüber.

»Die Herren aus dem Gustafson-Hotel in Norrtälje?« Sie schenkte ihnen ihr strahlendstes Lächeln.

»Genau die. Frau Gustafson hat uns gesagt, am Kai bei Pfahl sechsundvierzig würde eine schöne Schwedin deutscher Herkunft mit einer roten Umhängetasche auf uns warten.«

Sie lachte. Wie gut, dass sie nur diese eine Umhängetasche besaß, dachte sie nicht ohne Ironie. Sonst hätten sie sich vielleicht verpasst.

»Ich bin Lena Blomquist und für heute Ihre Reiseführerin. Das Boot ist bereits hier.« Sie zeigte auf die *Matti*, die inzwischen angelegt hatte. Der Kapitän mit dem wettergegerbten, freundlichen Gesicht schob gerade die Gangway auf den Kai.

»Dürfen wir an Bord?«, rief sie zu ihm hinüber, woraufhin er eine einladende Geste machte.

»Es gibt den Inneren und den Äußeren Schärengarten«, begann sie auf Deutsch ihren Vortrag, nachdem sie abgelegt hatten. »Viele Stadtteile Stockholms liegen bereits auf einer Skär. Das ist das schwedische Wort für Insel. Die in der Stadt und nahe vor der Stadt liegenden Inseln werden *Innerer Schärengarten* genannt. Den *Äußeren Schärengarten*, in den unsere Fahrt geht, bilden die Inseln, die in der offenen Ostsee liegen. Die meisten sind bewohnt, einige davon sogar Privateigentum. Viele aber sind auch unbewohnt. Insgesamt gibt es ungefähr vierundzwanzigtausend Inseln und Inselchen auf einer Fläche von rund sechstausend Quadratkilometern.«

Während sie sprach, zückten die Männer ihre Smartphones und fotografierten den Inneren Schärengarten, den die *Matti* immer weiter hinter sich liegen ließ. Kurz bevor das Schiff in die Seeschifffahrtsstraße einbog, die Stockholm mit dem Rest der Welt verband, kam ihnen ein Motorboot entgegen. Ein signalrotes Boot. Es flog über das Wasser auf die Stadt zu und hinterließ eine Schneise aus weißer Gischt.

Lena hielt den Atem an. Sie war sich fast sicher, wem das Boot gehörte. Als es auf gleicher Höhe mit der *Matti* war, sah sie sich bestätigt. Am Steuer stand der *Wikinger*. Sein blondes Haar war zerzaust, was ihm ein jungenhaftes, verwegenes Aussehen gab. Er trug eine Sonnenbrille. Der Fahrtwind blähte sein Hemd auf. Und wieder faszinierte sie die ungebändigte Kraft, die er selbst auf diese Entfernung auf sie ausstrahlte. Gebannt starrte sie zu ihm hinüber. Er jedoch hielt den Blick aufs Wasser gerichtet, nahm weder Notiz von der *Matti* noch den Leuten auf ihr. Pfeilschnell schoss das Boot vorbei, jedoch nicht schnell genug, als dass ihr der Name *Louisa* auf der Schiffsflanke entgangen wäre. Mit hämmerndem Herzen sah sie ihm nach. Welch ein Zufall. Doch ihr blieb kaum Zeit, den vielfältigen Empfindungen in ihrem Inneren nachzuspüren. Die *Matti* befand sich jetzt auf der offenen See. In der Ferne tauchten die ersten Schären auf.

»Die Schären, also die Inseln, sind entstanden in den Eiszeiten, als das von Skandinavien und Nordamerika ausgehende Inlandeis die darunterliegenden Gesteinsmassen überströmte und abschliff«, fuhr sie in ihrem Vortrag mit immer noch klopfendem Herzen fort. »Schären können wenige Quadratmeter bis einige Quadratkilometer groß sein. Weitere Schärenlandschaften gibt es in Norwegen, Finnland und Kanada. Die Schären erheben sich selten mehr als fünfzig Meter über das Meer. Je nach Klima und Windverhältnissen sind sie mit Gras, Büschen oder niedrigen Bäumen bewachsen. Oder völlig karg, wie wir jetzt vor uns sehen.«

Sie verstummte.

Ihre Sätze kamen ihr hölzern vor, ohne inneres Engagement, ohne witzige Einlagen, die sie doch eigentlich so gut beherrschte. Sie zeigte nach vorn und hoffte, dass die Insellandschaft die Männer erst einmal in ihren Bann ziehen würde, um ein bisschen Zeit zu gewinnen. Zuerst waren es nur kleine, von Wind und Wellen geschliffene Felserhebungen im Meer, auf die die *Matti* zufuhr. Dann kamen auch größere in Sicht, auf denen sich ochsenblutrote Holzhäuser gegen den Hintergrund schattiger Nadelwälder wie Rubine auf grünem Samt erhoben.

Schließlich wandte sie sich wieder der Reisegruppe zu, um ihre Arbeit zu tun.

»Der Skärgården, so sagt man, gehört zu Stockholm wie der Duft der Maiglöckchen und der Geruch von Bootsfirnis zum heiligen, kurzen schwedischen Sommer«, sprach sie lächelnd weiter. »Die Schären haben auch zahlreiche schwedische

Künstler zu ihren Werken inspiriert wie zum Beispiel August Strindberg zu seinem Roman »Hemsöborna«, Ihnen vielleicht besser unter dem deutschen Titel »Die Leute auf Hemsö«, bekannt. Lassen Sie sich durch die eine oder andere prächtige Sommerresidenz nicht täuschen. Auf den Schären ist längst auch *Otto Normalbürger* zu Hause, den man bei uns in Schweden einfach *den Svensson* nennt.«

»Wie *Müller* oder *Meier* bei uns«, fügte einer der Männer hinzu.

Einige aus der Gruppe stellten Fragen, um dann jedoch bald ihre Aufmerksamkeit auf die schmalen Wasserwege zwischen den Inseln zu richten und auf die wild wachsenden Wiesen, auf denen seltene Blumen in üppiger Pracht blühten. Sie dankte ihren Zuhörern im Stillen, dass sie anscheinend genug von ihrem Vortrag hatten und nun nur die frische Luft und die Aussicht genießen wollten.

Ich muss verrückt sein, sagte sie sich. Wie konnte der Anblick eines durchschnittlich attraktiven Mannes sie nur derart aus der Fassung bringen, dass sie sein Gesicht immer noch vor ihrem inneren Auge sah?

Der *Wikinger* beschäftigte Lena auch noch, als sie längst wieder den festen Boden der Gamla Stan unter den Füßen hatte. Sie führte ihre Reisegruppe durch die kopfsteingepflasterten engen Gassen des mittelalterlichen Stadtkerns und erklärte die Sehenswürdigkeiten.

»Dort hinten liegt das Königliche Schloss. Mit seinen sechshundert Zimmern ist es eines der größten der Welt. Linker Hand ist das Nobelmuseum zu sehen. Es widmet sich den Informationen rund um den Nobelpreis, dessen Grundstein Alfred Nobel legte. Er verfügte in seinem Testament die Einrichtung eines Preises, der aus den Zinsen seines Vermögens finanziert und in den fünf Kategorien Physik, Chemie, Medizin, Literatur und Frieden jährlich vergeben werden sollte. Zum ersten Mal im Jahr 1901.«

Während sie sprach, ertappte sie sich ein paar Mal dabei, Ausschau nach dem Fahrer des roten Motorboots zu halten. Vielleicht bummelte er ja auch gerade hier herum.

Werte es als Zeichen, dass er an dir vorbeigerauscht ist, ohne dich überhaupt wahrzunehmen, befahl sie sich energisch. Solch attraktive Männer sind längst vergeben. Das wusste sie doch inzwischen. Und es sprach nur für ihn, dass er nicht nach anderen Frauen Ausschau hielt. Ihr Eindruck vom vergangenen Abend, er hätte ihr zugelächelt, musste reine Einbildung gewesen sein.

Nach der Führung zerstreute sich die Gruppe für eine Stunde, um auf eigene Faust loszuziehen. Lena setzte sich in eines der Cafés auf der Västeraggatan, der belebtesten Gasse der Altstadt. Kaum hatte sie bestellt, da rief Cleo an.

»Ist alles in Ordnung?«, erkundigte sich ihre Freundin.

»Alles bestens.«

»Hast du heute Abend schon was vor?«

Sie stöhnte leise. »Bitte heute keine zweite Reisegruppe mehr.«

Cleo lachte laut durch die Leitung. »Ich hab an was anderes gedacht. Mir ist nach Abtanzen zumute. Was hältst du davon, wenn ich mit dem Hotelbus komme und wir beide vergnügen uns ein bisschen im Trädgarden? Später können wir dann gemeinsam mit deinem Auto zurückfahren.«

Lena überlegte kurz. Warum eigentlich nicht? Sie hatte nichts vor, war ungebunden und mit Cleo zusammen konnte man immer etwas erleben.

Der Trädgarden war ein im Sommer angesagter Freiluftclub, der im Stadtteil Södermalm unter der Skanstullsbrücke lag. Vom frühen Morgen bis tief in die Nacht bot er Programm. Bouleturniere, Flohmärkte, Kulturelles – und in den hellen Sommernächten verwandelte sich das Freigelände unter der Brücke zu einem kochenden Dancefloor.

Lena liebte Salsa. Vor Jahren hatte sie damit angefangen, und in diesem Jahr wurde er im Trädgarden auf einer der Bühnen getanzt. Hier musste man keinen Tanzpartner mitbringen. Hier fanden sich Gleichgesinnte ganz von selbst zu den lateinamerikanischen Klängen, die den beiden jungen Frauen schon von Weitem entgegenschallten.

»Celia Cruz …« Lena seufzte hingebungsvoll. »Ich liebe sie.«

»Dein Lieblingssong von ihr. Azúcar.« Cleo zwinkerte ihr zu. »Tob dich ruhig aus. Ich hole mir erst einmal einen Caipirinha und warte an der Bar auf dich.«

Skeptisch sah Lena auf ihre weißen Turnschuhe. »Ich weiß nicht.«

»Tanz doch barfuß.«

Warum eigentlich nicht? Entschlossen streifte Lena die Sneakers ab und bahnte sich den Weg zur Bühne. Wie einige andere machte sie zuerst ein paar Shines, eine Schrittkombination, die ohne Partner getanzt wurde und sich zum Aufwärmen eignete. Meistens fand sich dann schnell für jede halbwegs hübsche Frau ein Salsero. Sie hatte nie mehr als nur ein paar Shines tanzen müssen, mit hohen Pumps allerdings. Denn Salsa war ein erotischer Tanz. So war es auch an diesem Abend. Sie fing den Blick eines schwarzhaarigen Mannes auf. Sie schätzte ihn auf Mitte dreißig. Er fiel nicht nur durch seine Attraktivität ins Auge, sondern auch durch sein gepflegtes Äußeres. Sie lächelte zurück und zeigte ihm auf diese Weise, dass sie mit ihm tanzen wollte. Er gefiel ihr. Ja, er gefiel ihr sogar sehr, wenn er auch nicht diese magische Anziehungskraft auf sie ausübte wie der Fremde auf dem roten Boot. Dazu brauchte es einfach mehr, was auch immer dieses *Mehr* sein mochte. Sie hätte es nicht benennen können, aber an den *Wikinger* wollte sie jetzt nicht denken. Ohnehin hatte sie die gestrige Begegnung mit ihm völlig überbewertet.

»Hej.« Jetzt stand der Schwarzhaarige vor ihr, und zwar aus Fleisch und Blut, zum Anfassen. Seine Augen waren dunkel. In ihnen brannte ein Feuer. Sie sandten lockende Signale aus. Seine Stimme klang tief, leicht kratzig, was sie sexy machte, so sexy wie der ganze Mann war. »Möchtest du mit mir tanzen?«

Es gefiel ihr, dass er sie so formvollendet fragte.

»Gern.« Sie sah zu ihm hoch, eindeutig flirtend.

Schon lange hatte sie nicht mehr getanzt, schon lange nicht mehr geflirtet. Es hatte sich einfach nicht ergeben. Auch wenn sie mit diesem Fremden ganz sicherlich nicht ins Bett gehen würde, wollte sie den Tanz mit ihm genießen. Salsa war heiß, war Leidenschaft, war Liebe, war Leben.

Ihr Salsero legte die Hände auf ihre Hüften und sie die Arme um seine Schultern. Bevor sie richtig begannen, machten sie ein paar Grundschritte zum Eintanzen, zum Abschätzen, wie sie miteinander harmonierten. Dann wurde es erotisch. Er zog sie mit dem Rücken an sich heran, fuhr mit den Händen über ihre Oberschenkel und Hüften. Sie ließ ihr Becken gegen seines kreisen, glitt langsam an ihm herunter, bis er sie wieder hochzog und umdrehte. Er nahm ihre Hand in seine, legte die andere wieder an ihre Hüfte und bewegte sie lässig über die Tanzfläche, drehte sie, führte sie. Sie fühlte die Wärme seiner Hand, seinen Blick, der abwechselnd auf ihrem Gesicht und ihrem Busen lag, den ihr eng anliegendes Shirtkleid noch betonte. Sie hörte seinen schneller werdenden Atem und war sich

sicher, dass dieser sich nicht nur durchs Tanzen beschleunigt hatte. Seine Rechte, die bis jetzt brav auf ihrem Rücken gelegen hatte, wanderte tiefer, bis auf die Rundung ihres Pos. Er presste sie an sich. Sie spürte seine Erregung in der hellen Leinenhose, was ihr ein Prickeln im Schritt bescherte. Nun wirbelte er sie, eng an sein hartes Glied gedrückt, über die Tanzfläche. Ihre Becken bewegten sich wie aneinandergewachsen perfekt im Rhythmus der Musik und den Bruchteil einer Sekunde lang gewann sie den Eindruck, sie würden hier vor aller Augen kopulieren. Ihr wurde noch heißer. Begierde flammte in ihr auf. Sie sah ihn an. Seine Augen glühten. Sie war sich sicher, dass sie, wenn sie wie das Pärchen gestern Abend allein in einer der Buchten getanzt hätten, irgendwann auch liegend im Wasser gelandet wären. Wie das Mädchen am Strand seinen Partner gereizt hatte, so forderte auch sie jetzt ihren Salsero heraus, indem sie ihren Oberkörper mit kreisenden Beckenbewegungen zurückfallen ließ. Ihr Tanzpartner reagierte umgehend. Mehrmals bewegte er sich schnell von einer Seite zur anderen, bevor er mit einer Hand eine Linie von ihrem Hals zu ihrem Bauchnabel zog, zwischen ihren Brüsten hindurch, deren Nippel sich bestimmt inzwischen unter dem eng anliegenden, weißen Baumwollstoff abmalten. Egal. Dieser Typ hatte es drauf, eine Frau anzumachen. So intim und erregend hatte sie noch nie mit einem fremden Mann getanzt. Noch nicht einmal Salsa. Dann veränderte sich ihr Schritt, keine Drehung mehr, keine Figuren mehr, die sie von seinem Körper fortführten. Sie blieben aneinandergepresst, Becken an Becken, ihre Brust an seiner. Er bewegte sie perfekt im Rhythmus der heißen Musik. Sie fühlte sich sicher und geborgen in seinen Armen. Er sorgte dafür, dass sie unter den anderen Paaren eine gute Figur machten. Irgendwann entdeckte sie zwischen all den Fremden das erstaunte Gesicht von Cleo, was sie ins Hier und Jetzt zurückholte. Gleichzeitig war der Song zu Ende. Ein wenig atemlos wie auch verwirrt blieb sie stehen. Der Schwarzhaarige sah sie an. Wenn sie sich nicht irrte, mit einem amüsierten Funkeln in den schwarzen Augen. Er wusste, wie sehr er sie erregt hatte. Dessen war sie sich ganz sicher. Es konnte ihm nicht verborgen geblieben sein, wie hingebungsvoll sie in seinen Armen getanzt hatte, wie sie sich hatte führen lassen.

Sie schluckte.

»Ich erlaube mir nur auf der Tanzfläche, dass ein Mann die Führung übernimmt«, sagte sie mit einem feinsinnigen Lächeln und kam sich den Bruchteil einer Sekunde später bereits lächerlich vor. Sie musste sich doch nicht rechtfertigen oder ins rechte Licht rücken. Diesen Typen würde sie wahrscheinlich niemals wiedersehen.

»Und im Bett?« Ernst und sachlich sah er sie an, als hätte er ihr gerade eine Frage zur Bevölkerungsstatistik Schwedens gestellt.

Ihr entfuhr ein kurzer Lacher. Es kam selten vor, dass sie jemand sprachlos machte. Jetzt war sie es. Auch wenn sie mit ihm heiß getanzt hatte, bedeutete das nicht, dass sie mit jedem Salsero gleich darauf ins Bett sprang.

»Ich muss gehen«, sagte sie kühl. »Ich bin nicht allein hier.«

»Sehen wir uns wieder?« Intensiv sahen die Männeraugen sie an. »Hier im Tädgarden oder auf einen Kaffee irgendwo. Bitte …« Er zog eine Visitenkarte aus der Brusttasche seines weißen Leinenhemdes, das trotz des Tanzens einen immer noch angenehmen Duft verströmte. »Ich würde mich freuen, wenn du mich anrufen würdest. Wirklich.«

Zwei, drei Lidschläge lang überlegte sie, ob sie die Karte überhaupt entgegennehmen sollte.

»Danke.« Sie lächelte unverbindlich. »Also dann, ciao.« Mit diesen Worten drehte sie sich um und ging zu Cleo hinüber, die an der Bar saß, fest entschlossen, die Karte gleich zu vernichten.

»Wow.« Ihre Freundin sah sie mit hochgezogenen Brauen an. »Was war denn das?«

Lena winkte ab. »Es hat mir Spaß gemacht, mal wieder Salsa zu tanzen«, entgegnete sie, während sie wieder in ihre Turnschuhe schlüpfte. »Möchtest du hier noch etwas trinken oder wollen wir uns woanders umsehen? Du bist ja nicht so für Salsa.«

»Das sah auch nicht mehr nach Salsa aus.« Cleo lachte ihr tiefes Lachen.

»Komm ...« Sie wollte sich abwenden, als Cleo sie zurückhielt. »Das war Dag Asgard«, sagte sie mit vielsagender Miene. »Ich kenne ihn über meinen Vater. Er macht in Immobilien, Restaurants und Clubs. Dad hat ihm vergangenes Jahr sein Mehrfamilienhaus hier in Stockholm verkauft.«

»Dag Asgard?« Sofort musste Lena an Maja denken, die ihr von einem Dag erzählt hatte, der in der gleichen Branche tätig war. »Gib mir bitte mal mein Handy.«

Cleo griff in ihre Umhängetasche und reichte ihr das Telefon, das Lena ihrer Freundin vor dem Tanzen zur Aufbewahrung gegeben hatte. Sie verglich die Telefonnummer, die sie gespeichert hatte, mit der auf der Karte. »Tatsächlich. Maja hat mir von ihm erzählt. Ihre Werbeagentur arbeitet für ihn.«

»Dag hat in Stockholm einen ziemlichen Ruf. Junggeselle, attraktiv, charmant, vermögend, Mitglied im sündhaft teuren Sportclub, clever und na ja ... Er sammelt Gespielinnen, von denen er sich verwöhnen lässt. Wenn du ihn dir an Land ziehen würdest, könntest du eine schöne Zeit erleben. Er soll sehr großzügig sein.«

»Vielen Dank, ich mache mir meine Zeit lieber selber schön«, erwiderte Lena so frostig, als hätte ihr Dag Asgard gerade ein unmoralisches Angebot gemacht.

Nach diesem aufregenden Auftritt verlief der weitere Abend weniger spannend. Cleo traf ein paar Leute, die Lena auch kannte. Man redete, trank und tanzte. Doch Lena war nicht mehr in Stimmung. Sie sehnte sich danach, allein zu sein, und bald spürte Cleo die Veränderung.

»Fahr ruhig zurück«, flüsterte sie ihr zu. »Ich bleibe hier und lass mich morgen vom Hotelbus abholen.«

»Ich bleibe natürlich auch«, widersprach Lena ihrer Freundin halbherzig.

Da zwinkerte diese ihr verschwörerisch zu. »Du würdest nur stören. Ich glaube, zwischen Gunnar, du weißt, ich habe ihn vor vierzehn Tagen kennengelernt, und mir könnte diese Nacht was laufen. Also, gönn mir den Spaß.«

Sie fühlte sich erleichtert. Natürlich gönnte sie Cleo das Vergnügen. Die Hotelmanagerin genoss das Leben in vollen Zügen, frei und ungehemmt. Sie beschrieb sich *als glücklicher Single mit Affären.*

»Okay, aber melde dich morgen früh bei mir«, bat sie ihre beste Freundin. »Damit ich weiß, dass du unversehrt nach Norrtälje zurückgekommen bist.«

Kaum lag das quirlige Nachtleben der Stadt hinter ihr, trat Lena aufs Gaspedal. Noch war der Himmel von rosigen Lichtstrahlen durchwoben, die die Oberfläche der Ostsee zu ihrer Rechten golden schimmern ließen. Doch schon bald würden auch diese letzten Spuren des Tages verschwunden sein. Eine kurze Nacht würde sich über das Land legen und alles in blautürkis schimmernde Schatten einhüllen.

Lena spürte eine Unruhe in sich, die sie nach Hause trieb. Verwirrende Bedürfnisse nach körperlicher Nähe, nach Sex und Zärtlichkeit nagten an ihr. Ein plötzliches Gefühl von

Bedrohung ihrer geordneten Welt, dessen Ursache sie sich nicht erklären konnte, breitete sich in ihr aus, gepaart mit einer unbändigen Lust, jung sein, leben und lieben zu wollen. Waren dies die Anzeichen einer verfrühten Midlife-Crisis, die manche Frauen kurz vor dem dreißigsten Geburtstag überfiel?

Dag Asgard könnte die Lösung sein, flüsterte ihr da eine Stimme tief im Innern zu. Keine Lösung für die Zukunft, aber eine für diese Lebensphase. Oder gar der *Wikinger?* Nein, der eher nicht. Den würde sie bestimmt nicht mehr sehen. Außerdem war er vielleicht längst in festen Händen einer Frau namens *Louisa*, nach der er das Boot benannt hatte.

Sie presste die Lippen aufeinander.

Warum eigentlich nicht?, sinnierte sie weiter. Dag war bestimmt ein guter Liebhaber. Und mehr wollte sie zurzeit nicht. Nur eine lustvolle Affäre.

Als sie ihren Wagen vor dem Haus parkte, ging ein dunkelgelber Mond über dem Wasser auf und tauchte die Landschaft in magisches Licht. Sie ging zum Ende der Veranda und setzte sich auf die oberste Stufe. Die sachte Bewegung des Meeres klang wie ein leises Atmen. Aus einer der Kronen der Rotbuchen klang der Schrei einer Nachteule zu ihr herüber. Wie viele dieser Sommerabende hatte sie hier schon verbracht, allein, mit sich im Reinen. An diesem Abend jedoch war sie sich selbst fremd, verspürte eine eigenartige Spannung in ihrem Körper, eine Hitze im Schoß wie schon lange nicht mehr.

Ganz leicht öffnete sie die Schenkel und ließ Zeige- und Mittelfinger in den Schritt ihres Slips schlüpfen. Erschrocken zog sie die Luft ein, als sie spürte, wie nass sie schon war. Ihr Nektar hatte den dünnen Stoff bereits durchtränkt, und ihr Finger glitt viel zu leicht in die weit offene Spalte. Sie schloss die Augen, besann sich ganz auf sich selbst. Ihre Finger machten sich selbstständig, fanden ihre Perle, spielten damit, rieben sie.

Sie gab einen gepressten Laut von sich. Eigentlich wollte sie doch etwas ganz anderes. Sie sehnte sich nach einem Mann, nach einem prallen Schwanz, der sie ausfüllte. Sie sehnte sich nach zwei starken Armen, die sie hielten, die sie an einen gestählten Körper pressten, während ein hartes Glied wieder und wieder in sie hineinstieß. Doch alles, was sie hatte, waren ihre Finger, die die prall hervorstehende Perle am Scheitelpunkt ihrer Falten wie besessen rieben. Ihre Hüften begannen zu zucken, ihr Höhepunkt baute sich wie eine riesige Welle in ihr auf, ein letztes unterdrücktes Stöhnen, dann kam sie mit der Gewalt einer Explosion. Sie presste den Hinterkopf an den Verandapfeiler, drückte den Rücken durch und bewegte ihren Unterleib so, als würde sie die heftigen Stöße eines Mannes empfangen. Der Orgasmus schüttelte sie, bis ihr Körper erschlaffte. Danach blieb sie sitzen, legte die Hand, die ihr gerade Lust verschafft hatte, neben sich auf die Stufe und spürte dem Gefühl in sich nach. Ja, sie hatte sich befriedigt. Dennoch fehlte ihr etwas. Immer noch spürte sie ein Begehren, ein Sehnen, das ihre Hände nicht stillen konnten.

Seufzend stand sie auf, stieg aus Kleid und Unterwäsche und ging zum Wasser hinunter, um dieses Gefühl zu ertränken. Als sie nach ein paar Minuten kräftigen Kraulens im kühlen Meer ans Ufer zurückschwamm, wurde es Zeit, ins Bett zu gehen, um den Frust, der jetzt auf sie lauerte, möglichst schnell mit Schlaf zu ersticken.

Am nächsten Morgen erschien Lena die Welt wie frisch poliert. Als die ersten Sonnenstrahlen in ihr Schlafzimmer fielen, sprang sie aus dem Bett. Nackt, wie sie schlief, trat sie nach draußen auf die Terrasse, wo sie sich von der Morgenkühle umwehen ließ. Der Himmel zeigte sich wolkenlos in einem zarten Blau. Über dem Meer kreisten ein paar Möwen auf der Suche nach ihrem Frühstück. Die Luft war klar. Es würde wieder ein schöner Sommertag werden, ein Tag, an dem sie im Dorf einkaufen, für die Spanischprüfung lernen und wieder in sich ruhen würde. Einer der ganz normalen Tage, die Struktur hatten, ein durch sie bestimmtes Programm, an deren Ende sie sagen konnte, es war ein guter Tag gewesen.

Gut gelaunt fuhr sie mit dem Rad in den Ortskern von Norrtälje. An der Straße entlang, die zu dem kleinen Hafen hinunterführte, reihten sich bunte Holzhäuser wie Perlen auf der Schnur. Zwischen ihnen lagen Geschäfte und Lokale. Norrtälje war ein schwedisches Bilderbuchstädtchen, ganz Pippi–Langstrumpf-Idylle. In der Erinnerung an die vielen Geschichten von Astrid Lindgren, die ihre Eltern Maja und ihr vorgelesen hatten, musste sie lächeln. Das ist Schweden, hatte ihre deutsche Mutter gesagt. Eure Heimat. Ja, das ist Schweden, dachte Lena auch jetzt wieder, während sie ihr Fahrrad neben sich her in Richtung Hafen schob. Zwei Fischer, die in mühevoller Kleinarbeit ihr Netz entwirrten, blickten von der Arbeit auf und grüßten, obwohl sie sie nicht kannten. Sie hob die Hand und lächelte ihnen zu. So waren die Leute hier, offen, herzlich und kontaktfreudig. An der Mole blieb sie stehen. Holzboote in Buntstiftfarben und schneeweiße teure Jachten schaukelten einträchtig nebeneinander in der Dünung sanft auf und ab. Möwen flogen kreischend durch die Luft, die nach Salz, Tang und Motoröl roch. Da fiel ihr Blick auf ein Boot, das unter den vertäuten Kähnen besonders hervorstach. Er war signalrot gestrichen und sah mit der weißen Persenning über der Luke dem *ihres Wikingers* täuschend ähnlich. *Louisa* stand in schwarzen Lettern auf der Schiffsflanke. Kein Zweifel, das war das Boot des Fremden, der ihr nicht aus dem Kopf ging.

Ihr dummes Herz wechselte den Rhythmus. Sie bewegte

sich nicht von der Stelle und starrte zu dem unbemannten Schiff hinüber. Was bedeutete es, dass es hier im Hafen von Norrtälje lag? Hatte diese Tatsache überhaupt eine Bedeutung für sie?

»Hej.« Die Männerstimme hinter ihr klang tief und warm. Sie kannte sie nicht, war sich jedoch ganz sicher, dass sie nur dem Kapitän der *Louisa* gehören konnte. Ihr Herzschlag beschleunigte sich noch einmal, während sie sich langsam umdrehte.

Da stand er vor ihr und lächelte. Dieses Lächeln ... Niemals zuvor war sie einem Mann begegnet, der so lächeln konnte, und wenn sie die Macht besessen hätte, die Welt anzuhalten, hätte sie es in diesem Augenblick getan. Nur um dieses Lächeln für immer für sich festzuhalten. Es traf sie mitten ins Herz, genauso wie der Blick aus den Männeraugen. Ja, sie waren grün. Sie hatte es gewusst.

»Hej«, sagte sie mit einer Stimme, die ihr selbst fremd vorkam.

Er trug eine braune Papiertüte, aus der eine Stange Weißbrot herausragte.

»Wir haben uns schon mal gesehen«, sagte der *Wikinger* jetzt. »Vorgestern am Strand.«

Sie nickte. Was sollte sie darauf erwidern? O je, ihr fiel nichts ein, obwohl sie doch sonst nicht auf den Mund gefallen war! Aber von diesem Mann ging eine schwer zu bestimmende, beunruhigende Wirkung aus, und all ihre Sprüche waren vergessen. Sein Naturburschencharme, die Kraft, die er ausstrahlte, dieser eindringliche ernste Blick, als wollte er ihre Seele erforschen ...

»Und gestern«, fiel ihr dann doch ein. »Auf dem Wasser. Im Inneren Schärengarten.«

Er hob die dunkelblonden Brauen.

»Ich saß auf einem der Ausflugsboote und du bist mit deinem an uns vorbeigefahren«, erklärte sie ihm und fügte gleich hinzu: »Dein Boot ist ja nicht zu übersehen.«

Er lachte. Es war ein sympathisches Lachen, dunkel und klangvoll. »Mag sein.« Wieder dieses Lächeln, das sie in seinen Bann zog. »Ich hatte es eilig.«

Sie sahen sich an. Ihre Blicke begannen miteinander zu tanzen. Spannung lag in der Seeluft. Elektrische Schwingungen gingen zwischen ihnen hin und her. In diesen wenigen Augenblicken war sie sich sicher, dass sie sich das nicht einbildete.

Und jetzt?, fragte sie sich mit hämmerndem Herzen. Wie sollte es jetzt weitergehen?

Er löste seinen Blick von ihrem Gesicht und ließ ihn übers Wasser schweifen, als suchte er ebenfalls nach Worten.

»Schön ist es hier«, sagte er schließlich zu ihrer Erleichterung, was sie als Zeichen dafür wertete, dass er ein Gespräch mit ihr beginnen wollte.

Sie gab sich einen Ruck. »Machst du Urlaub hier?«

Er seufzte und sein Blick kehrte zu ihr zurück. Ein Ausdruck von Traurigkeit lag in den grünen Augen. »Leider nicht. Meine Tante ist plötzlich gestorben. Ich bin dabei, ihren Nachlass zu regeln.«

»Oh, das tut mir leid. So etwas ist alles andere als schön.«

»Wir haben uns zwar nur selten gesehen, aber ich habe sie sehr gemocht. Gestern war die Seebestattung.«

Sie nickte. Zu dumm, ihr fiel nichts Passendes darauf ein. Auf ein Thema ums Sterben war sie gerade nicht eingestellt. Ganz im Gegenteil hatte sie das Gefühl, als würde in diesen Sekunden etwas Neues beginnen. Mit klopfendem Herzen stand sie an der Hafenmauer, unsicher und dennoch mit dem sicheren Gefühl, am richtigen Ort zu sein.

»Dieser Behördenkram«, fuhr er fort und schaute wieder aufs Wasser. »Ich war gerade hier bei der Gemeinde. Mir fehlten noch ein paar Unterlagen. Morgen muss ich wieder hin.«

»Hat deine Tante in Norrtälje gelebt?«

Er nickte und sah sie wieder an. »Und du?«

»Ich auch«, erwiderte sie hastig. »Ganz in der Nähe der Stelle, wo wir uns vorgestern Abend gesehen haben. Das kleine gelb gestrichene Haus am Ufer.«

Es konnte nicht schaden, wenn er wusste, wo er sie finden konnte – falls er wollte.

»Ich habe es im Vorbeifahren gesehen.«

Ihre Blicke kreuzten sich, dann sahen sie beide wieder über die Boote hinweg zum Horizont, gleichermaßen verlegen, wie ihr schien.

»Das Boot hat meine Tante mir vererbt«, hörte sie ihn da sagen.

»Hieß sie Louisa?«

Wieder nickte er.

»Übrigens, ich bin Lena«, kam ihr nun spontan über die Lippen.

»Torben.«

Wieder sahen sie sich an und wieder lud sich die Luft zwischen ihnen auf, so kam es ihr zumindest vor. Eine leichte Brise wehte den Duft von sonnenverbrannter Haut und Zedernholz in ihre Nase, Torbens Duft. Er gefiel ihr. Er passte zu ihm. Sein ernster, tiefer Blick, der sich jetzt in ihre Augen bohrte, verursachte einen Strudel in ihrem Innern, der sich bis zu ihren Füßen fortsetzte, sodass sie das Gefühl hatte, etwas würde sie verschlingen. Sie hielt diesem Blick stand, und erst nach einem langen Moment gelang es ihr schließlich, ihren Verstand wieder einzuschalten. Was mochte gerade hinter dieser gebräunten Männerstirn vorgehen? Warum sagte er nichts? Irgendetwas, was die für sie schier unerträgliche Spannung zwischen ihnen löste? Sollte sie es wagen? Sollte sie den ersten Schritt tun? Was konnte sie verlieren? Im schlimmsten Fall würde ihr gesundes Selbstbewusstsein eine Absage verkraften.

All diese Gedanken gingen ihr binnen dem Bruchteil einer Sekunde durch den Kopf, bevor sie auf die Fischbude am Ende der Mauer zeigte. Sie gehörte Ole, der in Norrtälje so etwas wie eine Institution war.

»Ich wollte gerade einen Kaffee trinken.« Mit angehaltenem Atem wartete sie auf Torbens Reaktion. Irgendetwas musste er ja jetzt sagen, wie zum Beispiel: »Dann will ich dich nicht länger aufhalten« oder so.

»Ein Kaffee würde mir nach dem Stress auf dem Gemeindeamt auch guttun«, erwiderte er und schenkte ihr dieses Lächeln, das ihr das Blut schneller durch die Adern laufen ließ. »Warte hier, ich hole uns zwei Becher.«

Er stellte die braune Papiertüte auf das Hafenpflaster und machte sich, ohne ihre Antwort abzuwarten, auf den Weg. Sie sah ihm nach, wie er mit sportlich lässigem Gang zur Fischbude hinüberging. Ganz kurz musste sie an Dag Asgard denken. Auch er war attraktiv, sehr attraktiv sogar und sehr erotisch. Doch irgendetwas hatte ihrem Salsero gefehlt. Dieser Fremde namens Torben kam ihr auf merkwürdige Weise vertraut vor. So, als hätte sie bis heute nur auf ihn gewartet.

Sie beobachtete, wie er mit Ole sprach, bezahlte und auf sie zukam, in jeder Hand einen Pappbecher.

»Netter Kerl«, meinte er zwinkernd.

Jeder im Städtchen mochte den älteren Händler mit der rosigen Haut und den manikürten Händen, dessen blondes Toupet ihm wie ein Hut auf dem Kopf saß.

Sie lachte. »Es gibt nichts und niemanden hier, was Ole nicht wüsste oder den er nicht kennt«, erzählte sie ihm. »Er verkauft nicht nur den besten Fisch, sondern auch alle Neuigkeiten in unserem Städtchen.«

»Gut zu wissen.«

»Danke für den Kaffee.« Sie sah zu ihm hoch und schenkte ihm ihres schönstes Lächeln.

»Bitte.«

Sie tranken.

»Du stammst wahrscheinlich nicht von hier, oder?«, nahm sie das Gespräch wieder auf.

»Leider nicht, aber meine Tante hat mir ein Häuschen auf den Schären vermacht. Es ist sehr schön und wahrscheinlich werde ich jetzt öfter dort sein.«

Ihr Herz machte den sprichwörtlichen Freudensprung. Es bestand also Hoffnung, dass sie sich wiedersahen. Zumindest rein theoretisch.

»Wie eben schon gesagt, war ich gestern noch in den Schären. Ich habe eine Reisegruppe dort hingeführt.«

Erstaunt sah er sie an. »Bist du Reiseführerin?«

Sie nickte. »Ich mache das nur als Job neben meinem Studium, um Geld zu verdienen. Aber es macht großen Spaß. Morgen zum Beispiel habe ich wieder einige Führungen durch Schloss Gripsholm. Falls du Lust hast ...«

»Was studierst du denn?«, erkundigte er sich, ohne auf ihren Wink mit dem unübersehbaren Zaunpfahl einzugehen.

»Sprachen. Französisch, Spanisch und ziemlich halbherzig noch Portugiesisch. Konferenzdolmetscherin, das ist mein Traum.« Sie hatte ziemlich schnell gesprochen, ein wenig atemlos, als würde ihr die Zeit mit ihm davonlaufen. Dann zögerte sie kurz, bevor sie sagte: »Darf ich fragen, was du beruflich machst?«

»Ich bin Journalist. Freischaffend«, fügte er hinzu.

»Interessant.«

Er warf einen Blick auf seine Sportuhr. Ein bedauernder Blick aus den grünen Augen traf sie.

»Ich muss jetzt leider weiterfahren«, sagte er.

»Ich muss noch in Stockholm anhalten.«

»Tja, dann ...« Sie zwang sich zu einem unverbindlichen Lächeln.

Was sollte sie dazu sagen? Sie hatte ihm deutlich genug gezeigt, dass sie Interesse an ihm hatte. Mehr ging nicht. Vielleicht war er ja wirklich in festen Händen und treu.

»Morgen bist du also in Schloss Gripsholm?«

Sie hielt den Atem an. »Nur vormittags«, stellte sie umgehend richtig. Hoffnung schlich sich in ihr Herz, der sie sich jedoch noch nicht ganz öffnen wollte. »Und du bist morgen wieder hier bei der Behörde?«

Er nickte. »Vielleicht ...« Ein Zucken der breiten Schultern folgte. War er etwa schüchtern? Konnte so ein Mann überhaupt schüchtern sein?

Nicht jeder attraktiver Typ ist ein Draufgänger oder Ehebrecher, antwortete eine Stimme in ihr.

»Solltest du auf dem Rückweg an meinem Haus vorbeikommen, kannst du ja mal hupen«, sagte sie und blinzelte ihm fröhlich zu. »Vielleicht habe ich sogar gerade einen guten heißen Kaffee für einen gestressten Behördengänger.«

Er lachte und zwinkerte genauso fröhlich zurück. »Wir werden sehen«, meinte er nur. »Also dann, mach's gut.«

»Du auch. Und danke für den Kaffee.« Sie wendete ihr Rad und ging zurück in Richtung Ortskern, mit Chaos im Herzen und in dem Wissen, dass er ihr nachsah. Dennoch blickte sie sich nicht um.

Einerseits war sie sich sicher, dass sie Torben gefiel. Eine solch starke Anziehung, wie sie sie in seiner Nähe verspürte, war nie einseitig. Andererseits kühlte seine deutliche Zurückhaltung ihr Blut etwas ab. Sie reduzierte ihre Hoffnung, ihn wiederzusehen, beträchtlich. Während sie an den schmucken Vorgärten vorbeiging, wunderte sie sich über … Tja, über was eigentlich?, fragte sie sich. Wie sollte sie diese Empfindung benennen? War es Zuneigung, die sie für diesen ihr völlig fremden Mann empfand? Etwas an ihm brachte eine Saite in ihr zum Klingen, von der sie bisher keine Ahnung gehabt hatte; eine Saite, die sie noch nicht einmal in Worte fassen konnte.

Sie lächelte. Wenige Sekunden lang erlaubte sie sich, sich Hand in Hand mit ihrem *Wikinger* am Strand entlanggehen zu sehen.

Vorsicht, warnte sie sofort die Stimme ihres Verstandes. Jetzt schalt besser ein paar Gänge zurück.

Nachdem Torben das Konto seiner Tante in Stockholm aufgelöst hatte, machte er sich auf den Weg zurück zu der Schäreninsel, die Louisa ihm vererbt hatte. Sie war nur fünftausend Quadratmeter groß und bot im Miniaturformat all das, was die größeren Schären ausmachte – felsige Küste, hohe, vom Seewind gebeutelte Kiefern, blühende Büsche, smaragdgrüne Farne und Teppiche aus Löwenzahn. Hoch oben auf der Klippe lag ein kleines schwedenrotes Holzhaus mit weißer Terrasse.

Auf dieser Terrasse saß Torben jetzt. Sein Blick schweifte über die Schärenlandschaft hinweg in die Richtung, aus der er gekommen war und in die seine Gedanken gingen, zu der Frau, die ihm seit achtundvierzig Stunden nicht mehr aus dem Sinn ging. Niemals hätte er gedacht, dass er sie tatsächlich wiedersehen würde, nachdem sich ihr Bild vorgestern Abend in seinen Kopf gebrannt hatte.

Er war in Norrtälje in Louisas Wohnung gewesen und hatte im Ort noch zu Abend gegessen. Auf der Rückfahrt stand sie am Ufer, blickte aufs Meer, so als hätte sie auf ihn gewartet. Sie war recht groß für eine Frau, schlank und sportlich, mit deutlich weiblichen Formen, die das wellenblaue Kleid umspielte. Das Abendlicht hatte ihr langes glattes Haar silbrig schimmern lassen, und als sein alter Kahn wie von selbst die Nähe des Ufers gesucht hatte, erkannte er, wie schön diese Schwedin war. Sie sah aus wie seine Traumfrau schlechthin. Er liebte diesen nordischen Frauentyp, der Natürlichkeit, Klarheit, Kraft und Unabhängigkeit ausstrahlte. Und diese Frau namens Lena hatte zu alledem auch noch sehr viel Weiblichkeit an sich. Erotisch. Sexy. Atemberaubend. Natürlich hatte er sie an diesem Vormittag im Hafen sofort erkannt, obwohl er sie nur von hinten gesehen und sie das Haar hochgesteckt hatte, was ihrem Gesicht noch mehr Klasse verlieh. Er hätte ihr ausweichen können, hätte umgehend in dem kleinen Geschäft für Anglerbedarf verschwinden können. Stattdessen war er geradewegs auf sie zugegangen, mit klopfendem Herzen. Die kurze Unterhaltung allein hatte ihn darin bestätigt, dass ihr äußeres Erscheinungsbild ihren Charakter widerspiegelte. Natürlich, unkompliziert, hell und klar, selbstbewusst und zugleich weich und weiblich. Diese Lippen, sinnlich, lockend, ihr Lächeln, ihr Duft, den der Seewind in seine Nase geweht hatte, genauso sinnlich. Alles in allem die personifizierte Versuchung. Hinzu kam, dass der Blick aus den großen grauen Augen, deren Iris von einem feinen dunklen Rand eingefasst wurde, eine Ernsthaftigkeit verriet, die er von sich selbst kannte. Keine Frau hatte ihn jemals so im Innersten berührt wie diese. Bedenklich, sehr bedenklich …

Torben seufzte, trank einen Schluck von dem Kaffee, der längst kalt geworden war, schaute wieder aufs Wasser hinaus und lauschte dem Plätschern der Wellen. Verständnislos schüttelte er den Kopf und wünschte sich, all diese Gedanken mit dieser Bewegung wieder loswerden zu können. Verdammt. Das konnte nicht, das durfte nicht sein, dass der bloße Anblick dieser Frau und ein kurzes Gespräch mit ihr ihn derart in ihren Bann zogen.

Wieder trank er einen Schluck, obwohl er in seiner jetzigen Verfassung etwas Stärkeres als Kaffee gebraucht hätte. Dennoch widerstand er der Versuchung, aufzustehen und sich einen Whiskey einzuschenken. Nicht weil er eigentlich noch arbeiten wollte. Nein, vielmehr verspürte er tief in sich den Wunsch, noch einmal in sein Boot zu steigen. Noch konnte er dem Drang widerstehen, aber wie lange noch? Er wusste genau, wie er auf das besondere Abendlicht des Mittsommers reagierte, nicht in der Großstadt, aber hier in der Schärenwelt. Es machte ihn unruhig, setzte das Gefühl von Sehnsucht frei, das er sonst nicht kannte und sich auch gar nicht erlaubt hätte. In der Hektik und dem Lärm der Stadt war kein Platz für solche Empfindungen. Hier jedoch, in diesem Paradies, über dem sich jetzt ein goldener Himmel spannte, im besonderen Zauber der Schärenwelt, spürte er seine innere Unruhe ganz deutlich. Verrückt, völlig verrückt.

Abrupt stand er auf, sah sich unschlüssig um, ging auf der Veranda ein paar Schritte auf und ab. Und dann ... Ja, dann gab er dem Drang in seinem Innern nach.

Er setzte sich in sein Boot und nahm Kurs auf Norrtälje.

Die Begegnung mit ihrem *Wikinger* namens Torben legte Lena den Verdacht nahe, dass auch dieser Tag vielleicht nicht ganz so normal verlaufen würde, wie sie es sich am Morgen gewünscht hatte.

Zu Hause angekommen packte sie ihre Einkäufe weg, räumte Gegenstände von rechts nach links, machte sauber. Ihre

Hände erledigten all diese Arbeiten mechanisch. Ihr Kopf war dabei ganz woanders, bei Torben. Immer und immer wieder rief sie sich die Unterhaltung mit ihm in Erinnerung, jeden Satz, jedes Wort und jeden seiner Blicke. Mehrmals musste sie sich innerlich zur Ordnung rufen, um nicht in Tagträume zu verfallen, die ihr vorgaukelten, diese Begegnung wäre der Beginn einer großen Liebe. Sehr witzig. Erstens gab es die nicht, und zweitens wollte sie eine solche in dieser Phase ihres Lebens auch gar nicht haben. Sie hatte die Nase voll von den Problemen, die unweigerlich mit einer solchen verbunden waren. Unerfüllte Hoffnungen, Verletzungen, Eifersuchtsdramen, Warten darauf, dass sich der Liebste melden würde ... Damit war sie durch. Seit sie nur noch ein bisschen Spaß mit den Männern haben wollte, ging es ihr sehr viel besser.

Nachdem sie am frühen Nachmittag etwas gegessen hatte, zwang sie sich, endlich zu arbeiten. Sie setzte sich mit ihren Studienunterlagen nach draußen in den Garten unter die Buche. Niemand störte sie. Alles war still um sie herum, mit Ausnahme der typischen Geräusche, die zur Natur gehörten. Das leise Murmeln der Wellen am Strand, das Vogelgezwitscher in den Bäumen, hier und da in der Ferne ein Schiffshorn, ansonsten nur das Umschlagen der Seiten und das Kratzen des Stiftes auf dem Papier. Als sie irgendwann aufsah, entdeckte sie, wie schräg die Sonne schon stand. Zufrieden mit sich und geradezu erleichtert darüber, an diesem Tag etwas geschafft zu haben, ließ sie ihre Notizen in den Schoß sinken.

Wie schön es hier draußen war. Die klare Luft, der hohe Himmel, Butterblumen und Gänseblümchen zu ihren Füßen, rosa Phlox, violetter Rittersporn und purpurne Stockmalven auf Augenhöhe und der gesamte Zauber des Sommers um sie herum. Die Abendsonne warf jetzt funkelnde Reflexe aufs Meer, das sie zu rufen schien. Sie folgte diesem Ruf ans Ufer und schlüpfte aus Kleid und Unterwäsche. Mit beiden Händen schöpfte sie Wasser, ließ es über Gesicht und Arme rinnen. Es war ein wunderbar erfrischendes Gefühl, das ihr nach den Arbeitsstunden neue Energie schenkte. Dann griff sie nach ihrer Kleidung und ging, nackt wie sie war, zu ihrem Felsen hinüber. Dabei genoss sie den weichen Wind auf ihrer Haut. Am Ende der Felszunge legte sie den Kopf in den Nacken, ließ ihren Körper ein paar Momente lang von der Sonne bescheinen und sprang dann mit einem gestreckten Kopfsprung in die Ostsee.

Als Torben aus der Bucht kam, sah er das gelbe Holzhaus zu seiner Linken am Ufer liegen. Gleich darauf entdeckte er *sie*. Er hielt den Atem an, drosselte die Geschwindigkeit.

Die schöne Fremde namens Lena stand auf der Felszunge. Völlig reglos verharrte sie dort, wie eine antike Statue, die vollkommen geformten Gliedmaßen vom goldenen Licht der tief stehenden Sonne übergossen. Für ihn sah sie aus wie eine Wassergöttin, aus den Tiefen des Meeres aufgestiegen, um sich den bewundernden Blicken der Sterblichen hinzugeben. In einer anmutigen Bewegung hob sie jetzt die Arme, spannte ihren Körper an und tauchte mit einem perfekten Kopfsprung unter die Wasseroberfläche. Sein Magen flatterte, sein Herz verlor seinen Takt, und ein Gefühl von Angst beschlich ihn. Es war die Angst davor, gleich aus seiner bis jetzt geordneten Welt hinausgeworfen zu werden.

Wie gebannt starrte er aufs Wasser, wartete mit angehaltenem Atem darauf, dass sie wieder auftauchte. Da war sie. Mit kraftvollen ruhigen Bewegungen schwamm sie parallel zum Ufer in seine Richtung. Jetzt galt es. Das war der Matchpoint. Er konnte das Boot wenden und niemals mehr zurückkommen, oder auf diese Frau zufahren. Was dann passieren würde, wusste er.

Torben schaltete den Motor wieder an, der dieses Mal sogar ohne das übliche Murren ansprang. Langsam nahm er Fahrt auf. Er wusste selbst nicht, was ihn dazu trieb. War es Begierde? Abenteuerlust? Oder war es gar ein Erkennen tief in seinem Herzen, dass diese Frau seinem Leben etwas geben konnte, was ihm schon lange fehlte?

Schon nach den ersten Zügen entdeckte Lena das signalrote Boot, das aus der Bucht hinter ihrem Haus herauskam. Zuerst glaubte sie, ihre Fantasie würde ihr einen Streich spielen. Wie oft träumte man davon, einem bestimmten Menschen zu einem bestimmten Zeitpunkt an einem bestimmten Ort zu begegnen und nichts geschah. So eine Begegnung kam eigentlich nur im Märchen vor. Sollte dieses Märchen etwa an diesem Abend Wirklichkeit werden?, fragte sie sich, als sie in regelmäßigen ruhigen Zügen weiterschwamm. Es gab keinen Zweifel, stellte sie dann mit hämmerndem Herzen fest. Torben stand am Steuer. Sie erkannte genau den Moment, als er sie ebenfalls erblickte. Sein Kopf hob sich leicht, er drosselte die Geschwindigkeit. Sie war sich sicher, dass er wegen ihr hier war. Die Behörden in Norrtälje hatten längst geschlossen.

Ihr Herz schlug einen Purzelbaum. Jetzt hob er die Hand, um auf sich aufmerksam zu machen. Als wenn sie sein Boot, knallrot und das einzige weit und breit, noch nicht bemerkt hätte. Sie winkte zurück. In diesem Augenblick fühlte sie sich wie eine Seemannsbraut, die ihren Geliebten nach Monaten der Sehnsucht endlich wiedersah. Idiotisch. Völlig idiotisch. Würde sie davon in einem Roman lesen, empfände sie diese Szene als kitschig und realitätsfremd. Und trotzdem passierte es auch im wirklichen Leben: dieses unerklärliche, jeder Vernunft widersprechende Aufleuchten tief im Innern, das Sichhingezogen-Fühlen zu einem bestimmten Menschen unter all den Milliarden anderen, denen man im Laufe der Lebens begegnete.

Jetzt nahm Torbens Boot Fahrt auf, um ein paar Meter neben ihr anzuhalten, so weit von ihr entfernt, dass sie nicht in sein Fahrwasser geriet.

»Hej!«, rief er zu ihr hinüber.

Sie sah es ihm an. Er freute sich, sie zu sehen. Obwohl sie die Antwort kannte, rief sie zurück:

»Was machst du denn hier?«

»Einen Abendspaziergang.«

Sie musste lachen, während sie mit Armen und Beinen auf der Stelle ruderte.

Nein, es konnte kein Zufall sein, dass er gerade in ihrer Gegend spazieren ging, sagte sie sich. Diese Gewissheit ermutigte sie zu fragen:

»Frischen Kaffee habe ich zu dieser Tageszeit nicht mehr im Angebot, aber wie wäre es mit einem Glas kühlem Weißwein?«

Er schien zu zögern, dann nickte er zu ihrer Erleichterung. »Kann ich an deinem Bootssteg anlegen?«

»Kein Problem. Ich schwimme zur Klippe zurück und komme dann.«

Die unbändige Freude über seinen Besuch ließ Adrenalin in ihr Blut schießen. Sie kraulte zurück, nahm sich gar nicht erst die Zeit, Slip und BH anzuziehen, sondern schlüpfte, nass wie sie war, ins Kleid, dessen dünner Stoff sich wie eine zweite Haut um ihren Körper legte. Sie war sich durchaus bewusst, wie sexy sie so wirken musste. Und genau das wollte sie auch. Sie fühlte sich energiegeladen, übermütig, jung, frei und schön.

So hatte sie sich lange nicht mehr gefühlt, dachte sie, als sie am Strand entlang auf den Bootssteg zulief. Torben hatte inzwischen seinen Kahn vertäut und kam ihr entgegen. Sie verlangsamte ihren Lauf, verfiel in einen ruhigen Schritt. Sie wollte den Moment, in dem sie voreinander stehen würden, so lange wie möglich hinauszögern. Sie ahnte, dass in diesem köstlich aufregenden Moment etwas Neues für sie beginnen würde.

Torben schluckte, als er Lena auf sich zukommen sah. Das blassblaue Kleid, dessen Rock ihre wunderschönen langen, gebräunten Beine umspielte, lenkte seinen Blick auf ihren perfekt geformten Köper. Der nasse Stoff modellierte ihre Brüste; runde, feste, große volle Brüste mit aufgerichteten Knospen, ihre schlanke Taille, den weichen weiblichen Schwung ihrer Hüften, das Dreieck ihres Schritts, die lang gestreckten Muskeln ihrer Oberschenkel, die nicht zu schlank, aber auch nicht zu kräftig waren. Alles genau richtig für seinen Geschmack. Eine wahrlich schöne Frau kam da auf ihn zu, hochgewachsen, mit anmutigen Bewegungen, edel, stolz, höchst erotisch und ihn höchst erregend. Er spürte die Härte seines Geschlechts in seinen dünnen Bermudas und war sich bewusst, dass Lena seine Erregung erkennen musste. Es kam ihm völlig natürlich vor, ja, sogar ganz selbstverständlich, als wären sie Adam und Eva im Paradies, als würden sie sich bereits lange kennen, auch nackt kennen.

Lena schien dies genauso zu sehen. Mit einem unverkrampften Lächeln, das die Sommersonne an diesem Abend für ihn noch einmal aufgehen ließ, blieb sie vor ihm stehen. Dieses Lächeln ging ihm durch und durch. Sie freute sich. Ein frohes Leuchten lag auf ihren Zügen, ihre Augen strahlten. Ein paar pochende Herzschläge lang ließen sie ihn vergessen, wer er war. Und in diesen Augenblicken spürte er den unwiderstehlichen Wunsch, diese Frau in die Arme zu nehmen, ihren herrlichen Körper an seinem zu spüren, sie zu besitzen. Trotzdem war er außerstande zu handeln. Sein leer gefegtes Gehirn befand sich in einer Trance. Gefangen zwischen Wunsch und harter Wirklichkeit konnte er sich nicht entscheiden, in welche Richtung er gehen sollte. Er musste widerstehen, denn er war gebunden. Gleichzeitig wusste er, dass er nicht widerstehen konnte. Der Gefühlscocktail in seinem Herzen setzte Verstand und Willen außer Kraft und seine Haut unter Strom. Nur eine Berührung dieser Frau und er würde der Versuchung nachgeben.

Lena sah zu Torben hoch. Sie konnte sich nicht an seinem Gesicht sattsehen, an der vielleicht etwas zu großen Nase, dem kräftigen Kinn, dem Blick aus seinen grünen Augen, diesen Lippen, feste, volle und sensibel geformte Lippen. Sie spürte einen Einklang mit diesem Mann und fragte sich, wie es nur möglich war, sich in Gegenwart eines Fremden, der zufällig in ihr Leben getreten war, so vollkommen frei und zufrieden zu fühlen. So als wäre sie nach einer langen Reise endlich in einem ihr bekannten und vertrauten Hafen angekommen.

Aus diesem, sie überwältigenden Gefühl heraus hob sie die Hand, um Torbens Gesicht zu berühren. Das erschien ihr völlig normal. In dem Moment, als sie die dunkelblonden Bartstoppeln unter ihren Fingerspitzen fühlte, legte Torben seine Hand auf ihre Wange. Seine Finger tasteten die Konturen ihres Gesichtes ab, berührten ihre Lippen, streichelten ihre Haut. Nichts an diesem Mann verriet Eile. Sein Verhalten erschien ihr als fast träge, als hätten sie den Rest ihres Lebens Zeit füreinander. Er neigte den Kopf. Dann senkten sich seine Lippen auf ihre. Sie waren weich und gleichzeitig fest, so wie sie auch aussahen. Sie fühlten sich an, als wären sie nur für ihre gemacht. Er küsste sie mit sanftem Druck. Die Spitze seiner Zunge zeichnete so leicht wie eine Feder die Form ihrer Unterlippe nach und suchte Einlass in ihren Mund, den sie ihr nur zu gern gewährte. Alles fühlte sich so gut an, so richtig. Torbens Hände lagen an ihrem Hinterkopf, hielten ihn in Position, ließen sie nicht entkommen. Ihre lagen auf seiner Brust, griffen in den Leinenstoff seines Hemdes. Sie suchte Halt, denn sie war gerade dabei, den Boden unter den Füßen zu verlieren.

Torbens Küsse wurden härter, intensiver. Sie entlockten ihr ein Stöhnen, schalteten den Rest ihres sonst so gesunden Menschenverstandes vollends aus. Dieser Mann konnte küssen. Es war der erste perfekte Kuss in ihrem Leben. Jetzt nahm er ihre Lippe zwischen die Zähne und biss nur ganz leicht hinein. Wieder stöhnte sie. Er saugte an der Unterlippe, um den leisen Schmerz abzumildern. Dann schlüpft seine Zunge wieder in ihren Mund, begann erneut ihre zu streicheln, sanfter als zuvor. Er dämpfte die Geräusche ihrer hochschießenden Lust mit seinen Lippen, nahm jedes Stöhnen in sich auf. Sie glaubte, innerlich zu zerfließen. Alles in ihr wurde weich, warm, strömte ihm entgegen. Süße Wellen flossen durch ihren Unterleib. Sie spürte die klebrige Nässe im Schritt und Torbens harten Schwanz an ihrem Venushügel.

»Ach, Lena …« Er sprach leise, sagte ihren Namen ganz behutsam, ließ ihn auf der Zunge zergehen.

Schwang da vielleicht ein trauriger Unterton mit?

Sofort drückte er sie wieder fest an sich und küsste sie weiter. Sie erwiderte seine Leidenschaft und zog ihn dabei auf den Sand. Sie musste ihn spüren, neben sich vom Kopf bis zu den Füßen, auf sich, in sich. Behutsam bettete er sie auf den Sand, legte sich über sie und begann, ihr Kleid aufzuknöpfen. Nachdem er ihre Brüste freigelegt hatte, wanderten seine Küsse vom Hals zu ihnen hinunter. Er knetete und presste sie, nicht zu lasch, aber auch nicht zu fest, drückte sie nach oben und streichelte mit den Daumen ihre harten Warzen. Einen Nippel nahm er in den Mund, saugte sacht an ihm. Den anderen rollte er zwischen Daumen und Zeigefinger, zwirbelte ihn, presste ihn zusammen, jagte dadurch einen süßen Schauer nach dem anderen durch ihren Körper, die sie alle mitten im Zentrum ihrer Lust trafen. Sie schnappte nach Luft. Niemals zuvor hatte ein Mann sie nur mit einer Berührung der Brustwarzen so stark erregt. Torben knabberte und saugte weiter, immer abwechselnd, langsam, intensiv. Hungrig wölbten sich ihre Brüste seinem Mund entgegen, ihr Becken presste sich gegen sein Geschlecht. Sie spreizte die Schenkel, sie wollte ihn in ihrem Schritt spüren. Torben glitt zwischen sie, drückte sich an ihre klitschnasse Spalte, ohne sein Glied aus der Hose zu holen.

»Bitte ...« Sie bettelte förmlich darum, ihn in sich aufnehmen zu dürfen, doch er hörte nicht auf sie, beschäftigte sich stattdessen weiter mit ihren Brüsten, saugte noch stärker, zwirbelte die Warzen noch fester, zog an ihnen, biss in sie hinein. Plötzlich spürte sie ihren Höhepunkt nahen, ohne dass seine Hand bisher ihre Perle berührt hatte. In der Ferne baute sich die erste Welle auf. Vollkommen überrascht, ja, fast erschrocken über diese neue Erfahrung, schnappte sie nach Luft. Noch nie war sie auf diese Weise gekommen.

»Ich komme gleich«, stammelte sie verlegen, griff mit der Rechten nach unten, wollte Torbens Schwanz vom Stoff befreien, doch er wehrte ihre Hand mit seiner eigenen ruhig und entschlossen ab.

»Lass mich bitte ...«, raunte er heiser. Sein Atem ging schwer. Er presste sein steifes Glied an ihre Spalte, zwirbelte an ihren Nippeln, saugte. Die Welle kam näher, wurde höher und höher.

»Bitte, ich bin noch nie so gekommen ...«

In diesem Moment spürte sie wieder seine Zähne an ihrer Knospe und schrie auf. Alles in ihr krampfte sich zusammen. Die erste Welle erfasste sie, die zweite und viele mehr. Sie bäumte sich auf, spreizte die Schenkel so weit sie konnte, brachte ihre nasse Perle in Position, rieb sie an dem Stoff seiner Hose, an der Stelle, unter der sie seine pralle Rute spürte. Ihrem ersten Höhepunkt, der gerade verklingen wollte, folgte noch ein zweiter, ausgelöst durch die Reibung ihrer Klit. Ihr Körper zuckte, ihre Muschi vibrierte, pulsierte, kontrahierte und bei all diesen wahnsinnigen Gefühlen spürte sie Torbens große zärtliche Hände auf ihrem Körper, die sie zärtlich durch diese Orgasmen streichelten.

Als sie schließlich erschöpft zurückfiel, fing er sie auf und bettete ihren Kopf an seine Brust. So blieben sie im Sand liegen, eng aneinandergeschmiegt, bis sie langsam aus dem Nebel, hinter dem sich all ihre Träume, ihre Hoffnungen erfüllt hatten, wieder auftauchte. Sie richtete sich auf, verwirrt und peinlich berührt.

»So etwas ist mir noch nie passiert«, sagte sie mit belegter Stimme. »Wir kennen uns doch gar nicht.« Sie sah in sein Gesicht, auf dem sich wieder dieses besondere Lächeln zeigte, von dem sie sich wünschte, es würde niemals aufhören. Sie hob die Schultern. »Und du?«, fragte sie ratlos. »Du hast ja gar nicht ...«

Er schaute aufs Meer hinaus. »Heute nicht.«

Seine Stimme klang ernst, sein Blick war in sich gekehrt.

»Aber du bist erregt. Immer noch.«

Ganz deutlich konnte sie die beachtliche Wölbung in den Bermudas erkennen.

Ein leichtes Lächeln flog über seine Züge. »Kein Wunder. Du bist eine verdammt aufregende Frau.«

Sein Kompliment traf sie mitten ins Herz, dennoch verunsicherte er sie durch seine Enthaltsamkeit.

»Warum hältst du dich zurück?«, fragte sie sanft und legte ihre Hand auf seinen Schenkel.

Er rückte ein wenig zur Seite und sah sie an. »Ich habe es genossen, dir Freude zu bereiten. Entspannung. Du glaubst gar nicht, wie sehr ich es genossen habe. Deine Erregung, deine Bewegungen, dein Stöhnen, deine wunderschönen Brüste. Du bist Frau durch und durch. Du faszinierst mich.«

War er bisexuell und gerade auf dem Trip, es lieber mit Männern zu treiben? Oder geschlechtskrank und wollte sie nicht anstecken? Oder an eine Frau gebunden, der er sich verpflichtet fühlte? Was alles umfasste für ihn das Wort Sex? Fing für ihn der Sex erst bei der körperlichen Vereinigung an, bei seinem eigenen Orgasmus? Sie wollte ihn fragen, doch dann verbot sie es sich. Sie wollte die Antwort gar nicht wissen.

»Und jetzt?« Sie hörte selbst, wie hilflos sie klang.

Sie saßen hier am Strand, er angezogen und klarer Sinne, sie mit geöffnetem Kleid und innerlich glühend von ihren Orgasmen. Ihre Wäsche lag auf der Klippe, rechts von ihnen stand ihr Haus, wo sein Boot am Steg lag. Und sie musste sich dringend waschen. Das war alles, was sie denken konnte.

Er sah sie an. Ein jungenhaftes Lächeln legte sich auf seine Züge. »Ich meine mich zu erinnern, dass du gesagt hast, du könntest einem Gekenterten einen kühlen Weißwein anbieten?«

Einem Gekenterten? Fühlte er sich so? Er machte nicht den Eindruck eines Mannes, der irgendwo kentern könnte. Ein Wikinger kenterte nicht.

»Eine gute Idee. Komm.« Sie stand auf und knöpfte ihr Kleid zu. »Lass uns gehen.«

Als sie auf ihr Haus zu schlenderten, nahm er ganz selbstverständlich ihre Hand, und einen Moment lang wünschte sie sich, er möge sie niemals mehr loslassen.

Erst der harte und kalte Strahl der Brause brachte Lena ins Hier und Jetzt zurück.

War sie wahnsinnig geworden?, fragte sie sich nun völlig ernüchtert. Während sie die Spuren ihrer Lust wegwusch, saß auf ihrer Terrasse ein ihr völlig fremder Mann, von dem sie nur den Vornamen kannte und wusste, dass er der beste Liebhaber war, den sie je kennengelernt hatte. Wie hatte sie sich nur derart vergessen können? Wie hatte sie nur so geil sein können? Ihrer Schwester wäre so etwas niemals passiert, kam ihr plötzlich mahnend in den Sinn. Auch Cleo nicht, die sexuell doch noch viel freier war als sie.

Machst du Witze?, fragte eine Stimme in ihr. Noch freier? So etwas hätte selbst Cleo nicht fertiggebracht.

Sie schüttelte ihr nasses Haar.

Vielleicht gehörten ja diese kundigen Finger, dieser Mund, diese Zunge, die ihr diesen einzigartigen Höhepunkt beschert hatten, einem Triebtäter, einem sexuell Abartigen, der gleich an den Duschvorhang treten, ihr von hinten den Hals zudrücken und sich an ihr vergehen würde.

Bei dieser Vorstellung erstarrte sie. Vorsichtig lugte sie durch die Vorhangöffnung und stellte beruhigt fest, dass sie allein in dem kleinen Badezimmer war. Noch. Mit zittriger Hand drehte sie den Hahn zu, stieg mit ebenso zitternden Knien aus der Kabine und trocknete sich oberflächlich ab. Dann schlang sie das Handtuch um sich, schlich hinaus und huschte in ihr Schlafzimmer, dessen Tür sie umgehend verriegelte. Hastig schlüpfte sie in Slip, Jeans und einen sackartigen Leinenpullover und band sich das Haar hoch. Sie horchte. Kein Knarren des Holzbodens, keine schleichenden Schritte, nur Musik aus dem Radio, die der laue Abendwind von der Veranda durch das gekippte Fenster an ihr Ohr trug. Torben hatte die Stereoanlage eingeschaltet.

Unschlüssig nagte sie an ihrer Unterlippe. Schließlich sagte sie sich, dass sie nicht ewig hier bleiben konnte. Sie musste sich der Situation stellen: Sie hatte sich von einem ihr wildfremden Mann befriedigen lassen und ihn auch noch zum Wein eingeladen, was allein ja nichts besonders Außergewöhnliches gewesen wäre. Sie war offen, unkonventionell und gastfreundlich erzogen worden. Und wie alle Schweden brachte auch sie den Menschen großes Vertrauen entgegen. Warum kam sie jetzt ausgerechnet bei Torben auf so verrückte Gedanken?

Lena atmete tief durch und schloss die Schlafzimmertür auf.

Das Licht war blasser geworden. Die Sommersonne stand jetzt tiefer und hatte an Kraft verloren. Ein zarter silbergrauer Schleier lag über der Ostsee, der nicht nur die Helligkeit dämpfte, sondern auch die Geräusche. Auf dem Verandatisch standen die Flasche Wein im Kühler und zwei Gläser. Als Lena nach draußen trat, schenkte Torben ihr wieder dieses Lächeln, das alle Verdächtigungen, die sie gerade noch bezüglich seiner Person im Kopf gehabt hatte, wie auf Knopfdruck ausschaltete.

»Ich war so frei und habe das Radio eingeschaltet«, sagte er mit seiner klangvollen Stimme, die warm und tief in ihr Herz drang.

»Alles gut.« Aufmunternd nickte sie ihm zu.

»Darf ich einschenken?« Er zeigte auf die Flasche und die beiden Gläser. »Du siehst, ich habe mich, während du im Bad warst, selbstständig gemacht«, fügte er hinzu, ein wenig verlegen, wie ihr schien. Und wieder mit diesem Lächeln.

Sie lachte kurz, ebenfalls aus Verlegenheit. »Das ist völlig in Ordnung. Ich hatte dich ja eingeladen.« Sie nickte. »Ja, gern, du darfst einschenken.«

Sie setzten sich und stießen miteinander an. Dabei trafen sich ihre Blicke über den Gläserrand hinweg, um sich dann jedoch sofort wieder loszulassen. Lena trank mehrere Schlucke hintereinander, wusste nicht, wohin sie schauen sollte. Ihr war die ganze Situation furchtbar peinlich. Hätte sie mit Torben am Strand geschlafen, schlicht und einfach gebumst, einen Quickie hingelegt aus beiderseitigem sexuellen Bedürfnis, als einmalige spontane Angelegenheit, hätte sie diese Situation ganz anders empfunden. Was sie jedoch gerade erlebt hatte, konnte sie nicht so einfach in ihre bisherigen Erfahrungen einreihen und als One-Night-Stand abtun. Sie hatte mit einigen Männern, mit denen sie nur eine Nacht verbracht hatte, schon wildere, tabulosere Dinge getrieben als sich an den Brüsten stimulieren zu lassen. Dennoch kam ihr Torbens Liebesspiel weit intimer vor als alles, was sie bisher beim Sex erlebt hatte. Ihr war zumute, als hätte Torben sie entjungfert. Er hatte ihre Seele berührt, und das war bisher noch keinem Mann gelungen. Woran mochte das liegen?, überlegte sie, während sie dem Schwanenpärchen zusah, das in ihre Bucht gehörte und sich Seite an Seite von den sachten Wellen der Ostsee wiegen ließ. War sie inzwischen doch bereit oder reif für eine Bindung? Oder ahnte sie tief im Herzen, dass Torben der erste Mann war, mit dem sie eine solche würde führen können?

»Fünf Öre für deine Gedanken«, hörte sie Torben sagen.

Sie lachte ihn an. »Du weißt hoffentlich, dass die 5-Öre-Münze seit einigen Jahren nicht mehr im Umlauf ist.«

»Aber das Sprichwort gibt es noch«, konterte er. »Also?«

Sie biss sich auf die Lippe. »Wenn ich ehrlich sein soll, bin ich verwirrt, erstaunt und völlig durcheinander«, gestand sie ihm.

»Ich auch.« Er sah sie ernst an. »Über mich«, fügte er hinzu.

Sie hielt seinen Blick fest. »Dann gehe ich recht in der Annahme, dass du so etwas nicht alle Tage machst?«, scherzte sie, obwohl ihr diese Frage todernst war.

»Wenn ich genauer werden soll: Heute zum ersten Mal mit einer Frau, die ich kaum kenne.«

»Ich ...« Sie griff sich an die Stirn und schüttelte den Kopf. »Ich weiß auch nicht, wie das passiert ist. So etwas ... völlig verrückt. Niemals hätte ich gedacht ...« Ihr fehlten die Worte.

»Bereust du es?«

Sie lachte verlegen. »Nein.«

»Das wäre auch schade.«

»Aber warum hast du nicht gewollt?« Sie musste es einfach wissen.

»Du bohrst.«

»Ich brauche Klarheit, sonst fühle ich mich nicht wohl. Dunkle Geheimnisse machen mich nicht besonders an.«

»Das gefällt mir an dir. Deine Klarheit. Die strahlst du auch aus.«

»Also ...?« Erwartungsvoll sah sie ihn an.

Torben schwieg jedoch und blickte übers Wasser.

Die beiden weißen Schwäne schwebten jetzt am Himmel, nicht mehr Seite an Seite, sondern mit ein paar Metern Abstand zwischen sich. Jeder für sich allein.

Um Torbens sinnlich geschnittenen Mund legte sich ein Lächeln.

»Wunderschön ist es hier an der Ostküste«, murmelte er wie zu sich selbst. »Das hat meine Mutter immer gesagt, wenn wir Louisa besucht haben.« Sein Lächeln vertiefte sich. »Mein

Vater hat sie damit aufgezogen und behauptet, sie hätte ihn nur wegen der schönen Landschaft geheiratet.«

»Stammt dein Vater von hier?«

»Aus Norrtälje. Er war Louisas Bruder.«

»Hast du auch hier gelebt?«

»Nein, meine Eltern sind schon vor meiner Geburt an die Westküste gezogen, wo ich heute immer noch lebe.«

»Und sie?«

»Sie sind tot. Ein Verkehrsunfall, vor vielen Jahren schon.«

»Das tut mir leid. Waren sie glücklich?«

Wie kam sie denn nur auf eine so persönliche Frage? Torben jedoch beantwortete sie bereitwillig.

»Ja, das waren sie. Soweit ich das beurteilen kann. Was aber nicht daran lag, dass meiner Mutter die Landschaft hier so gut gefiel«, fügte er lächelnd hinzu. »Sie haben sich aufrichtig geliebt.«

Sie schwieg, fühlte sich seltsam berührt. Torben schwieg ebenso, schickte seinen Blick in die Weite, während sie der Musik aus dem Radio zuhörten. Irgendeinem sentimentalen Liebessong. Verstohlen betrachtete sie ihn.

Er besaß diese spezielle Anziehungskraft, die sie bei Männern mochte. Entweder hatte jemand sie, oder nicht. Und Torben besaß davon mehr, als ihr lieb war.

Er räusperte sich, trank das Glas aus und stand abrupt auf.

»Ich muss los.«

»Nein.« Sie fühlte sich wie vor den Kopf geschlagen. »Du kannst doch jetzt nicht einfach gehen. Bitte ...« Sie ging um den Tisch herum, stellte sich vor ihn und hob die Hand. Schon einmal – vor vielleicht einer halben Stunde, mehreren Stunden oder einer Ewigkeit? – hatte ihn diese Geste dazu gebracht, sie zu berühren. Sie nahm sein Gesicht in beide Hände. »Bitte, bleib noch«, bat sie ihn.

Stocksteif blieb er stehen, rührte sich nicht. Doch sie ließ sich nicht beirren. Sie spürte, nein, sie wusste einfach, dass er sie nicht ablehnte, dass er sich nach der körperlichen Nähe zu ihr sehnte – was immer ihn auch davon abhalten mochte, auf sie zuzugehen. Sie nahm seine Arme, legte sie um sich, und als diese sie dann fest an seinen Köper zogen, nahm sie sein Gesicht wieder in beide Hände und küsste ihn. Mit großer Hingabe berührten ihre Lippen seine. Ihre Zunge begann mit seiner zu spielen, unendlich zärtlich. Sie ließ sie über seine so sinnliche Unterlippe gleiten, um sie dann wieder mit seiner zu vereinigen. Dabei öffneten ihre Finger ganz langsam die obersten Knöpfe seines Hemdes. Ihr Mund küsste sich den Weg über seinen Hals zu seinen Brustmuskeln, liebkoste seine Nippel, winzige harte Knöpfe, knabberte zart an ihnen. Sie spürte, wie Torbens Hände über ihren Rücken strichen, ihren Nacken streichelten, was ihr eine wohlige Gänsehaut bescherte. Sie ging in die Hocke, ließ dabei auch ihre Lippen tiefer gleiten. Sie folgten ihrer Hand, die die Bermudas samt Boxershorts hinunterzog und zur Seite warf. Torbens hartes, aufrecht ragendes Geschlecht war das schönste, das sie je gesehen hatte. Sie umfasste es mit beiden Händen und bewunderte andächtig dieses perfekte Exemplar von Männlichkeit. Dann erst nahm sie aufreizend langsam seine glänzende Eichel in den Mund. Torben stöhnte, während sie ihre Zunge um sie spielen ließ. Seine Hände griffen in ihr immer noch feuchtes Haar, streichelten über ihren Kopf, über ihre Wangen, während sie ihre Finger fest um die Wurzel seines Schwanzes legte und mit flacher Zunge an dessen Schaft entlangleckte. Torbens Stöhnen wurde lauter. Er packte ihren Kopf fester. Ihre Zunge fand den Weg zurück zu der prallen purpurfarbenen Spitze. Sie saugte leicht an ihr und hörte, wie sein Atem schwerer wurde. Dann übernahm er das Kommando. Er zog sie hoch, hob sie in einer einzigen Bewegung auf die Arme und trug sie ins Wohnzimmer. Dort legte er sie auf den Teppich, streifte ihr den Pullover über den Kopf, öffnete den Reißverschluss ihrer Jeans. Mit rotierenden Beckenbewegungen half sie ihm, sie abzustreifen. Jetzt lag sie nackt neben ihm. Er trug nur noch das geöffnete Leinenhemd. Sie hob den Oberkörper, schmiegte ihre entblößte Brust an seine. Der Hautkontakt ließ sie erschauern. Ihre Vagina war wieder klitschnass. Ihr entstieg ein süßer vanilleartiger Duft, eine Mischung aus der Waschlotion und ihrer Erregung. Er törnte sie selbst an. Torben stützte sich auf den Ellbogen und betrachtete ihren Körper wie ein Kunstwerk. Um seine Lippen spielte ein entrücktes Lächeln, seine Rechte folgte der Linie ihrer Taille, ihrer Hüfte, ihres Oberschenkels, streichelten ihren Fuß, um sich an der Innenseite des Beines auf den Weg zu ihrem nassen Schoß zu machen, wo er sie bewegungslos liegen ließ. Sie schloss die Augen. Das Blut in ihren geschwollenen Schamlippen pochte, ihre Klitoris brannte, ihre Vagina lechzte danach, endlich ausgefüllt zu werden. Sie hungerte nach diesem dicken, harten Schwanz, der allein schon durch seine wunderbare Form größte Lust versprach. Sie spreizte die Beine, hob das Becken an, um ihn in ihre feuchte Spalte zu locken.

»Bitte …«, flehte sie. Sie brauchte keine weitere Stimulation. Sie wollte Torben jetzt nur noch in sich spüren.

»Du bist so schön«, flüsterte er und küsste sie auf den Mund, die Lider, die Stirn.

»Bitte … ich brauche dich jetzt.«

Da endlich legte er sich auf sie und drang sanft in sie ein. Er brauchte dazu keine Hand, um seine Rute in Position zu bringen. Ganz von selbst glitt sie in ihre klebrige Nässe und füllte ihre Vagina gänzlich aus. Sie seufzte zufrieden, ja, glücklich. Er verharrte in ihr, küsste ihren Hals, ihre Lippen, ließ seine Zunge in ihren Mund gleiten, streichelte dabei ihre Wangen.

Erst nach einer wohligen Ewigkeit begann er, sich in ihr zu bewegen. Sein Schwanz liebkoste sie, klopfte an ihrem G-Punkt an, sein Schamhügel massierte die Perle am Scheitelpunkt ihrer Falten. Alles passte so genau, war genau an den richtigen Stellen.

»Ja …« Sie stöhnte, seufzte und schnurrte. Sie streichelte seinen nackten Rücken unter dem Leinen, umfasste seine strammen Pobacken, drückte ihn noch tiefer in sich. Sie öffnete sich ihm, seinen Augen, die ihren Blick festhielten, seinen Händen, die ihren Körper streichelten, seinem Schwanz, der Unglaubliches mit ihr anstellte. Dieser Mann liebte sie sanft, nahm sich Zeit. Jedes Stück Haut von ihr, das er berührte, während er sich in ihr bewegte, verwandelte sich in flüssige Glut. Sie glaubte, in diesen muskulösen Männerarmen vergehen zu müssen. Seine Finger begannen, ihre Brustwarzen zu zwirbeln und schickten Lustblitze in ihren Unterleib. »Ja …« Sie bewegte sich schneller, musste sich einfach schneller bewegen. Er passte sich ihrem Tempo an, wobei seine Lippen nicht eine Sekunde ihre verließen und er nicht aufhörte, ihr Gesicht zu streicheln. Sie verschmolzen miteinander im gleichen Rhythmus, in einem verdammt erregenden Rhythmus, der sie in ihrer Lust immer höher katapultierte. Sie atmeten die gleiche Luft, tranken den Atem des anderen. Um sie herum zirpte der Abend, die Ostsee murmelte sich in den Schlaf, eine milde Brise strich über ihre Körper. Das alles nahm Lena nur wie durch einen Schleier wahr. Wirklich und greifbar war für sie nur dieser Mann auf ihr, in ihr. Sie öffnete die Lider und schaute in seine grünen Augen. In diesem Moment war ihr, als würden sich ihre Seelen miteinander verbinden. Das war nicht mehr nur geiler Sex. Das war mehr.

»Ich komme …«, flüsterte sie atemlos. »Fester bitte …«

Da fasste er nach ihren Händen, legte sie über ihren Kopf

und verschränkte seine Finger mit ihren. Seine Stöße wurden härter, gingen noch tiefer. Sein Schwanz rieb ihren G-Punkt, seine Hoden drückten sich an ihren Damm. Und dann murmelte er ihren Namen, in dem Moment, in dem er kam, in dem auch sie kam. Sein Glied pumpte in ihr, ihre Pussy zuckte, massierte seinen Schwanz und entlockte Torbens sinnlichem Mund Töne höchster Lust, die mit ihren eine harmonische Musik ergaben.

Ihre Bewegungen wurden langsamer. Torben blieb auf ihr liegen, sie hielt ihn fest umschlungen. Ihre Lippen spielten miteinander, müde, aber doch nicht zu müde, um sich gegenseitig zu gestehen, wie wohl sie sich miteinander fühlten. Dann begannen sie beide zu lächeln.

»Lena.« Torbens Stimme klang leise an ihr Ohr, bevor er die Hände neben ihren Kopf legte und sich aufstemmte, sodass er ihr in die Augen sehen konnte. Er lächelte sie an. Wenn sie sich nicht erst vor Kurzem kennengelernt hätten, wäre sie sicher gewesen, in seinen Augen eine Liebeserklärung zu lesen.

Kurze Zeit später fuhr Torben.

»In der Dunkelheit könnte es zu gefährlich sein auf der Schifffahrtsstraße bei Stockholm. Die muss ich kreuzen«, erklärte er ihr.

Unten am Strand war es kühler geworden. Dennoch wartete sie in ihrem dünnen kurzen Kaftan, bis das Licht seines Bootes hinter der Bucht verschwunden war. Dann ging sie am Wasser entlang zu ihrem Felsen. Die Sonne war längst im Meer versunken, in der Ferne lag die Schärenwelt in rosigen Nebel gehüllt. Jetzt war nur noch ein Streifen leuchtend pinkfarbenes Licht am Horizont zu sehen. Sie setzte sich hoch oben auf die Klippe, satt und zufrieden. Sie hatte gerade den besten Liebhaber verabschiedet, den sie jemals gehabt hatte. Und sie war sich sicher, dass sie ihn wiedersehen würde. Es konnte nur so sein. Dafür brauchte es keine ausgesprochene verbindliche Verabredung.

Trotz ihrer inneren Zufriedenheit fand Lena in dieser Nacht keinen ruhigen Schlaf. Sie wälzte sich von rechts nach links und wieder zurück und stand am Morgen viel früher auf als sonst. Unausgeschlafen und innerlich seltsam angespannt trat sie ans Schlafzimmerfenster.

Der Morgen ließ den Horizont langsam hervortreten. Heller Nebel waberte über den Boden. Über ihm erhoben sich die Silhouetten der Bäume. Die Konturen der Landschaft waren noch verwischt. Bleigrau und nahezu vollkommen ruhig lag die Ostsee vor ihr. Seeschwalben zogen über die Wasseroberfläche, auf der Suche nach ihrem Frühstück. Fast wirkte es, als schliefe die Zeit noch und der Tag wäre noch nicht bereit, sich den Ereignissen, die er bringen würde, zu stellen.

Sie straffte sich energisch. Nein, von dieser merkwürdigen Morgenstimmung, die sie eher dämpfte als erfrischte, wollte sie sich nicht einfangen lassen. Im Gegenteil. An diesem Tag würde sie vielleicht Torben wiedersehen. Eigentlich rechnete sie ganz fest mit seinem Besuch. Nach dem vergangenen Abend ... Wow, solch einen Sex hatte sie noch nie gehabt. Und wenn sie sich nicht gänzlich täuschte, hatte Torben das genauso empfunden. Außerdem hatte er ja wieder in Norrtälje etwas zu erledigen. Hoffentlich würde er sich daran erinnern, dass sie vormittags arbeiten musste. Bestimmt. Das Erlebnis mit ihr konnte nicht ohne Wirkung auf ihn geblieben sein. Sicher wollte er sie genauso gern wiedersehen wie sie ihn.

Nach diesem inneren Zwiegespräch fühlte sich Lena bereit, den Tag guten Mutes zu beginnen.

Die Führungen durch Schloss Gripsholm kamen ihr kurzweilig vor, was auch daran lag, dass sie gute Laune hatte und den einen oder anderen Scherz einflocht, der die Leute zum Lachen brachte. Als sie auf dem Schlossparkplatz in ihr Auto stieg, erfreute sie sich an dem fürstlichen Trinkgeld, das sie von den Reisegruppen bekommen hatte. An diesem Tag beeilte sie sich besonders, schnell nach Hause zu kommen. Kaum hatte sie geduscht und eines ihrer hübschesten Kleider angezogen, ein hellblaues aus luftig leichtem Stoff, das ihre Figur verführerisch umspielte, hörte sie einen Wagen vorfahren.

Torben? Dieses Mal mit dem Auto?

Rasch lockerte sie ihr Haar auf und lief barfuß durch den Flur auf die Haustür zu. Als sie sie öffnete, stand Cleo vor ihr. Sie sah ihre Freundin an, nicht gerade einladend, wie sie wusste.

»Ich sehe schon, ich komme ungelegen«, sagte Cleo auch sofort. »Musst du weg? Du siehst so aus, als hättest du eine Verabredung.«

Plötzlich kam sie sich albern vor. Sie führte sich tatsächlich so auf, als wäre sie mit Torben fest verabredet. Dabei hatten sie beide kein Wort darüber verloren, ob sie sich überhaupt wiedersehen würden.

»Ich ...« Sie zögerte. »Nein, ich muss nicht weg. Ich habe nur gerade geduscht«, redete sie sich erst einmal heraus und fügte hinzu: »Ich war bis eben in Gripsholm.«

Cleos Blick bekam einen prüfenden Ausdruck. »Dann bekomme ich also einen Kaffee bei dir?«

Es kam häufig vor, dass ihre Freundin spontan bei ihr vorbeikam. Das Gustafson-Hotel lag nur wenige Kilometer von ihrem Haus entfernt. Sie freute sich immer über ihre Besuche, denn Cleo brachte stets gute Laune und Abwechslung mit. Dann tranken sie Kaffee oder ein Glas Wein und plauderten eine Weile. Danach arbeitete sie weiter. Heute jedoch war alles anders. Heute freute sie sich nicht. Vielmehr befürchtete sie, Torben könnte an ihrem Haus vorbeifahren, wenn er vom Wasser aus ein Auto vor ihrer Tür stehen sah. Hoffentlich hält er trotzdem an, dachte sie nervös, während sie sich anschickte, Kaffee aufzubrühen.

»Ich bin gekommen, weil ich dir unbedingt etwas erzählen muss«, hörte sie die Stimme ihrer Freundin hinter sich.

Sie drehte sich um. »Was denn?«

Cleos Miene verkündete etwas Gutes. Etwas sehr Gutes. Die Sommersprossen auf der kurzen Nase tanzten, die blauen Augen funkelten vor Vergnügen.

»Ich soll dich ganz herzlich grüßen«, verkündete die Hotelmanagerin in feierlichem Ton.

Lena schluckte und goss den Kaffee so rasch in die beiden Becher, dass er überlief.

»Ja?« Ihre Frage klang nicht besonders interessiert. Das hörte sie selbst.

»Rate mal, von wem.«

»Cleo, jetzt sag schon.«

»Hoppla, du bist aber nervös heute«, erwiderte ihre Freundin hörbar pikiert.

»Nein, bin ich nicht«, widersprach sie ihr nun etwas sanfter. »Tut mir leid.« Sie brachte ein Lächeln zustande und warf dabei einen kurzen Blick aus dem Küchenfenster. Weit und breit kein rotes Boot. Sie seufzte und sah Cleo an. »Also, wer lässt mich grüßen?«

»Das sage ich dir draußen.« Ihre Freundin bemächtigte sich der beiden Becher und ging auf die Terrasse, wo sie sich in einen der Korbsessel fallen ließ.

Lena setzte sich ihr gegenüber, so, dass sie das Wasser im Auge hatte, und zwar in Richtung Norrtälje.

»Dag Asgard.«

Lena hielt inne. Fast hätte sie gefragt, wer Dag Asgard war, doch dann fiel es ihr natürlich ein.

»Dag Asgard?«, wiederholte sie, um Zeit zu gewinnen. Obwohl sie erst vor Kurzem mit ihm einen heißen Salsa getanzt hatte, war er nicht mehr in ihrem Kopf. Fast fühlte es sich so an, als hätte sie ihn in einem anderen Leben kennengelernt, in einem Leben, in dem es Torben noch nicht gegeben hatte.

»Hallo?« Cleo beugte sich vor und schnippte mit den Fingern. »Sag mal, bist du überhaupt hier?«

Sie lachte kurz auf. »Klar, das siehst du doch. Also, erzähl mal, was hat denn der schöne Salsero gesagt?«

Wieder ein prüfender Blick aus den kugelrunden blitzblauen Augen. Ein Blick, der auch Skepsis ausdrückte.

»Ich soll dich grüßen«, wiederholte Cleo, jedoch weit weniger begeistert als gerade noch, »und dir ausrichten, dass er sich freuen würde, wenn du von seiner Visitenkarte Gebrauch machen würdest. Er möchte dich wiedersehen.«

»Wo hast du ihn denn getroffen?«, erkundigte Lena sich.

»Nicht getroffen, wir haben telefoniert. Ich hatte geschäftlich mit ihm zu tun. Mein Vater hatte mich gebeten, ihn anzurufen. Manche Gäste wollen das Nachtleben von Stockholm kennenlernen, obwohl in Schweden ja ein solches Nachtleben, von dem ich rede, inzwischen verboten ist.«

»Und Dag Asgard kann euren männlichen Gästen den Hunger stillen?«

»Ich habe dir doch erzählt, dass er ein paar Clubs besitzt. Genauer gesagt drei.«

»Hast du, aber sind das etwa Sexclubs?«

»Ja, wenn du sie so bezeichnen willst. Edle Schuppen, wo die High Society verkehrt und ein bisschen Spaß hat. Diese Clubs sind tolle Häuser mit luxuriösen Wellnessbereichen und Suiten in schönen Gegenden. Dort verkehren Männer wie Frauen, wenn du verstehst, was ich meine«, fügte Cleo zwinkernd hinzu.

»Auch Frauen? Wow. Dieser Dag denkt aber auch an alle Menschen.« Lena trank einen Schluck Kaffee, mit Blick auf die Ostsee, an deren Horizont nur ein Ozeandampfer ruhig seine Bahn nach Osten zog. »Hat dieser smarte junge Mann keine Angst vor den schwedischen Gesetzeshütern?«

Ihre Freundin zog die Stirn in Falten. Der Ausdruck von Missbilligung erschien auf ihrem frischen Gesicht. »Es ist hier doch wie überall. Dag ist ein angesehenes Mitglied der Stockholmer Gesellschaft. Er hat viele Freunde und Bekannte in Politik und Wirtschaft. Jeder ahnt es, aber keiner sagt etwas, weil viele dieser hohen Herren sein Vergnügungsangebot ebenfalls nutzen. Ich finde unser Verbot der Prostitution sowieso bescheuert, zumal nur vier Jahre nach seinem Beschluss in Deutschland genau das Gegenteil beschlossen wurde, nämlich die Aufhebung der Sittenwidrigkeit. Bei uns will man durch das Verbot der Prostitution die Frauen schützen. Wenn du mich fragst, hat man dadurch die Prostitution nur in den Untergrund verlagert und die Situation der Prostituierten eher verschlechtert.«

Lena sah Cleo mit hochgezogenen Brauen an. »Und so einen Typen soll ich anrufen? Einen Zuhälter?«

»Dag ist kein Zuhälter. Er ist Akademiker, kommt aus gutem Elternhaus und verkehrt, wie gesagt, in den besten Kreisen«, erwiderte Cleo schon fast entrüstet.

»Und ist Betreiber von Sexclubs, wo er Frauen für sich arbeiten lässt. Und Männer anscheinend auch, wie du gerade gesagt hast.«

»Die Frauen arbeiten nicht für ihn. Sie arbeiten nur für sich selbst und zahlen Dag eine monatliche Miete für das Zimmer oder die Suite, wo sie ihre Verabredungen treffen. Manche wohnen auch fest in seinen Häusern. Diese Frauen sind beispielsweise Studentinnen, die sich ihr Studium finanzieren, oder alleinerziehende Mütter, die ihre Kinder ernähren müssen. Oder welche, die auf dem Arbeitsmarkt nichts Besseres finden. Sie arbeiten in einer exklusiven Umgebung, nicht irgendwo auf der Straße oder in einem Wohnwagen in dunklen Vierteln. Dags Clubs haben Wachpersonal, da bekommt nicht jeder Zutritt. Er gehört nicht zu den Leuten, die gewaltsam osteuropäische Mädchen hierher holen und zur Prostitution zwingen.«

Cleo hatte sich während ihres Plädoyers für Dag Asgard rote Wangen geredet. Atemlos hielt sie jetzt inne, sah Lena forschend an, um abzuschätzen, ob irgendetwas von ihrem verbalen Engagement bei ihrer Freundin hängen geblieben war.

Lena musste lachen. »Deine Verteidigungsrede in allen Ehren, aber woher weißt du das denn alles so genau?«

»Von Dad.«

»Von deinem Vater?«

»Er ist auch Mitglied in einem dieser Clubs. Aber bitte …« Ein flehender Blick. »Sag das bloß niemandem. Du weißt ja, dass Männer eine hohe Strafe zahlen müssen, wenn sie bei so etwas erwischt werden.«

»Hallo? Geht's noch?«, erwiderte Lena empört. »Als wenn ich deinen Vater verpetzen würde. Wie lange kennst du mich?«

»Entschuldige«, ruderte Cleo umgehend zurück, räusperte sich und setzte sich gerade hin. »Vergessen wir diese Sache. Ich finde wirklich, du könntest Dag mal anrufen.«

»Sag mal, hat dieser Dag dich auch schon einmal beglückt?«, erkundigte sich Lena neugierig.

»Bist du verrückt? Geschäftliches und Privates trenne ich strikt. Das weißt du doch.« Cleo schüttelte die rotblonden

Locken. »Noch mal zu dir. Kürzlich hast du dich noch beschwert, dass in deinem Leben nichts läuft, dass du mal wieder richtig guten Sex haben möchtest, ohne gleich eine Beziehung einzugehen. Triff dich mit Dag, hab Spaß mit ihm. Eine nette unkomplizierte Affäre tut uns doch allen gut.«

»Liebe Cleo ...« Lena hörte selbst, welch zuckersüßen Ton sie anschlug und erkannte an Cleos Blick, dass dieser bei ihrer Freundin nicht gut ankam. »Also«, fuhr sie sachlich fort, »zurzeit sorge ich für meinen Spaß selbst. Ich habe nämlich jemanden kennengelernt.«

»Wen?« Cleos Oberkörper schoss nach vorn.

»Er heißt Torben, lebt in Westschweden, ist wegen der Beerdigung seiner Tante hier, die aus Norrtälje stammt. Von ihr hat er eine kleine Schäre geerbt und ein Boot. Er ist charmant, gebildet, humorvoll, auch ernst, intelligent, intellektuell und ein hervorragender Liebhaber.«

Cleo griff in ihre orangerote Clutch und zündete sich eine Zigarette an, aufreizend langsam, mit in sich gekehrtem Blick. Nachdem sie den Rauch in die gute Seeluft gestoßen hatte, sah sie Lena wieder an. Prüfend, forschend. »Seit wann kennst du ihn?«

»Seit gestern.«

»Seit gestern erst?« Cleos rechte Braue schnellte hoch. »Dafür kannst du ja schon eine Menge guter Eigenschaften von ihm aufzählen.«

Lena schluckte. Ihre Ironie ist berechtigt, musste sie insgeheim zugeben.

»Was macht er beruflich?«

»Journalist.«

»Welches Ressort? Sport, Wirtschaft? Beim Fernsehen, Rundfunk, bei Printmedien?« Cleos Blick lag herausfordernd auf ihr.

»Weiß ich nicht. So weit sind wir noch nicht.«

»Wo genau lebt er in Westschweden?«

»Wahrscheinlich in Göteborg.«

»Wieso wahrscheinlich?«

»Ich nehme es an, weil dort eher Fernsehsender oder große Zeitungen ansässig sind als auf dem Land.«

Cleo spitzte die Lippen. »Wie lautet sein Nachname?«

»Sein Nachname? Entschuldige mal, danach habe ich ihn nicht gefragt. Namen sind bekanntlich Schall und Rauch. So sagte immer meine deutsche Mutter.«

»Wenn du seinen vollständigen Namen wüsstest, könntest du im Internet nachschauen.«

»Ich habe noch nie einem Mann hinterherspioniert«, entgegnete Lena, inzwischen verärgert. »Außerdem reicht mir zurzeit, was ich über ihn weiß. Also, der Sex mit ihm …« Sie musste sich bremsen, um nicht ins Schwärmen zu kommen. Sie wollte Cleo schließlich nicht ärgern.

»Wie lange wird er hier in der Gegend bleiben?«

Lena lächelte. »Hoffentlich noch ein paar Tage. Am liebsten für immer«, fügte sie wagemutig hinzu. »So einen Mann im Bett finde ich so schnell nicht mehr.«

»Hoppla.« Cleo musste husten. Sie hatte einen zu tiefen Zug gemacht.

»Da war etwas …« Lena blickte aufs Wasser, suchte ihr Schwanenpärchen, das jedoch nirgendwo in der Bucht zu sehen war. »Etwas, das über Sex hinausgeht.«

»Das Wissen um seinen guten Charakter kann es ja nicht sein, wenn du sofort mit ihm intim geworden bist.«

»Sollte ich mich deiner Meinung nach erst mal wochenlang nur mit ihm unterhalten?«

Cleo sah sie ernst an. »Nicht unbedingt wochenlang, aber die Eckdaten hättest du schon mal abfragen können.«

»Du gehst auf Partys doch auch manchmal mit einem Mann ins Bett, den du erst ein paar Stunden kennst.«

Ihre Freundin hob das Kinn und lächelte feinsinnig. »Diese Partys haben aber alle einen Gastgeber, der seine Gäste kennt. Falls ich im Nachhinein wissen möchte, mit wem genau ich mich eingelassen habe, kann ich ihn fragen.«

»Jetzt werde bloß nicht spitzfindig«, erwiderte Lena energisch. »Was macht denn eigentlich Gunnar?«, wechselte sie dann abrupt das Thema.

Sie wollte nicht mehr über Torben reden.

»Gunnar?« Ihre Freundin lachte belustigt auf. Dabei tanzten ihre Sommersprossen wieder auf der gekrausten Nase, was immer ein Zeichen dafür war, dass sie zu ihrer Unbeschwertheit zurückgefunden hatte. »Wer ist Gunnar?«

Da musste auch Lena lachen. So einfach war das mit Affären. *Wer ist Gunnar? Einen Gunnar habe ich nie gekannt …*

Die beiden Freundinnen verabschiedeten sich mit inniger Umarmung.

»Hältst du mich bezüglich deiner Eroberung auf dem Laufenden?«, fragte Cleo, als sie neben ihrem Auto stand.

Lena nickte. »Klar.«

Sie winkte ihrer Freundin nach und ging zurück auf die Veranda. Cleo war etwa eine Dreiviertelstunde da gewesen. Fünfundvierzig Minuten, in denen sich auf dem Meer kein rotes Boot gezeigt hatte. Was nun? Sollte sie warten? Nein, sie machte sich nicht mehr abhängig von einem Mann, auch nicht von dem besten Liebhaber. Diese Zeiten gehörten der Vergangenheit an. Um jetzt fürs Studium zu lernen, fehlte ihr allerdings die innere Ruhe. Für Gartenarbeit war sie zu fein angezogen. Sollte Torben doch noch kommen, wollte sie ihm nicht verschwitzt und verschmutzt entgegentreten. Es entsprach aber auch nicht ihrem Charakter, gar nichts zu tun. Kurz entschlossen schrieb sie ein paar Zeilen für Torben und hängte den Zettel von außen an die Haustür. *Bin in Kürze zurück. Gruß Lena.* Dann schwang sie sich aufs Fahrrad und fuhr zum Hafen zu Oles Fischbude, um fürs Abendessen einzukaufen.

Auf dem gesamten Wiesenweg hatte sie fast überall freien Blick aufs Meer. Natürlich schaute sie immer wieder zum Wasser. Sie liebte dieses Panorama. Ein knallrotes Boot in Ufernähe entdeckte sie jedoch nicht. Auch nicht im Hafen.

Sie stieg vom Rad, straffte sich und ging auf Oles Fischbude zu.

»Hej, Lena.« Der ältere Mann mit den rosigen Wangen und weisen Augen war sichtlich erfreut. »Was darf es denn sein?«

»Eine Portion geräucherten Lachs zum Mitnehmen, bitte.« Dann besann sie sich. »Nein, vielleicht doch lieber zwei Portionen«, verbesserte sie.

»Was macht das Studium?«, erkundigte sich Ole neugierig.

Sie erzählte ihm, dass sie gerade für eine Spanischklausur lernen müsste, und sie plauderten eine Weile, so lange, bis Ole liebevoll die zwei Portionen Lachs verpackt hatte. Dann fragte sie betont beiläufig:

»Hast du zufällig heute Vormittag im Hafen ein rotes Boot mit dem Namen Louisa gesehen?«

Über Oles gepflegtes Gesicht glitt ein wissendes Lächeln. »Du meinst den attraktiven blonden Mann, der gestern zwei Kaffee bei mir gekauft hat.«

Ole entging einfach nichts. Und gut aussehende junge Männer schon einmal gar nicht.

»Genau den.«

»Nein, der war heute noch nicht hier«, lautete Oles Antwort. »Aber vielleicht kommt er ja noch.«

Der Fischhändler liebte Menschen und wollte stets alle glücklich sehen.

»Ist auch nicht weiter wichtig«, erwiderte Lena locker, bezahlte den Lachs und stieg wieder aufs Rad.

Auf dem Rückweg entdeckte sie immer noch kein rotes Boot, dafür jedoch kurz vor ihrem Haus einen Jogger auf dem Weg zwischen den bunt blühenden Wiesen. Groß, schlank, braun gebrannte muskulöse Beine, schwarzes Haar. Torben war blond.

Verärgert über sich selbst schüttelte sie den Kopf. Die Zeiten waren doch endgültig vorbei, in denen sie ständig an nur einen bestimmten Mann dachte. Außerdem würde Torben wohl kaum von den Schären zu ihr herübergejoggt kommen.

Sie trat fester in die Pedale und kam dem Sportsmann von hinten rasch näher. Da hörte er sie. Ihre Räder knirschten auf dem Kies. Er lief an den Wiesenrand und ließ sie vorbei. Als sie auf gleicher Höhe waren, trat sie abrupt auf die Bremse.

»Hej!«, rief sie erstaunt aus. »Ich glaube es nicht. Was machst du denn hier?«

Wie viele Jahre waren vergangen, seit sie Filip Sörensen zum letzten Mal gesehen hatte? Viele, musste Lena sich eingestehen. Die Jahre jedoch hatten Filips außergewöhnliche Attraktivität kaum schwinden lassen. Im Gegenteil. Er musste jetzt Anfang vierzig sein. Und wie bei vielen schwarzhaarigen Männern schimmerten seine Schläfen bereits silbrigweiß, was dem ewigen Jungentypen gut zu Gesicht stand. Wenn ein Mann in eine weiße Kapitänsuniform mit goldenen Knöpften passte, dann Filip Sörensen. Trotzdem hatte sie ihre Schwester, die Filip früher geradezu verfallen gewesen war, nie verstanden. Lena hatte Filip immer als zu schön empfunden. Ihm fehlte das Männliche, das Kernige, das sie anmachte. Nur einen Sekundenbruchteil sah sie das Gesicht Dag Asgards vor sich, der dem Traumschifffahrtskapitän in Schönheit in nichts nachstand und dem ebenfalls dieses gewisse Etwas fehlte. Mit ihrem *Wikinger* wollte sie Filip gar nicht erst vergleichen.

Während ihr all diese Gedankenfetzen durch den Kopf jagten, weiteten sich Filips moorbraune Augen voller Staunen.

»Lena!«, rief er sichtlich erfreut aus. »Das ist ja ein Zufall.«

Sie stieg vom Rad und lachte ihn an. »Das kann man wohl sagen.«

»Meine Mutter hat mir schon erzählt, dass du inzwischen hier wohnst«, fuhr er fort. Dabei trocknete er sich mit dem Handtuch, das um seinen Hals hing, den schweißnassen Nacken ab. »Entschuldige …« Sichtlich verlegen lächelte er sie an. Er war schon früher extrem eitel gewesen.

»Alles gut«, beruhigte sie ihn mit lässiger Geste. »Besuchst du deine Mutter?«

Er nickte. »Ich habe drei Wochen Landurlaub. Ein paar Tage werde ich noch hier verbringen, danach fliege ich nach New York und dann mal sehen.«

»Keine Traumschiffsreise in die Karibik?«, scherzte sie.

Mit gespielt entsetzter Miene griff er sich an die feuchte Stirn. »Ich bitte dich. Ich bin froh, wieder einmal festen Boden unter den Füßen zu haben.«

»Wie lange willst du denn deinen Job noch machen?«

Er hob die Schultern. »In letzter Zeit habe ich tatsächlich schon ein paar Mal darüber nachgedacht, mich von der See zu verabschieden und etwas anderes zu machen. Vielleicht mit einem eigenen Touristenboot ein bisschen im Äußeren Schärengarten herumzuschippern und jeden Abend im Heimathafen anzulegen. Ich weiß noch nicht …«

»Vor Kurzem noch habe ich über dich gesprochen«, sagte sie spontan.

Er lächelte sein charmantes Lächeln, das bestimmt vielen weiblichen Kreuzfahrtreisenden den Aufenthalt an Bord verschönerte. »Ich hoffe, nur Gutes.«

»Selbstverständlich.« Sie zwinkerte ihm zu. »Das heißt, vielleicht doch nicht. Maja hat mich gefragt, ob du in Norrtälje immer noch jeder Frau nachschauen würdest, was ich ihr natürlich nicht sagen konnte. Sie war bei mir zu Besuch und wir kamen zufällig auf dich zu sprechen«, fügte sie rasch hinzu.

Kaum waren ihr die Worte über die Lippen gekommen, bereute sie bereits diese blöde Bemerkung, nicht nur wegen der düsteren Miene, zu der sich Filips Gesicht verzog. Womöglich würde dieser Frauenschwarm jetzt denken, ihre Schwester wäre immer noch in ihn verliebt. In so schlechtem Licht wollte sie Maja nun doch nicht darstellen.

»Maja ist übrigens inzwischen verlobt«, erzählte sie ihm, wobei ihr diese Bemerkung ziemlich gezwungen vorkam.

Mist, warum hatte sie nicht den Mund über Maja halten können? Es war doch sonst nicht ihre Art, solch dummes Zeug zu plappern.

»Maja scheint immer noch zu glauben, dass sich die Menschen nicht ändern können«, erwiderte Filip hörbar verärgert. »Sich nicht binden und keine Familie gründen zu wollen, heißt nicht, dass man jedem Rock nachläuft.«

Du lieber Himmel, da hatte sie ja durch ihre Gedankenlosigkeit eine Lawine in Gang gesetzt. Dass Filip nach den vielen Jahren immer noch derart heftig auf Majas damals sehr besitzergreifende Art reagierte, verblüffte sie. Die Eifersucht ihrer Schwester musste ihm stark zugesetzt haben, aber wahrscheinlich hatten ihn auch die Frauen, die auf Maja gefolgt waren, für einen Herzensbrecher gehalten. Tja, ein so schöner Mann hatte es tatsächlich schwer.

»Einmal Dieb, immer Dieb«, sagte Filip mit leidenschaftlich blitzenden Augen. »Typisch für Frauen, die klammern.«

Entwaffnend hob sie die Hände. »Entschuldige, vergiss es einfach. Das war wirklich blöd von mir. Aber …« Sie trat einen Schritt zurück und musterte ihn lächelnd von oben bis unten. »Gut siehst du aus. Du hast dich gar nicht verändert. Ich meine, äußerlich. Immerhin haben wir uns bestimmt fünf Jahre oder länger nicht mehr gesehen.«

»Dito«, gab er das Kompliment zurück, allerdings immer noch ziemlich mürrisch.

»Tja …« Ratlos hob sie die Schultern. »Also dann, ich muss nach Hause. Alles Gute, falls wir uns in den nächsten Tagen nicht mehr über den Weg laufen sollten. Und einen schönen Urlaub.«

»Dir auch alles Gute.« Dieses Mal lächelte er sie wieder freundlich an. »Übrigens, dass du jetzt studierst, finde ich gut. Man soll seine Träume leben. Man hat nur das eine Leben.«

Erstaunt sah sie ihn an. »Woher weißt du …?«

Er zögerte kurz. »Von Mutter.«

»Danke. Das sehe ich genauso.« Sie hob die Hand. »Viel Spaß in New York. Vielleicht bis bald mal.« Mit diesen Worten schwang sie sich aufs Fahrrad und radelte quer über die Wiese auf ihr Haus zu.

Eine merkwürdige Begegnung, dachte sie. Früher wäre Filip nicht beleidigt gewesen, wenn man ihn als Casanova bezeichnet hätte. Aber wahrscheinlich war auch er mit dem Alter dünnhäutiger geworden. Und reifer. Vielleicht hatte er auch erkannt, dass ein solcher Ruf einen Mann in den Augen einer soliden Frau nicht unbedingt begehrenswert machte.

Zu Hause angekommen, verbot sich Lena jeden Gedanken an irgendwelche Männer, an Filip, an Dag und auch an Torben. Sie hatte fest damit gerechnet, dass er sie am Nachmittag besuchen – und bleiben – würde. Zum Abendessen, über Nacht. Was sie zusammen erlebt hatten, war doch nur eine Kostprobe gewesen, ein Appetithappen, der ihr Hunger auf mehr gemacht hatte. So jedenfalls empfand sie es. Dass er anders fühlte, konnte sie nicht verstehen. Na ja, vielleicht kam er ja noch. Am Abend …

Ja, er war feige. Wohl wissend, dass Lena morgens in Schloss Gripsholm arbeiten musste, war er nach Norrtälje gefahren, um dort seine Angelegenheiten zu erledigen. Er hatte das Auto genommen, das in einer Tiefgarage in Stockholm stand. Nur um nicht am Ufer an ihrem Haus vorbeifahren zu müssen. Dieser Schachzug hatte sein schlechtes Gewissen ihr gegenüber jedoch nicht gemindert. Nun saß er hier auf seiner Schäre und fühlte sich unwohl. Sogar höchst unwohl. Er sah aufs Meer hinaus. Das Nachglühen des Sonnenuntergangs malte lange korallenrosa Streifen an den Himmel. Im Westen hatten sich Wolken zusammengezogen. Wie unüberwindbare Berge türmten sie sich am Horizont. Noch waren sie von goldenen und rosigen Lichtstrahlen durchwoben. Doch schon bald würden auch diese letzten Spuren des Tageslichts verschwunden sein und eine kurze Nacht würde sich über die Schärenwelt legen.

Eine Weile hörte er dem Murmeln der Wellen unterhalb der Klippe zu, dieser unendlichen Melodie, die alle Schicksale und Zeiten überdauerte. Und wieder einmal an diesem Tag fragte er sich, ob er die kurze Begegnung mit Lena überhaupt wirklich erlebt hatte, eine Begegnung, die ihm wie eine Szene aus einem Traum vorkam. Niemals zuvor hatte ihn eine Frau so sehr in den Bann gezogen, so sehr angemacht. Lena war für ihn die Verkörperung der Lust, der Erotik, der Liebe mit all ihren Facetten, aber es durfte nicht sein. Er war an eine andere Frau gebunden, an eine Frau, zu der er eigentlich gar nicht passte. Das wusste er nicht erst seit gestern, seit er Lena kannte. Diese klare Erkenntnis war ihm in den vergangenen Tagen hier auf der Schäre gekommen. Geahnt hatte er es schon länger, nachdem sich seine erste Verliebtheit gelegt hatte. Dennoch. Bisher war er seinen Partnerinnen immer treu gewesen. Bis gestern Abend, an dem er ein Tabu, eines seiner selbst auferlegten Tabus, gebrochen hatte. Und nun?

Ein kurzer Lacher kam ihm wie von selbst über die Lippen.

Tja, und nun? Nun wusste er nicht mehr weiter. Plötzlich überfiel ihn das unwiderstehliche Bedürfnis, sie anzurufen. Er musste mit ihr reden, er musste ihre Stimme hören, um sich in Erinnerung zu rufen, dass es sie tatsächlich in seinem Leben gab. Mehrere Tage lang hatten sie nicht miteinander gesprochen. Bei seinem letzten Anruf, am Tag der Seebestattung seiner Tante, hatte sie ihn erst am Abend zurückgerufen. »Sei froh, Louisa hätte nur gelitten«, war ihr Kommentar gewesen. Ziemlich emotionslos. Okay, sie hatte Louisa nicht gekannt, aber sie wusste, wie sehr er an der Schwester seines Vaters gehangen hatte.

Er nippte an seinem Whiskey und beobachtete, wie auch noch die letzten Reste des Lichts verschwanden. Die Wolken wurden dunkel, und im Osten schwebte der Mond am Himmel. Er konnte auf der Schäre bleiben, so lange er wollte. Er konnte die Verlobung lösen, wenn er wollte. Wollte er das? Konnte er ihr das antun? Sie gehörte nicht zu den zärtlichsten Frauen, aber er wusste, dass sie ihn liebte. Auf ihre Art.

Er seufzte.

Am Ende einer schlaflosen Nacht schälte sich endlich eine Erkenntnis aus dem Gefühls- und Gedankenwirrwarr heraus: Er musste Lena wiedersehen, und zwar mit frischen wachen Augen, bei klarem Tageslicht. Er würde zu ihr fahren und mit ihr reden. Sie musste wissen, dass er gebunden war. Das war nur fair. Genauso musste sie jedoch auch wissen, dass er sich in sie verliebt hatte. Ernsthaft verliebt. Und das konnte einem nur passieren, wenn man in seiner gegenwärtigen Beziehung nicht mehr glücklich war.

Am nächsten Vormittag war Lena gerade im Begriff, zur Universität zu fahren, als ihr Handy klingelte. Sie schaltete den Motor wieder aus. Die Anruferin war ihre Schwester, was sie überraschte.

»Maja?«

»Ja, ich bin es. Du, pass auf, ich bin in Eile. Ich fliege übermorgen nach New York. Lars ist in Stockholm. Bitte, sei doch so lieb und lade ihn in den kommenden Tagen zu dir ein. Er kennt niemanden in der Gegend und muss noch für ein paar Tage dort bleiben, wie er mir gerade vor ein paar Minuten erzählt hat. Das wäre doch eine gute Gelegenheit, euch vor unserer Hochzeit kennenzulernen. Ich gebe dir seine Handynummer. Ruf ihn an. Ich habe ihm schon angekündigt, dass du dich bei ihm meldest.«

Lena kam es so vor, als wäre gerade ein Orkan über sie hinweggefegt.

Nach New York? Wen hatte sie denn erst kürzlich gesprochen, der auch dorthin wollte? Ja, richtig. Filip.

»Was willst du denn in New York?«, fragte sie verblüfft.

»Was Geschäftliches«, erwiderte Maja knapp. Lena hörte ihrer Schwester an, dass ihr diese Frage schon zu viel war. »Also? Wirst du dich um Lars kümmern?«

Es dauerte zwei, drei Atemzüge lang, bis sie ihre Sprache wiederfand. Dann sagte sie mit aufsteigender Wut:

»Pass mal auf, Maja, ich habe keine Lust, deinen Verlobten

zu verwahren, während du in der Welt herumfliegst. Ihr könnt mich gern vor eurer Hochzeit gemeinsam besuchen. Dass Lars zurzeit in Stockholm weilt, ist nicht mein Problem. Ich habe momentan zu viel um die Ohren.«

Noch blieb die Leitung still, dann hörte sie Maja entgegen ihrer Erwartung ganz liebevoll sagen:

»Kleines, tu mir doch den Gefallen. Ich habe Lars gegenüber ein ganz schlechtes Gewissen, weil ich mich zurzeit zu wenig um ihn kümmere, aber du weißt ja, wenn man Karriere machen will, steht das Privatleben erst einmal an zweiter Stelle. Lars versteht das nicht. Er ist ein Familienmensch. Wenn du ihn einladen würdest, hätte er das Gefühl ...«

»Entschuldige bitte, Schwesterherz, aber ich finde, damit mutest du mir zu viel zu. Deine Beziehung musst du schon selbst pflegen. Erstens habe ich keine Zeit und zweitens den Kopf viel zu voll mit anderen Dingen, als dass ich noch deinen Verlobten bei Laune halten könnte. Lass uns mit dieser Familienzusammenführung warten, bis du aus New York zurück bist. Sei mir nicht böse, ich muss jetzt Schluss machen. Ich muss in die Uni.«

»Lena ...« Majas Stimme klang alarmiert, doch Lena drückte einfach die rote Taste.

Eine unruhige Nacht, ungesunde Sehnsüchte und dann noch dieser Anruf ... Manchmal kam alles zusammen. Maja meldete sich sonst nur alle paar Monate und plötzlich fiel ihr ein, dass sie eine Schwester hatte.

Ohne mich, sagte sich Lena entschlossen.

Sie legte einen Kavaliersstart hin und fuhr vom Hof. Ihr Herz schlug viel zu schnell. Erst als sie Norrtälje hinter sich gelassen hatte, beruhigte sie sich wieder.

Die schwarzen Wolken, die die Nacht zurückgelassen hatte, waren inzwischen weitergezogen und der Himmel zeigte sich wieder in einem beinahe unwirklichen Blau, das die üppigen Kornfelder noch goldener, das Grün der Weiden und Wiesen noch grüner und das Rot des Klatschmohns zu beiden Seiten der Landstraße noch leuchtender erscheinen ließ. Durchs Seitenfenster wehte warme Luft ins Wageninnere. Lena liebte diese Fahrten zur Uni. Der Anblick der bunten Holzhäuser inmitten blühender Gärten stimmte sie fröhlich. Nur an diesem Vormittag blieb diese Wirkung aus. Und als sie nach ein paar Kilometern die Schärenwelt zu ihrer Linken liegen sah, musste sie wieder an Torbens Zärtlichkeiten denken. Er hatte sich gestern nicht blicken lassen, was sie immer noch nicht richtig verstand. Nun gut. Dieses Bedauern durfte sie gar nicht erst zulassen. Sie sollte sich ablenken. Es gab nicht nur diesen *Wikinger* auf der Welt.

Dag Asgard, flüsterte ihr die Stimme in ihrem Kopf zu.

Er wäre womöglich eine Option. Aber eine Affäre mit einem Typen aus einem solch halbseidenen Milieu? Sie überlegte. Andererseits ... Was hatte sie mit seinen Geschäften zu tun? Nichts. Sie hatte ihn kennengelernt als attraktiven und sympathischen Mann. Sie könnte eine Zeit lang seine Gespielin sein, es sich gut gehen lassen. Wenn nicht jetzt, wann dann? Mit vierzig oder gar mit fünfzig? Sie hatte Dag gut riechen können. Seine Hände auf ihrem Körper waren ihr angenehm gewesen.

In diese Überlegungen hinein gab ihr Handy erneut einen Ton von sich, und zwar den Ton, der eine eingegangene SMS ankündigte. Sie verringerte die Geschwindigkeit und nahm mit der rechten Hand das Handy vom Beifahrersitz. Die Nachricht stammte von Maja.

»Hier ist Lars' Telefonnummer. Bitte, sei doch so lieb!!! Anbei als angehängte Datei ein Foto von ihm, damit du ihn erkennst. Dicker Kuss, Deine Dich liebende Schwester.«

Mit einer einzigen Bewegung feuerte Lena das Telefon auf den Sitz zurück. Wenn Maja glaubte, sie auch heute noch für ihre egoistischen Ziele einspannen zu können, hatte sie sich gewaltig geirrt. Diese Zeiten waren vorbei.

Die beiden Vorlesungen und das Mittagessen mit ein paar Kommilitoninnen in der Uni-Cafeteria rückten für Lena den Tag wieder ins rechte Lot und ließen sie den Ärger über ihre Schwester vergessen, wie auch die Enttäuschung darüber, dass Torben sich nicht gemeldet hatte. Lena fühlte sich wohl unter all den Menschen, die sie beim Studium kennengelernt hatte. Es war ein bunt zusammengewürfelter Kreis aus Leuten, die unterschiedlich alt waren und sich aus ganz unterschiedlichen Gründen zum Studium entschlossen hatten. Sie war nicht die Einzige, die sich nach einigen Jahren im Beruf immatrikuliert hatte. Ein Kommilitone, der sie anhimmelte, war bereits Ende vierzig. Und eine Frau, die Literaturgeschichte studierte, sogar sechzig. Zu ihnen allen hatte sie ein gutes Verhältnis, sie unternahmen auch in der Freizeit etwas gemeinsam, veranstalteten Partys, kochten zusammen. Dennoch war unter all diesen sympathischen Menschen niemand, mit dem sie sich eine sexuelle Beziehung hätte vorstellen können.

Auf der Rückfahrt, spätestens als sie zu ihrer Rechten die Schärenwelt liegen sah, drängte sich Torben wieder in ihre Gedanken.

Vielleicht stand er ja gleich vor ihrem Haus und wartete auf sie.

Sie lachte kurz auf. Meine Güte, sie hatte es aber nötig. Wie hatte sie nur so lange sexuell untätig bleiben können? Torben hatte den Deckel von einem Pulverfass geöffnet, aus dem jetzt flammende Begierde züngelte.

Kurz bevor sie in den Weg einbog, der zwischen zwei hohen Ligusterhecken zu ihrem Haus führte, nahm sie sich fest vor, Dag Asgard eine Chance zu geben, vorausgesetzt, sie hörte nichts mehr von Torben. Vorher jedoch wollte sie noch einmal Cleo fragen, ob Dag tatsächlich sein Interesse an ihr so deutlich bekundet hatte, wie ihre Freundin es dargestellt hatte. Sie wusste, dass Cleo gern auch mal übertrieb.

Erst als sie die Haustür aufschloss, entdeckte sie es: ein zusammengefaltetes weißes Blatt Papier, das hinter dem Klopfer klemmte.

Wer mochte ihr während ihrer Abwesenheit eine Nachricht hinterlegt haben? Torben? Ihr Herz verfiel in einen schnelleren Rhythmus.

Sie faltete das Papier auseinander und hielt den Atem an.

Die Handschrift besaß einen kraftvollen Schwung, war groß und gut leserlich. Dies war keine weibliche Handschrift.

Hej Lena,

leider habe ich Dich nicht angetroffen. Ich wollte Dich wiedersehen und mit Dir reden. Die Begegnung mit Dir hat mich völlig durcheinandergebracht. Du musst wissen, dass ich in einer Beziehung lebe, die ich jedoch schon seit längerem in Frage stelle. Ich brauche Zeit zum Nachdenken. Natürlich gehe ich nicht davon aus, bei einem möglichen Wiedersehen von Dir mit offenen Armen empfangen zu werden. Das Risiko, abgewiesen zu werden, muss ich eingehen. Ich muss erst einmal in meinem Leben Klarheit schaffen. Falls ich mich von meiner Partnerin trenne, sollst Du nichts damit zu tun haben. Ich habe mir lange überlegt, Dir diese Zeilen zurückzulassen, aber ich möchte, dass Du eines weißt: Ich habe mich in Dich verliebt.

Torben

Das Gustafson-Hotel in Norrtälje war das kleinste Haus der Hotelkette von Thor Gustafson und zugleich das nobelste. Es lag über einer Bucht mit Privatstrand, etwas außerhalb von Norrtälje. Vom Wasser aus hätte man es aus der Ferne für ein herrschaftliches Privathaus halten können. Schon seine Zufahrt erzählte dem Besucher, dass er auf dem Weg zu einem Fünf-Sterne-Hotel war. Allein das Hinweisschild an der Straßengabelung, in edlem Weiß und Gold auf perlgrauem Grund, verriet, dass am Ende des Weges, der durch blühende Wiesen auf eine bewaldete Anhöhe führte, eine exklusive Herberge liegen musste. Nach etwa zweihundert Metern schimmerte das Wasser der Ostsee zwischen den knorrigen Kiefern durch, mal blau, mal grau. Es richtete sich ganz nach der Farbe des Himmels. Dann zeigte sich auch schon bald das Herrenhaus, das seit mehr als zweihundert Jahren im Besitz der Familie Gustafson war. Sein zartgrauer Anstrich, von dem sich das blendende Weiß der Erker, Giebel, Säulen und Balkone absetzte, wirkte elegant und erlesen. Das verschachtelt gebaute Haus war umgeben von einem Park mit schönem, altem Baumbestand. Grüne Rasenflächen und gepflegte Beete wechselten sich ab und endeten an weißen Kieswegen, die um das Gebäude herumführten. Das Gustafson-Hotel, das Stammhaus der Kette, versprühte den vornehmen Charme längst vergangener Zeiten. Zeiten, in denen die Gäste in Kutschen vorgefahren waren, aus denen in Cremeweiß gekleidete Damen mit Sonnenschirmen und ausladenden Hüten ausgestiegen waren, die sie vor der Sonne schützten.

Lena stellte ihren Wagen zwischen all den Luxuslimousinen ab und sprang heraus. Normalerweise genoss sie die Atmosphäre hier. Jetzt jedoch nahm sie sich keine Zeit für die Umgebung. Ihr Puls raste. Sie konnte kaum erwarten, mit ihrer Freundin zu reden.

»Wie siehst du denn aus?«, fragte Cleo unverblümt mit entsetztem Blick, als Lena auf die Rezeption zuging.

»Hast du Zeit? Ein paar Minuten. Ich muss unbedingt mit dir reden.« Lenas rechte Hand hielt das weiße Blatt Papier fest umklammert.

Cleo fackelte nicht lange. Das war nur ein Grund dafür, dass Lena ihre Freundin so liebte. Ganz die Hotelmanagerin schnippte Cleo mit den Fingern den Portier herbei, der an der weißen Flügeltür mit einladendem Lächeln Wache hielt.

»Du musst mich kurz vertreten«, wies sie ihn an. »Falls etwas sein sollte, bin ich übers Haustelefon zu erreichen.« Dann hakte sie sich bei ihrer Besucherin ein und sagte in einem Ton, der keine Widerrede duldete: »Komm, wir suchen uns draußen auf der Terrasse ein ruhiges Plätzchen.«

Rasch durchquerten die beiden die kühle, in Blassblau gehaltene Lobby, in der es nach Bienenwachs und Rosen duftete. Die zarten Gardinen vor den hohen Fenstertüren bewegten sich leicht im Sommerwind. Spiegel aus dem Art déco reflektierten das Sonnenlicht. Auf Hochglanz polierte antike Möbel, Vitrinen mit blau-weißem Porzellan, üppige Blumensträuße in Silberkübeln und ausladende französische Sessel schufen eine entspannte wie auch exklusive Atmosphäre. All das nahm Lena gar nicht wahr. Im Vorbeigehen entdeckte sie in einem der Spiegel eine hochgewachsene, blonde Frau in Jeans und ausgeleiertem weißen Shirt, die von einer kleineren rotblondhaarigen in strengen blauem Hosenanzug energisch in den angrenzenden Salon, hinter dem die Veranda lag, geführt – oder eher abgeführt – wurde.

»Wir setzen uns dort hinten hin«, entschied Cleo, während sie Lena am Geländer entlang dirigierte. Auf dem Weg zu einem verschwiegenen Eckchen am Ende der langen Terrasse orderte sie bei der Kellnerin zwei heiße Schokoladen mit viel Sahne.

»Fett und süß ist gut für die Seele«, meinte sie augenzwinkernd zu Lena.

Die beiden setzten sich. Jetzt atmete Lena zum ersten Mal, seit sie Torbens Nachricht gefunden hatte, wieder tief durch.

Die Aussicht war fantastisch. Unterhalb der riesigen Terrasse breitete sich ein weißer Sandstrand aus, auf dem die Ostsee in sanften Wellen auslief. Linker Hand lag ein weißes Bootshaus, dessen Landungssteg weit ins Wasser ragte, und rechter Hand in weiter Ferne die Schärenlandschaft.

Lena knallte das Blatt Papier auf den Tisch. »Lies mal.«

Beim Lesen wurden Cleos Augen immer größer.

»Oh Mann«, sagte sie schließlich. »Was soll das denn?«

»Das weiß ich auch nicht.« Lena schluckte schwer. »Niemals hätte ich gedacht, dass dieser Abend eine solche Wirkung auf Torben hatte. Dass er ernsthaft darüber nachdenkt, sich von seiner Freundin, Verlobten oder was auch immer zu trennen. Über die Phase der festen Bindungen bin ich doch längst hinweg. Ich meine, zumindest zurzeit und jetzt ...« Sie griff sich an die Stirn. »Jetzt kommt da jemand, der sich in mich verliebt. Und auch noch jemand, der einfach ... ja, einfach toll ist.«

Cleo griff in ihre Jacketttasche und zog eine Schachtel Zigaretten heraus. Nachdem sie den Rauch zischend in die Luft gestoßen hatte, sagte sie:

»Ich glaube, du solltest diesen Brief gelassener sehen. Verzeih, wenn ich es so hart ausdrücke, aber der Typ war wahrscheinlich nur notgeil. Vielleicht hat ihn seine Partnerin schon lange hungern lassen, und er denkt jetzt, er hätte sich in dich verliebt. Er scheint ein Romantiker zu sein, für den es Sex ohne Liebe nicht gibt. Vielleicht Journalist für den Bereich Familie und Gesellschaft.«

Ohne dass sie es wollte, musste Lena lachen. Sie liebte Cleos subtilen Humor. Dann sagte sie zögerlich:

»Vielleicht aber gehört dieser Torben zu den wenigen Männern, von denen wir träumen«, erwiderte sie und merkte selbst, wie naiv sie klang. »Was jedoch nichts daran ändern würde, dass er in festen Händen ist«, fügte sie gleich darauf mit fester Stimme hinzu. »Vielleicht ist er sogar verheiratet und hat obendrein noch zwei süße Kinderchen.«

Cleo zog ihr Jackett gerade und lehnte sich zurück. »Wie auch immer, vergiss ihn erst mal. Warum willst du dir die Probleme, Gewissensbisse und Zweifel eines verheirateten Typen antun? Womöglich klettet er sich an dich, nachdem er sich getrennt hat, und du wirst ihn nicht mehr los, nachdem du gemerkt hast, dass er doch nicht der Richtige für dich ist. Du hast deinen Spaß gehabt, hast eine neue Dimension in Sachen Sex aufgetan. Nippelorgasmus ...« Sie kicherte vergnügt. »Den habe selbst ich noch nicht erlebt. Also ...« Sie inhalierte einen tiefen Zug. »Er mag jetzt durch das Erlebnis mit dir durcheinander sein, aber diese Aufregung wird sich spätestens dann legen, wenn er wieder zu Hause ist, in seiner gewohnten Umgebung. Du weißt doch, Männer sind bequem. Statistisch ist erwiesen, dass sich Frauen viel eher aus einer nicht mehr oder nur noch schlecht funktionierenden Beziehung lösen als ihre Partner. Diesbezüglich wird Torben keine Ausnahme bilden. Also keine Panik, er könnte übermorgen schon bei dir einziehen wollen.«

»Sehr witzig. Und wenn er nicht locker lässt?«

»Dann sagst du ihm, dass du nur eine Affäre willst. Bevor du dir jedoch den Kopf darüber zerbrichst, was alles sein könnte, vertrau auf die Frau an seiner Seite. Wenn sie mitbekommt, dass er auf Abwegen ist, wird sie ihn schon wieder an die Leine nehmen. Vorausgesetzt, er ist wirklich so toll, wie du ihn mir beschrieben hast. Und falls sie ihn gehen lässt, sollte dir das zu denken geben.«

Lena schluckte. »Durch diesen Brief hat er sich mir doch irgendwie ausgeliefert, oder?« Sie sah Cleo fragend an. »Ich meine, ist das nicht ein Zeichen dafür, dass ihm seine Beziehung, Ehe oder was weiß ich, nicht mehr wichtig ist? Ich könnte doch zum Beispiel seiner Frau durch dieses Schreiben ...«

»Unsinn.« Cleo schüttelte ihr rotblondes Lockengespinst. »Wie willst du ihn oder seine Frau denn ausfindig machen? Die schwedische Westküste ist lang. Du kennst noch nicht einmal seinen vollständigen Namen. Um ihn ausfindig zu machen, bräuchtest du einen wirklich guten Detektiv.« Sie lachte. »Und das weiß dieser Typ auch. Auch dieser angeblich in dich verliebte Torben ist schlau genug, kein Risiko einzugehen. Falls er sich nicht mehr bei dir meldet, hast du keinerlei Möglichkeit, ihn zu finden.

»Das will ich ja auch gar nicht«, widersprach Lena heftig. »Was soll ich denn mit einem Mann, der in festen Händen ist? Und überhaupt ... Diese ganze Verliebtheit, die nur Probleme bringt. Nein.« Sie schüttelte den Kopf. »Das habe ich alles hinter mir. Das will ich überhaupt nicht mehr. Ich hoffe, dass du recht behältst und Torbens derzeitige Gemütsverfassung schnell wieder vergeht.«

»Bestimmt. Das kennen wir doch von Urlaubsbekanntschaften. Wenn man wieder zu Hause in seiner vertrauten Umgebung ist, gehört alles, was im Urlaub passiert ist, der Vergangenheit an.«

Lena nickte entschlossen. »Ich glaube, ich werde in den kommenden Tagen mal Gebrauch von dieser Visitenkarte machen.«

Cleos Augen blitzten sie begeistert an. »Die von Dag?«

»Hm.«

»Er wird sich bestimmt freuen, wenn du ihn anrufst. Du kannst dich ja auch auf deine Schwester berufen und sagen, du würdest ein Apartment zur Miete suchen.«

»Nein, wenn ich mich dazu entschließe, ihn anzurufen, spiele ich mit offenen Karten«, widersprach Lena ihrer Freundin energisch. »Er will mich als Gespielin, wie du selbst gesagt hast. Dann gebe ich mich auch als solche zu erkennen, die ihrerseits einen Gespielen sucht, zeitlich begrenzt, ohne Verpflichtungen, ohne familiäre Probleme, aber auch ohne Sado-Maso-Spielchen.«

Cleo lachte so laut, dass die Gäste an den Nebentischen zu ihnen hinüberschauten.

»Du spinnst. Nur weil er ein paar Clubs unterhält, muss er doch nicht selbst auf diese Spielart stehen. Außerdem kannst du das ja noch klären, wenn ihr euch nähergekommen seid.«

Die beiden Frauen schwiegen eine Weile und tranken von der Schokolade. Schließlich seufzte Lena leise. Sie sah Cleo an und lächelte schwach.

»Weißt du was? Ich glaube kaum, dass der Sex mit Dag an den heranreicht, den ich mit Torben erlebt habe. So etwas findet man nicht an jeder Ecke.«

Cleo verdrehte sichtlich genervt die Augen. »Ich weiß wirklich nicht, was du willst. Einerseits sagst du, du hättest der großen Liebe und ihren Problemen abgeschworen und willst dich zurzeit mal so richtig sexuell austoben, andererseits machst du auf mich fast den Eindruck, als hättest du dich längst in diesen Torben verliebt.« Energisch schüttelte sie den rotblonden Kopf. »Was immer du bei ihm gefunden hast, es würde nie von Dauer sein. Lass es als das stehen, was es gewesen ist. Etwas für dich Einmaliges. Und dieser Torben täte gut daran, die Sache genauso zu sehen.«

Auf dem Nachhauseweg hielt Lena bei ihrem Felsen an. Hier in den Wiesen war die Luft drückender als oben auf der Hotelterrasse. Sie flirrte in der Wärme, die über dem Gras lag. Insekten brummten, Schmetterlinge taumelten von Blüte zu Blüte, und ein Schwarm niedrig fliegender Mücken begleitete Lena bis zur Felszunge. Die Ostsee lag wie ein Spiegel vor ihr. Hinten am Horizont hatte das Wasser die Farbe der dunkelgrauen Wolken angenommen, die sich dort ballten. Gewitterwolken. Als sie mit Cleo auf der Terrasse gesessen hatte, war der Himmel noch klar gewesen. Lena musste lächeln. Das Wetter und die Liebe ... beide völlig unberechenbar.

Sie setzte sich auf das Gestein am Ende der Klippe, zog die Knie an und beobachtete, wie die Wolkenschicht einer Phalanx gleich langsam landeinwärts auf sie zurückte. Immer mehr gingen Himmel und Wasser miteinander eine grauschwarze Verbindung ein. Jetzt kam Wind auf, der Bewegung ins Meer brachte. Wellen schlugen an den Felsen. Und schon bald zuckte weit hinten über der See der erste Blitz auf. Noch war kein richtiger Donner zu hören, nur ein leises Grummeln, das sich mit dem Rauschen des Wassers mischte.

Lena blieb sitzen, schlang die Arme um den Oberkörper und beobachtete fasziniert das Schauspiel in der Ferne. Ganz im Gegensatz zu dem Tumult, der dort am Himmel herrschte, fühlte sie sich nach dem Gespräch mit Cleo wieder ruhig und sicher. Sie hatte eine Entscheidung getroffen, und die trug den Namen Dag. Dag Asgard entsprach in dieser Lebensphase sehr viel mehr dem Mann, der zu ihr passte, als Torben, der noch liiert war und sich obendrein in sie verliebt hatte. Sie hatte einfach keine Lust mehr auf all die Probleme, die unweigerlich mit tiefen Gefühlen verbunden waren. Das Warten darauf, dass ER anrief, Zweifel an seiner Ehrlichkeit, Eifersucht, Verlustängste ... und letztendlich dann der große Trennungsschmerz. Es war eine lange Liste, die sie nur zu gut aus früheren Beziehungen kannte.

Sie schaute hoch in den Himmel. Unablässig schufen Wind und Wolken dort oben immer neue Formen, menschenähnliche Gestalten, Tiere, Drachen, Ungeheuer. Hin und wieder mischten sich ein paar Sonnenstrahlen unter die Gebilde. Wo sie durch die Wolken brachen, funkelten die Wellen wie Diamanten. Welch ein Schauspiel der Natur! Die Wetterfront kam immer näher, immer schneller. Sie schien sie verschlingen zu wollen. Fröstelnd stand Lena auf. Blitze rissen den Himmel jetzt in Stücke. Das grollende Geräusch des Donners mischte sich unter das Tosen der See, und die gerade noch empfundene Erleichterung darüber, in ihrem Kopf Ordnung geschafft zu haben, wich nun einem bedrückenden Gefühl ahnungsvoller Beklemmung. War dieses bedrohliche Dunkel dort hinten vielleicht ein Vorbote kommenden Unheils? Plötzlich sehnte sie sich nach jemandem, in dessen Armen sie Schutz finden würde, zum Beispiel vor solchen Ungeheuern, die gerade den Himmel beherrschten.

So ein Blödsinn, sagte Lena sich energisch, kletterte behände die Felszunge hinunter und ging mit festen Schritten zu ihrem Auto zurück, in dem noch schier unerträgliche Hitze herrschte. Sie fuhr alle Fenster herunter. Kaum hatte sie den Motor gestartet, da klingelte ihr Handy, das sie auf dem Beifahrersitz hatte liegen lassen.

Maja ruft an, verriet ihr das Display.

Sie zog die Brauen zusammen, überlegte, ob sie überhaupt rangehen sollte. Der Klingelton klang jedoch so fordernd, so alarmierend in ihren Ohren, dass sie dann doch die grüne Taste drückte.

»Ich bin es, Maja«, drang da die hektische Stimme an ihr Ohr. »Hast du das Foto von Lars bekommen? Ich glaube, der Transfer hat nicht funktioniert, sonst hättest du dich ja gemeldet. Ich schicke es dir noch einmal, okay?«

Lena schaltete den Motor wieder aus und holte tief Luft.

»Hej, erst mal«, begann sie dann übertrieben ruhig. »Ich habe die SMS mit dem Bild noch nicht geöffnet. Sei mir nicht böse, aber ich habe zurzeit etwas anderes zu tun, als mir fremde Männer anzusehen. Im Übrigen überrascht es mich, dass du plötzlich so intensiv den Kontakt zu mir suchst. Du meldest dich monatelang nicht bei mir, ignorierst meine Mails mit der Begründung, du hättest so viel Stress, und jetzt schickst du mir eine SMS nach der anderen.«

Zu ihrer Überraschung war es lange Zeit still in der Leitung, viel zu lange für Maja, die sonst nie eine Sekunde vergeudete. Schließlich hörte sie ihre Schwester in nachdenklichem Ton und ziemlich erschöpft sagen:

»Ich weiß auch nicht, aber irgendwie habe ich gerade eine Phase, in der ich oft an dich denke. Vielleicht nicht denken, eher wünsche ich mir, dich öfter zu sprechen. Du hast ganz richtig gesagt, dass wir beide ja mal ganz eng miteinander waren. Früher. Und eine richtige Freundin habe ich nie gehabt. Bis heute nicht. Du hattest immer Cleo und ich ...«

Lena klappte fast der Unterkiefer herunter. Was waren das denn für Töne aus dem Mund ihrer Schwester? Sie zögerte einen Moment. Klar, sie kannte Maja, wusste, dass sie oft mit den Menschen spielte, um für sich etwas rauszuschlagen. Aber dieses Mal sagte ihr ihr Instinkt, dass Maja nicht spielte. Sie wusste es einfach tief in ihrem Herzen.

»Sag mal, geht es dir nicht gut?«, erkundigte sie sich besorgt.

Als Antwort bekam sie ein Lachen, das zu kurz und zu hart war, um fröhlich zu klingen.

»Nein, schlecht geht es mir nicht. Vielleicht habe ich gerade eine melancholische Phase. Ich werde nicht jünger. Da zieht man schon mal Bilanz und kommt auf merkwürdige Gedanken, die der normale Alltag sonst sofort im Keim erstickt.« Maja verstummte, zögerte hörbar eine Weile, bevor sie fortfuhr: »Wenn ich aus New York zurück bin, besuche ich dich, okay? Bald, meine ich. Nicht erst in ein paar Monaten. Ich habe mir überlegt, dass wir vielleicht auch mal zusammen Vater auf Mallorca besuchen könnten. Für ein paar Tage oder so. Das können wir ja noch besprechen.« Ihre Stimme nahm wieder Fahrt auf. »Also, ich muss jetzt weitermachen. Ich schicke dir noch mal Lars' Foto. Und bitte, falls es dir nicht zu lästig ist, melde dich doch mal bei ihm. Ruf ihn an und triff dich mit ihm auf einen Kaffee, wenn du in Stockholm bist. Ich fände es schön, wenn ihr euch kennenlernen würdet.«

Lena atmete tief durch. Sie war verwirrt. Was sollte sie von Majas Verhalten halten? War das nur eine Taktik oder befand sie sich tatsächlich in einer Krise?

»Okay«, erwiderte sie. »Ich werde mal sehen. Melde dich, wenn du aus New York zurück bist. Und … Falls du mal jemanden zum Reden brauchst, kannst du mich natürlich jederzeit anrufen.«

»Danke. Ich habe dich lieb.« Es klickte in der Leitung.

Das Gewitter war inzwischen näher gekommen. Die Wolken ließen der Sonne keine Chance mehr, und die Blitze kamen fast ununterbrochen. Auch der Donner, bis jetzt erst in der Ferne hörbar, wurde lauter. Wind schüttelte die Kronen der Erlen. Jetzt klatschten die ersten dicken Tropfen auf die Windschutzscheibe. Es wurde Zeit, nach Hause zu fahren.

Sie drehte den Zündschlüssel im Schloss und fuhr den Wiesenweg entlang auf ihr Haus zu. Sie hatte das untrügliche Gefühl, dass in dem perfekt durchorganisierten Leben ihrer Schwester etwas in Unordnung geraten war, was diese zum Nachdenken gebracht hatte. Unwillkürlich musste sie lächeln. Sonst war immer sie diejenige von ihnen beiden gewesen, deren Leben ein ständiges Auf und Ab mit sich brachte. Sie musste zugeben: Es war ein gutes Gefühl, zur Abwechslung einmal mit sich so im Reinen zu sein.

Dieses gute Gefühl sollte jedoch nicht von langer Dauer sein.

Lena fuhr durch den Heckenweg und entdeckte an dessen Ende vor ihrem Haus ein Cabrio. Sein Fahrer war gerade dabei, das Stoffverdeck zu schließen. Die Erkenntnis, dass dieser Mann Torben war, schlug wie einer der Donnerschläge des nahenden Gewitters in ihr Bewusstsein ein. Ihr stockte der Atem.

Torben blickte auf, als sie auf ihn zufuhr. Der strömende Regen auf ihrer Windschutzscheibe ließ seine Gestalt zerfließen, als wäre er für sie nicht richtig greifbar.

Sie stieg aus. Torben kam auf sie zu, langsam, gelassen und dennoch zielstrebig. Der Regen rann ihm über das gebräunte Gesicht. Seine grünen Augen sahen sie forschend an. Dieser Blick, der bis tief in ihre Seele zu dringen schien, mixte einen Gefühlscocktail in ihr, der sie unter Strom setzte. Ihr Verstand, den sie im Gespräch mit Cleo gerade wieder geordnet hatte, ließ sie jäh im Stich, zerrann wie ein Farbtropfen im Wasserglas. Sie standen sich gegenüber, sahen sich an, während über ihren Köpfen am schwarzen Himmel Blitze zündeten. Das Krachen und Rauschen um sie herum übertönte Lenas schweren Atem. Regen peitschte ihr mit Kälte und Nässe ins Gesicht, doch sie spürte ihn nicht. Sie sah nur Torben vor sich und ließ sich wieder gefangen nehmen von seiner geradezu magnetischen Ausstrahlung. Ihre Blicke verfingen sich, sie schwiegen, schauten sich nur an. Lenas Herzschlag setzte aus, als Torbens Hände über ihre Oberarme strichen, als wollte er sich vergewissern, ob sie auch tatsächlich vor ihm stand. Da konnte sie nicht mehr anders. Sie ließ sich an seine Brust sinken und spürte, wie sich seine Arme fest um sie schlossen.

Ja, hier gehörte sie hin. Nur dieser eine Gedanke waberte ihr durch den Sinn, bevor sie ganz ihrem Bedürfnis nachgab, Torbens gestählten Körper hautnah an ihrem zu spüren. Ihre Brüste, die sich unter dem inzwischen nassen Shirt abmalten, pressten sich an sein Hemd. Sie hielt sich an den Aufschlägen seines Jacketts fest und gab sich ganz dem Gefühl hin, welches seine suchende Zunge in ihrem Mund auslöste. Zwischen ihren Schenkeln entzündete sich ein Feuer. Es lief durch ihren Körper, ließ ihre Nippel sehnsüchtig anschwellen. Sie klammerte sich an Torben und nahm nur noch wie durch einen Schleier wahr, dass er sie hochhob, ohne seine Lippen von ihren zu lösen, und auf die Veranda trug.

»Die Tür ist offen.« War das gerade ihre Stimme gewesen? Sie erkannte sie selbst nicht mehr.

Torben stellte sie wieder auf die Füße, unter das Vordach neben der Haustür, und sah sie an. Die unverhüllte Leidenschaft in den grünen Augen ließ sie erbeben. Mit der Linken nahm er ihre Hand. Aufreizend langsam hob er sie an seinen Mund und küsste jeden einzelnen ihrer Finger. Sein Blick ließ sie dabei nicht los. Als er an ihrem Zeigefinger zu saugen begann, krampften sich die Muskeln in ihrem Unterleib zusammen. Die samtene Weichheit seines Mundes, ähnlich der ihrer Vagina, erregte sie in einem Maße, welches sie bisher nicht gekannt hatte. Es ließ ihre Säfte fließen, ihre Schamlippen anschwellen. Ihre Muskeln begannen zu zucken, als wäre sein Schwanz bereits in ihr. Sie musste ihn in sich spüren. Hier und jetzt.

»Zieh mich aus«, sagte sie rau und fordernd. »Jetzt, hier, sofort.«

Ohne ein Wort kam er ihrem Befehl nach. Ja, es war ein

Befehl gewesen und keine Bitte. Er öffnete den Reißverschluss ihrer Jeans und streifte sie herunter, wobei sie ihm mit dem Fuß half. Das Shirt zog er ihr über den Kopf. Alle Bewegungen führte er langsam, geradezu andächtig aus. Und wahnsinnig aufreizend.

»Der Slip ...« Sie keuchte nur noch.

Mit einer einzigen Bewegung befreite er sie auch davon. Nun stand sie nackt vor ihm, was ihr völlig selbstverständlich vorkam. Stumm betrachtete er sie, vom Kopf bis zu den Füßen und wieder zurück. Seinen Blick empfand sie wie eine sinnliche Berührung. Sie genoss es geradezu, in diesem Blick zu baden. Dann trat sie nah an ihn heran. Ihre Finger durchkämmten sein feuchtes Haar. Sie schmiegte sich an ihn.

»Lena ...«, stöhnte er an ihren Lippen.

Mit der Zungenspitze strich sie über seine Unterlippe, drückte ihre Zähne in die Sehnen seines Halses. Er hielt sie so eng an sich gedrückt, dass ihr Becken bei jeder noch so kleinen Bewegung über seine Erektion rieb, eine beachtliche Erektion. Fieber erfasste sie. Sie vergaß alles um sich herum, das Zischen der Blitze, das Grollen des Donners, das Fauchen des Windes, die feuchte Kühle auf ihrer Haut. Ihre Finger öffneten den Knopf seiner Jeans, ihre Hand glitt hinein, rieb seinen Schwanz so hart und schnell, dass Torben den Kopf stöhnend in den Nacken warf. Ihr Herz raste. Die Hitze zwischen ihren Schenkeln wollte sie versengen. Sie musste diesen Schwanz in sich spüren. Alles andere war zu wenig; zu wenig, um ihr unersättliches Verlangen nach diesem Mann zu stillen.

Schwer atmend zog sie Torben Jeans und Shorts aus, während er sein Jackett und sein Shirt von sich warf. Nun stand er nackt vor ihr. Ein germanischer Gott mit muskulösen Beinen, schmalen Hüften, Waschbrettbauch und einer mächtigen harten Rute mit praller purpurfarbener Spitze.

Ein Lächeln legte sich auf ihre Lippen, eines, das aus ihrem Herzen kam. Wow, was für ein Kerl!

Sie legte die Arme um seinen Nacken, stellte sich auf die Zehenspitzen. Er begriff sofort, was sie vorhatte, und schob seine Hände unter ihren Po. Während er sie hochhob, schlang sie die Beine um seine Hüfte und hielt sich so an ihm fest. Sie grub die Finger in sein Haar, küsste seinen Mund. Ihre Hände glitten über seinen schweißnassen Nacken, seine kräftigen Schultern. Ihre Brüste drängten sich an seine glatte Haut. Sie musste mit Torbens Körper verschmelzen, so schnell wie möglich und so intensiv wie möglich. Doch er schien sich damit noch Zeit lassen zu wollen. Seine Hand fasste in ihren Schritt und legte sich auf ihre nasse Spalte. Sie stöhnte in seinen Mund und rieb sich an seinen Fingern, bis er wieder ihre Pobacke umfasste und endlich in einer einzigen Bewegung sein Geschlecht in ihr versenkte. Die Wucht seines Stoßes ließ sie erbeben. Obwohl er tief in ihr war, genügte es ihr immer noch nicht. Sie stützte sich mit den Händen rückwärts auf der umlaufenden Fensterbank ab, presste den Rücken an die Holzwand und schob ihr Becken nach vorn.

Torben verstand auch dieses Mal. Während seine Hände ihren Po kneteten, begann seine heiße Zunge ihre harten Nippel zu umkreisen. »Ja, ja …« Genau das brauchte sie. Als er dann an ihnen saugte, während er gleichzeitig im gleichen Rhythmus seinen Schwanz in ihr bewegte, glaubte sie, die Besinnung zu verlieren. Ihre Leiber klatschten immer schneller gegeneinander. Sie klammerte sich an den Mann, der sie hielt und ihr diese Wonnen bereitete, keuchte, schrie, bettelte, er möge noch härter, noch tiefer in sie hineinstoßen. Dann endlich packte sie der Höhepunkt und schüttelte sie regelrecht durch. Eine Welle nach der anderen überflutete ihr Inneres. Ihre Muskeln umklammerten Torbens zuckendes Glied. Sie hielt sich an seinen Schultern fest, um von den aufeinanderfolgenden Wellen nicht in die Tiefe gezogen zu werden und das Bewusstsein zu verlieren. Während ihre Kontraktionen andauerten und sie spürte, wie Torben seinen Saft in sie hineinspritzte, hörte sie ihn wie aus weiter Ferne lustvoll stöhnen. Seine Stöße wurden langsamer, weniger, der Sturm ebbte ab. Atemlos, Brust an Brust, Herz an Herz und Wange an Wange verharrten sie in enger Umarmung unter dem Verandadach, bewegungslos, ihre Beine immer noch um Torbens Mitte, die Arme um seinen Nacken, seine Arme um ihre Taille geschlungen. Irgendwann, sie hätte die Zeit nicht benennen können, löste sie langsam ihre Wange von seiner. Sie lächelten einander an. In den grünen Männeraugen stand eine Wärme, die sich direkt in ihr Herz stahl.

Himmel ... Sie hätte vor Glück vergehen können. Nein! Das durfte nicht sein, sagte sie sich sofort. Wahrscheinlich war sie gerade nur so erschüttert von dieser überwältigenden sexuellen Erfahrung.

Während sie gegen ihren jagenden Puls und die aufkeimenden diffusen Regungen in ihrem Herzen ankämpfte, strich ihr Torben in einer zärtlichen Geste die verschwitzten Haare aus der Stirn.

Nein, befahl sie sich erneut. Werde jetzt bloß nicht sentimental.

Sie schluckte, sammelte all ihre noch verbliebene mentale Kraft und zwinkerte ihm übertrieben frech zu. »Lässt du mich wieder runter?«

»Natürlich.« Sein Blick wurde allmählich wieder klarer.

Viel zu abrupt ließ er sie los, sodass sie mit beiden Füßen hart auf dem Boden aufkam.

Sie standen einander gegenüber. Torben war einen Schritt zurückgetreten. Kühle Luft wehte zwischen ihnen hindurch.

Und jetzt? Das Gewitter war weitergezogen. Der Regen fiel nur noch in dünnen Schlieren. Der Wind hatte sich gelegt, der Boden dampfte und die Luft roch nach fruchtbarer Erde.

»Magst du noch mit reinkommen?«, fragte sie mit belegter Stimme. Hörbar verunsichert, wie ihr schien.

Obwohl er ihr das gegeben hatte, was sie von ihm hatte haben wollen, fiel es ihr schwer, ihn jetzt einfach gehen zu lassen. Hatte er ihr nicht viel mehr gegeben als nur Sex? Und hatte sie den Sex mit ihm vielleicht auch deshalb so sehr genossen?

Torben nickte stumm.

Schweigend sammelten sie ihre Kleidungsstücke auf.

»Hier ist die Gästetoilette.« Sie zeigte auf die erste Tür rechts in dem kleinen Flur. »Ich gehe ins Bad.«

Ihr Puls pochte noch in ihren Ohren, ihr Herz schlug immer noch viel zu schnell, ihre Spalte war heiß und geschwollen. Selbst das kalte Wasser konnte sie nicht beruhigen. Während sie sich wusch, zitterten nicht nur ihre Knie. Mit fahriger Hand bürstete sie sich das feuchte Haar, steckte es locker auf dem Oberkopf zusammen und schlüpfte in einen pastellblauen Kimono. Dann sah sie in den Spiegel.

Die Frau, die ihr dort entgegenblickte, schien von innen zu leuchten. Glänzende Augen, rosige Haut, rote Lippen und über ihrem Gesicht lag ein Ausdruck von ...? Ja, von was? Verzauberung? Verzückung? Zufriedenheit? Glück? Eines wusste sie gewiss: So herrlich hatte sie sich noch nie nach dem Bumsen gefühlt. Das konnte nur an Torbens außergewöhnlichen Qualitäten als Liebhaber liegen. Warum sollte sie auf dieses Gefühl verzichten? Was ging es sie an, dass er im Alltag an eine andere Frau gebunden war, so lange sie sich nicht in ihn verliebte?

Als Lena ins Wohnzimmer trat, hatte Torben den CD-Player angestellt. Weiche Soulmusik erfüllte den Raum, auf dem Tisch standen eine Flasche Weißwein, zwei Gläser – und ein großer Blumenstrauß. Sie machte große Augen. Er konnte nur von Torben sein. Er musste ihn selbst gepflückt haben. Eine warme Woge durchflutete ihren Körper und überspülte ihr Herz. Niemals zuvor hatte sich ein Mann die Mühe gemacht, Blumen selbst pflücken.

Sie trat an den Tisch heran und berührte eine der Blüten. Schlüsselblumen, Kornblumen, Margeriten ... Sie fand all die Blumen wieder, aus denen sie und ihre Schwester früher zur Mittsommernacht ihre Kränze geflochten hatten.

Die Erinnerung an diese Kindheitstage überfiel sie ganz plötzlich. Wie schön wäre es, wenn sie und Maja irgendwann einander wieder näher kommen könnten, ging ihr kurz durch den Sinn. Dann schüttelte sie diese sentimentale Regung schnell ab.

Torben lehnte in der offen stehenden Verandatür, mit dem Rücken zu ihr. Er trug seine Jeans. Sonst nichts. Und aufs Neue empfand sie ihn als urwüchsig, stark und ungemein anziehend, so sexy, dass sich zu ihrer eigenen Verwunderung wieder die ersten Lustgefühle in ihr meldeten.

Obwohl er sie gehört haben musste, drehte er sich nicht um, sondern blickte aufs Meer hinaus, über dem sich der Himmel gelichtet hatte. Er war nicht mehr schiefergrau, sondern perlmuttfarben und malte die Welt unter ihm wieder weicher. Während sie Torbens scharf umrissene Silhouette im Gegenlicht betrachtete, blitzte sogar für einen Moment die Sonne hervor, die die Regentropfen auf den Blättern wie bunte Kristalle funkeln ließ.

»Hej«, sagte sie leise.

Torben drehte sich um.

»Danke für den Strauß.«

»Bitte. Ich habe ihn auf der Fahrt zu dir gepflückt. Ich finde, er passt zu dir.« Er schenkte ihr dieses einzigartige Lächeln, das ihr weiche Knie machte, und fügte hinzu: »Ich verschenke jedoch genauso gern rote Rosen, wenn eine Frau die lieber mag.«

Sie trat auf ihn zu und legte die Hände auf seine Schultern. »Mag ich aber nicht. Die Blumen sind wunderschön. Ich habe es lieber natürlich.« Sie stellte sich auf die Zehenspitzen und küsste ihn leicht auf die Lippen. »Danke.«

»Bitte.« Wieder dieses Lächeln, dann zeigte er auf die Flasche. »Wein?«

»Gern.« Sie ließ ihn los und beobachtete, wie er mit ruhigen Bewegungen die Flasche öffnete und einschenkte, ganz routiniert und selbstverständlich, als hätten sie diese Situation jeden Abend nach einem langen Arbeitstag.

»Beim nächsten Mal bringe ich Nachschub mit«, sagte er. »Ich kann schließlich nicht immer deinen Wein trinken.«

Nicht immer ... in ihrem Bauch kribbelte es. Das klang so, als würden sie sich wiedersehen, wogegen sie nichts einzuwenden hatte. Es klang aber auch danach, dass er kein einmaliges Wiedersehen meinte, was ihr ebenfalls gefiel. Verdammt, sagte sie sich. Bloß keine Gefühle. Schließlich war der Mann vergeben. Das konnte nur Ärger geben.

Er reichte ihr das Glas. »Skol.« Sie prosteten sich zu. »Du hast meinen Zettel gelesen?«, fragte er, nachdem sie beide getrunken hatten.

Sie nickte stumm.

»Ich will keine Missverständnisse zwischen uns. Du sollst wissen, woran du bei mir bist.«

Was sollte sie dazu sagen? Dass es ihr eigentlich gleichgültig war, ob er gebunden war oder nicht, solange sie guten Sex hatten? Dass sie zurzeit keine feste Bindung suchte? Dass sie nicht mehr an die wahre Liebe glaubte?

Sie beschloss, erst einmal gar nichts zu sagen. Diese Situation war für sie ungewohnt. Bisher war sie immer diejenige gewesen, die von einem Mann Klarheit eingefordert hatte. Ihre Bad Boys, die sie so anziehend fand, hatten sich nie festlegen wollen. Bumsen *ja*, aber Beziehung *mal sehen*.

»Ich bin verlobt«, sagte Torben. Sein Blick schien ihr Inneres erforschen zu wollen. »Und du?«, erkundigte er sich dann.

»Ich bin nicht verlobt.«

Er lächelte. »Das dachte ich mir schon. Du bist keine Frau, die zweigleisig fährt. Du strahlst so eine Klarheit aus, so eine Entschlossenheit. Weißt du ...« Wieder dieses Lächeln, gegen das sie sich eigentlich wehren müsste, wenn sie ihren Grundsätzen treu bleiben wollte, welches ihr Herz jedoch einen Purzelbaum schlagen ließ. »Du hast mich vom ersten Moment an fasziniert. Nicht nur dein Äußeres. Ich bin ebenfalls ein klarer Mensch. Nur braucht man manchmal vom Schicksal einen Tritt in den Allerwertesten, um zu erkennen, dass der Zeitpunkt gekommen ist, Klarheit zu schaffen.«

Er sprach ganz eindeutig von seiner Beziehung zu seiner Verlobten, die er aufzulösen gedachte. Da war sie sich sicher.

Sie räusperte sich, nippte noch einmal an ihrem Wein und sagte dann:

»Wir kennen uns kaum. Eigentlich gar nicht. Ich meine ...«

»Stimmt.« Er nickte mit eindringlichem Blick. »Wir wissen bis jetzt kaum etwas voneinander. Aber muss man erst die gesamte Biografie des anderen studiert haben, um sich ihm nah, ja, sogar vertraut zu fühlen? Es gibt sie wirklich, die Liebe auf den ersten Blick. Das weiß ich jetzt.«

Seine inhaltsschweren Worte verschlugen ihr die Sprache. Hatte sie sich solche Worte aus dem Mund eines Mannes nicht immer gewünscht? Sie glaubte Torben sogar. Keinem anderen der Typen, denen sie vorher begegnet war, hätte sie sie

geglaubt, aber Torben war anders. Das spürte sie. Nein, das wusste sie. Warum freute sie sich jetzt nicht? Warum fiel sie Torben nicht um den Hals?

Weil du keine feste Bindung willst. Nicht jetzt. Und schon gar nicht mit einem Mann, der noch gebunden ist. Spaß im Bett ja, aber mehr nicht.

Sie griff sich an die Stirn. Ihr Herzschlag hatte sich wieder beschleunigt. Dieses Mal jedoch nicht, weil Torbens nackter, perfekt geformter Oberkörper sie so sehr anmachte, sondern weil ihr Kopf inzwischen wieder die Oberhand über ihre Triebe gewonnen hatte, und in diesem ein Gedanke den anderen jagte.

»Was macht deine Verlobte eigentlich beruflich?« Die Frage sprang ihr ganz spontan über die Lippen und sie beglückwünschte sich dafür, denn sie lenkte sie erst einmal von ihren eigenen Befindlichkeiten ab.

Torben zog die Stirn in Falten. Er zögerte. Er hatte sichtlich mehr Probleme als sie, von der emotionalen auf die sachliche Gesprächsebene zu wechseln.

»Sie ist Projektleiterin und ständig unterwegs«, antwortete er dann fast mürrisch.

»Wie lange kennt ihr euch schon?«

»Knapp ein Jahr.«

»Und jetzt merkst du, dass du sie doch nicht liebst«, führte sie unerbittlich ihre Befragung fort.

Er drehte das Glas auf dem Handteller, betrachtete es eine Weile und erwiderte schließlich:

»Ich habe schon recht schnell bemerkt, dass wir nicht zusammenpassen, in unseren Lebensvorstellungen, in unseren Bedürfnissen. Nachdem der erste Reiz verflogen war und man nach der rosaroten Brille wieder die Klarsichtbrille aufsetzt, zieht man ja mal Bilanz über die Zeit, die man zusammen ver-

bracht hat. Bei uns kann man da nicht von Monaten sprechen, sondern eher nur von Wochen, obwohl wir genau einundzwanzig Tage nach unserem Kennenlernen bereits zusammengezogen sind. Das heißt, ich bin bei ihr eingezogen.« Er lachte hörbar halbherzig. »Bei ihr muss alles immer schnell gehen.«

Erleichtert atmete sie auf. Er ließ sich also auf eine sachliche Unterhaltung mit ihr ein, die ihr momentan lieber war als eine über ihre Gefühle, die sie nicht hätte beschreiben können. Außerdem meldete sich nun die Neugier in ihr. Sie wollte mehr über diesen Mann erfahren, der sie so fantastisch befriedigen konnte.

»Und wo ist das?«, erkundigte sie sich, während sie einen Stuhl heranzog und sich an den Tisch setzte.

»Wo ist was?« Verständnislos sah er sie an, bevor er ihr gegenüber Platz nahm.

Da saßen sie nun – wie zwei Menschen, die sich gerade in einem Café oder in einer Kneipe kennengelernt hatten und nun gepflegt miteinander plauderten. Niemand hätte ihnen angesehen, dass sie erst vor wenigen Minuten heißen Sex gehabt hatten. Okay, solche Situationen hatte es schon zwei- oder dreimal in ihrem Leben gegeben. Nach dem Bumsen unterhielt man sich noch, alberte ein bisschen herum und trieb es vielleicht noch einmal miteinander.

»Wo ist was?«, wiederholte er.

»Euer gemeinsames Zuhause. Wo ist das?«

»In Göteborg.«

Göteborg also, sagte sie sich. Hatte sie sich ja schon gedacht. Weit genug weg also, um sich unverbindlich und heimlich hin und wieder hier bei ihr zu treffen. Sie trank einen Schluck.

»Du hast mir erzählt, du wärst Journalist. Arbeitest du bei der Zeitung oder beim Fernsehen?« Mit dem Weinglas in der

Hand, lehnte sie sich auf dem Stuhl zurück und schlug die Beine übereinander.

»Ich arbeite freiberuflich. Ich schreibe Artikel und biete sie verschiedenen Zeitungen und Zeitschriften an. Hauptberuflich schreibe ich inzwischen etwas anderes.«

Sie beugte sich vor. »Was denn?«

Den Bruchteil einer Sekunde später schreckte sie durch einen durchdringenden Klingelton zusammen. Verwirrt blickte sie Torben an.

»Das ist dein Handy«, klärte er sie auf. »Als ich die Blumen aus meinem Wagen holte, hat es schon einmal geklingelt. Es lag noch in deinem Auto. Ich habe es mit ins Haus genommen.«

Sie winkte ab. »Lassen wir es klingeln.«

Er hob die Brauen. »Vielleicht ist es was Wichtiges. Zweimal so kurz hintereinander.«

Sie zögerte, seufzte und stand auf.

Maja ruft an, las sie auf dem Display des Funktelefons, das Torben auf den Couchtisch gelegt hatte.

»Oh nein, nicht jetzt«, entfuhr es ihr unwillkürlich.

»Was ist denn?«

Sie drehte sich zu ihm um und verdrehte die Augen. »Meine Schwester.«

»Du hast eine Schwester?«

Sie lachte. »Ja, sogar eine ganz besondere«, antwortete sie mit einer guten Portion Ironie, während das Handy in ihrer Hand weiter klingelte.

»Geh lieber mal dran. Wahrscheinlich ist es was Dringendes.«

Unschlüssig, ob sie die Leitung öffnen sollte, blieb sie mitten im Wohnzimmer stehen. Vielleicht hat er recht, dachte sie und drückte schließlich die grüne Taste.

»Ja?«, fragte sie knapp ins Mikrofon.

»Ich bin es, Maja. Ich wollte nur fragen, ob du dir schon Lars' Bild angesehen hast?«

Lena zog die Luft scharf ein. Als wenn sie das jetzt interessieren würde!

»Nein, habe ich noch nicht.«

»Warum nicht? Es ist mir wirklich wichtig.« Maja klang wie ein kleines enttäuschtes Mädchen, was Lena noch mehr nervte. Diese Nummer hatte sie früher schon meisterhaft beherrscht.

»Hat das nicht Zeit bis morgen?«, fragte sie ungehalten.

»Es ist mir wirklich wichtig. Ich habe nur wenig Zeit und möchte deine Meinung hören«, antwortete ihre Schwester so, als wäre sie in höchster Eile. Wie meistens.

Voller Unverständnis schüttelte Lena den Kopf. Ihre Meinung hören? Welch ein Schwachsinn. Als wenn Maja ihre Meinung jemals interessiert hätte. Was waren denn das für neue Töne? Außerdem hatten sie bezüglich Männer immer schon einen unterschiedlichen Geschmack gehabt. Um ihre Schwester jedoch möglichst schnell loszuwerden, sagte sie:

»Okay, ich sehe es mir gleich an und rufe dich morgen früh gegen acht zurück. Früher geht es nicht. Ich muss jetzt Schluss machen. Ciao.«

Bevor Maja noch etwas sagen konnte, klickte sie die Verbindung weg. Sie blickte zu Torben hinüber.

Er sah sie an, ruhig und forschend. »Alles in Ordnung?«

»Ja, klar.«

Ein belustigtes Lächeln legte sich auf seine Lippen, die so fantastisch küssen konnten. »Eine besonders innige Beziehung scheint ihr beide nicht gerade zu haben.«

»Da ist etwas Wahres dran«, murmelte sie, während sie ein paar Tasten drückte, um das Foto von Majas Verlobtem hochzuladen. »Nur eine Sekunde noch. Ich muss mal eben etwas abrufen.«

Majas für sie völlig unverständliche Bitte saß ihr im Nacken. Das zumindest hatte ihre Schwester durch ihren Anruf erreicht. Sie konnte nichts dagegen tun. Von ihrer deutschen Mutter zu Pflichtgefühl und Verantwortungsbewusstsein erzogen, musste sie diese erst erfüllen, bevor sie sich wieder Torben und ihrer Zweisamkeit widmen konnte.

Als der markante Männerkopf dann auf dem Display erschien, zweifelte Lena an ihren Sinnen.

Lenas Verwirrung und Bestürzung war so groß, dass sie keine Worte fand, mit denen sie diese hätte ausdrücken können. Das lachende gebräunte Gesicht, das ihr auf dem Display entgegenblickte, war Torbens Gesicht. Ungläubig starrte sie es an, wie vor den Kopf geschlagen. Ihr Mund fühlte sich plötzlich trocken an.

Nein, das konnte nicht sein. Sie musste sich täuschen. Torben sollte Majas Verlobter sein? Unmöglich. Majas Verlobter hieß Lars. Lars ... Lars ... Ihr Gehirn verweigerte ihr den Dienst. Ihr fiel der Nachname nicht ein. Torben musste einen Doppelgänger haben. Oder Majas Verlobter einen, der Torben hieß. Oder wie auch immer.

Sie kniff die Lider zusammen, trat vors Fenster in der Hoffnung, im besseren Licht noch andere Züge auf dem Foto zu entdecken als die von Torben. Das Bild jedoch veränderte sich nicht. Es waren Torbens grüne Augen, in die sie blickte, seine etwas zu große Nase, sein kantiges Kinn, sein sensibler Mund und vor allem sein einzigartiges Lächeln, das nur ihm gehörte. Als ihr Gehirn endlich anfing, die Bedeutung dieses Fotos für ihr Verhältnis zu dem besten Lover, den sie je gehabt hatte, zu begreifen, glaubte sie ins Bodenlose zu stürzen. Rein mechanisch stellte sie das Fenster auf Kippe, als könnte ihr diese ganz

normale Geste etwas Sicherheit zurückgeben in dem Chaos, das gerade über sie hereinbrach.

»Was ist?« Torben stand plötzlich hinter ihr.

Sie drehte sich zu ihm herum, wich vor ihm zurück, presste das Handy an die Brust.

Torben ... Lars ... Ihr zukünftiger Schwager hieß doch Lars, hämmerte ihr Verstand noch einmal auf sie ein. Lars Lundgren, fiel ihr jetzt wieder ein. Maja hatte den Namen irgendwann erwähnt. Erleichtert dankte sie ihrem Erinnerungsvermögen, das genau im richtigen Moment wieder einsetzte und ihr Entwarnung gab.

»Was ist denn los?«, fragte Torben nun sehr viel lauter als beim ersten Mal. Zumindest kam es ihr so vor.

Sie räusperte sich. »Wie heißt du?«

Torben hob die dunkelblonden Brauen, als zweifelte er ernsthaft an ihrem Verstand.

»Mit Nachnamen, meine ich«, fügte sie ungeduldig hinzu.

»Svensson«, erwiderte er erstaunt.

Sie wollte schon aufatmen. Doch dann vergewisserte sie sich lieber noch einmal:

»Torben Svensson?«

Unmut machte sich auf seinen Zügen breit. »Also, sag mal ...«

»Bitte.« Sie sah zu ihm hoch. »Torben Svensson?«, fragte sie eindringlich, fast flehend.

»Torben Lars Svensson«, antwortete er immer noch ruhig, aber sehr energisch. »Kannst du mir bitte jetzt verraten ...?«

»Lars?« Hatte sie diesen Namen ausgerufen oder sogar herausgeschrien oder nur geflüstert? Sie sah, dass Torben zusammenzuckte und mit irritiertem Ausdruck einen Schritt von ihr zurücktrat.

»Lars Lundgren?« Ihre Stimme war nunmehr ein heiseres

Flüstern, denn ihr Unterbewusstsein kannte längst die Antwort.

»Das ist mein Pseudonym, unter dem ich meine Bücher schreibe.« Mit einer einzigen Bewegung nahm er ihr das Handy aus der Hand, das sie immer noch an sich gepresst hielt. Sein Blick fiel auf das Display. Obwohl sie ihn inzwischen nur noch verschwommen sah – irgendein Film musste auf ihren Augen liegen, der alles um sie herum verzerrte – nahm sie den Moment wahr, in dem Torben begriff. Er starrte auf sein Konterfei und wurde aschfahl unter der Bräune. Sein rechtes Unterlid zuckte.

»Hast du vielleicht einen Zwillingsbruder?« Ihre Stimme klang bittend.

»Ich habe keine Geschwister.« Torbens dagegen klang hart wie Stahl.

Dann gab es keinen Zweifel mehr: Sie hatte gerade Sex mit ihrem zukünftigen Schwager gehabt. Und das zu einem Zeitpunkt, an dem ihre Schwester gerade wieder den Kontakt zu ihr suchte.

Das Blut rauschte in ihrem Kopf, ließ sie schwindeln. Ihre Arme hingen an ihrem Körper herab. Ihr war, als würde all ihr Lebenssaft aus ihr herausfließen.

»Maja ist deine Schwester?« Torbens raue Stimme klang wie aus weiter Ferne an ihr Ohr.

Sie konnte nur nicken.

Er rieb sich die Stirn, schnappte nach Luft. »Das ist ja …« Er verstummte. Ihm fehlten ganz offensichtlich ebenfalls die Worte.

Und plötzlich musste sie lachen. Es war kein befreiendes Lachen, sondern ein verzweifeltes, das genauso gut ein Aufschluchzen hätte werden können, wie so oft in Situationen, die eine tragische Ironie in sich bargen. Während ihr disharmonisches Lachen das Wohnzimmer erfüllte, schüttelte sie den Kopf.

»Das gibt es doch nicht. Du bist der Verlobte meiner so heiß geliebten Schwester?« Sie griff sich mit beiden Händen ins Haar, als könnte sie mit dieser Geste den wirren Gedanken in ihrem Kopf Einhalt gebieten. Wieder kam ein unangenehmes Lachen über ihre Lippen, ganz von selbst. »Da habe ich also gerade mit meinem zukünftigen Schwager geschlafen«, fuhr sie mit höhergeschraubter Stimme fort, in der schon die aufkommende Hysterie mitklang. »Das ist wirklich ein Ding. Ein Fick mit Majas Verlobtem! Das Leben geht doch merkwürdige Wege.«

Das Wort *Fick*, welches überhaupt nicht zu ihrem Wortschatz gehörte, geradezu ausgespuckt zu haben, verschaffte ihr ein klein wenig Erleichterung. Es wertete das, was sie und Torben miteinander erlebt hatten, als etwas Beiläufiges, Negatives, Grobes, Mieses ab, was man am besten gleich wieder vergessen und vor allem niemals mehr wiederholen sollte.

Wieder schüttelte sie den Kopf, stieß einen zischenden Laut aus, der jedoch den Druck, den sie innerlich verspürte, nicht mindern konnte. Sie kam erst wieder zur Besinnung, als Torben ziemlich unsanft ihren Arm nahm und sie zum Sofa zog, wo sie mehr in die Kissen plumpste, als dass sie sich setzte. Er ließ sich in den Sessel ihr gegenüber fallen, immer noch grau im Gesicht.

Eine Weile schwiegen sie beide, dann holte sie tief Luft. »Es ist doch wohl klar, dass wir das nicht wiederholen werden«, begann sie mit einer Stimme, die in ihren eigenen Ohren fremd klang. »Niemals …« Ihre Stimme drohte zu kippen. »Niemals …«, hob sie erneut an, »wird es zwischen uns so etwas …«

Torbens grüne Augen schillerten plötzlich wie Eis. »Du meinst das Ficken?«

Diese vier Worte empfand sie wie einen Peitschenhieb. Die Härte in ihnen ließ sie frösteln.

»Ich habe dich nicht gefickt, wie du es gerade so romantisch genannt hast«, fuhr er fort. »Ich habe das Zusammensein mit dir genossen. So sehr wie noch nie zuvor mit einer Frau und ich ...«

»Und Maja?«, unterbrach sie ihn heftig. »Was ist mit Maja?«

»Maja und ich ficken, aber das auch immer seltener.«

Sie sah ihm in die Augen, die ihr nun wie zwei kalt schillernde Smaragde erschienen. Das stumme Duell dauerte nur wenige heftige Atemzüge lang, dann sprang sie auf und ging zum Tisch, auf dem Torbens Blumenstrauß stand. Sie stützte sich mit beiden Händen ab und sagte mit dem Rücken zu ihm:

»Bitte geh jetzt. Ich hoffe, es ist für dich genauso selbstverständlich wie für mich, über unseren ... unseren Kontakt Maja gegenüber Stillschweigen zu wahren.« Sie drehte sich um und hielt seinem Blick stand. »Für mich hat das nichts bedeutet. Es war ... Ja, es war nett. Sogar super, aber eben nur ein One-Night-Stand oder ein One-Evening-Stand, wie auch immer man es nennen mag. Ich bin nicht auf der Suche nach einer Beziehung. Ich möchte mich nur vergnügen. Du siehst also, dass es sich nicht lohnen würde, dich wegen mir von Maja zu trennen. Okay ...« Sie schluckte, zwang sich zu einem Lächeln, was ziemlich misslang, das spürte sie. Dann fuhr sie in weicherem Ton fort: »Mach es gut und wie schon gesagt, wir beide kennen uns nicht, falls meine Schwester mich mal mit dir zusammen besuchen sollte. Oder auf eurer Hochzeit. Okay? Versprichst du mir das?«

»Nein.« Torben stand jetzt ebenfalls auf. Ruckartig. Wie ein Fels füllte er den Raum.

Unwillkürlich zuckte sie zurück. »Was heißt das, nein?«

»Das heißt, dass ich dich ganz sicher nicht mit Maja zusammen besuchen werde. Und zwar weil ich mich von ihr trennen werde. Ganz gleich, was mit uns, damit meine ich dich und mich, passiert, werde ich die Verlobung lösen.«

Lena schluckte und hob die Schultern. Plötzlich fühlte sie sich sehr erschöpft.

»Okay, aber das ist nicht meine Sache«, sagte sie matt.

In ihrem Schädel pochte es, ihr Puls raste, ihr Herz klopfte so hart gegen die Rippen, dass es wehtat. Sie wollte jetzt nur noch allein sein. Und wenn sie die Zeit um ein paar Tage hätte zurückdrehen können, hätte sie keine Sekunde lang gezögert, es zu tun.

Torben kam auf sie zu. Er blieb so nah vor ihr stehen, dass sie ihn riechen konnte, diesen Duft seiner nackten Haut, der ihr noch vor einer halben Stunde – oder wann war es gewesen? – die Sinne hatte schwinden lassen. Für den Bruchteil einer Sekunde kam es ihr ganz natürlich, ganz normal vor, jetzt ihren Kopf an Torbens Brust zu legen, die Arme um seinen Körper zu schlingen und sich, eng an ihn geschmiegt, auszuruhen nach diesem Orkan, der gerade über sie hinweggefegt war. Doch eine Sekunde später schon hatte sie diese Gefühlsanwandlung wieder unterdrückt. Sie straffte sich, hob das Kinn und hielt seinem Blick stand, in dem sie jetzt gleichermaßen eine tiefe Verletzung, aber auch Stolz und Entschlossenheit las.

»Lassen wir ein bisschen Zeit verstreichen«, sagte Torben mit seiner tiefen und wieder ruhig klingenden Stimme. »Ich nehme dir nämlich nicht ab, dass du mit mir nur gefickt hast. So etwas fühlt sich anders an. Und glaube mir, ich weiß, wovon ich rede.«

Ohne ein weiteres Wort drehte er sich um. Ein paar Sekunden später hörte sie seinen Wagen wegfahren. Erst jetzt fiel ihr auf, dass sie am ganzen Leibe zitterte.

Lena hätte nicht sagen können, wie lange sie in Gedanken versunken auf der Veranda gesessen hatte. Irgendwann waren auch die letzten Spuren des Tageslichts verschwunden und eine blauschwarze Nacht hatte sich über Norrtälje gelegt. Der Gesang der Vögel war inzwischen verstummt. Sie hatten für diesen Abend genug gesungen. Sie hörte nur noch das leise Rauschen der Wellen in der Ferne, diese unendliche Melodie, die alle Schicksale und Zeiten überdauerte. Welche Bedeutung hatte im Vergleich dazu die Tatsache, dass sie gerade mit dem Verlobten ihrer Schwester geschlafen hatte? Gar keine. Für den unendlich weiten Himmel über ihr stellte ihr eigenes Leben, das von Maja oder von Torben nur ein Augenzwinkern in der Ewigkeit dar. Und trotzdem. Ihr war übel. Eine zentnerschwere Last lag auf ihrer Brust, die ihr das Atmen schwer machte.

Sie stand auf, blieb unschlüssig auf der obersten Stufe stehen.

Wie spät mochte es sein? Was mochte Cleo jetzt machen? Ihr Dienst im Hotel endete meistens um zwanzig Uhr. Ob sich ihre Freundin an diesem Sommerabend in Stockholm im Trädgarden herumtrieb? Vielleicht war sie ja auch zu Hause.

Lena ging ins Haus und wählte Cleos Nummer. Zu ihrer Überraschung meldete sie sich schon nach dem zweiten Klingelton.

»Du bist da?«, fragte sie erstaunt.

»Hej.« Cleo lachte ihr volltönendes Lachen. »Ich chatte gerade im Internet mit einem unheimlich süßen Typen. Er ist gerade Anfang zwanzig, aber schon ziemlich abgebrüht für sein Alter.« Pause. Dann verlor ihre Stimme den beschwingten Ton. »Und du? Ist was passiert?«

Lena schluckte. »Könnte man so sagen.«

»Lass mich raten. Dein Wikinger hat dich noch einmal beglückt.«

Ein trockenes freudloses Lachen sprang Lena über die Lippen. »Na ja, beglückt? Ich weiß nicht, ob man das so nennen kann.«

»Jetzt erzähl schon.«

»Am Telefon …« Sie zögerte.

Ihre Freundin lachte glucksend. »Lohnt es sich für mich, zur Geisterstunde noch auszurücken?«

»Davon bin ich überzeugt.«

»Nicht, ohne dass du mir einen Anhaltspunkt gibst.«

»Okay, den kannst du haben. Ich habe heute Abend mit meinem zukünftigen Schwager geschlafen.«

Totenstille lag in der Leitung. Die Sekunden dehnten sich zur Minute und Lena wartete darauf, dass Cleo reagierte. Dann sagte diese, indem sie jedes Wort betonte:

»Du hast Majas Kerl gebumst?«

»Genau.«

»Ich komme.«

»Das ist ganz schön irre«, meinte Cleo zehn Minuten später ohne ein Wort der Begrüßung. Sie ging durch den Flur auf die Veranda, ließ sich in den Schaukelstuhl fallen und zündete sich eine Zigarette an. Dann sah sie Lena an. »Jetzt erzähl mal. Nur der Ordnung halber, damit ich dich richtig verstanden habe: Dein Wikinger ist Majas Verlobter. Richtig?«

»Richtig.«

»Leg los. Ich platze vor Neugier.«

In wenigen Sätzen erzählte Lena und beendete ihren kurzen Bericht mit den Worten:

»Hätte ich nicht gleich nach Majas Anruf das Foto hochgeladen, wüsste ich es wahrscheinlich immer noch nicht.«

Cleo hatte ihr mit aufgerissenen Augen zugehört. »Unglaublich«, meinte sie dann. »Anderseits, wie sagt man immer? Die Welt ist klein.«

Lena nickte stumm. Sie schwiegen eine Zigarettenlänge lang. Dann drückte Cleo die Zigarette aus und verschränkte die Arme vor der Brust. »Und jetzt?«

»Und jetzt ist nichts mehr«, erwiderte Lena mit Nachdruck und mit deutlich bitterem Unterton. »Glaubst du etwa, ich habe vor, die Sache fortzuführen? Das würde ich niemals tun und schon mal gar nicht jetzt, da sich Maja offenbar etwas mehr Nähe zu mir wünscht. Ich mache doch nicht ihre Beziehung kaputt. Da ich Torben alias Lars jetzt kennengelernt habe, bin ich mir sicher, dass er gut für sie ist. Er gibt ihr Bodenhaftung.«

Cleo stieß geräuschvoll die Luft aus. »Na ja, irgendwie scheint sie ihren Verlobten ja nicht in seiner Persönlichkeit zu akzeptieren, wenn sie ihn dir unter seinem Pseudonym vorgestellt hat.«

Lena lachte hart. »*Torben Svensson* ist meiner elitären Schwester sicher zu normal. Das klingt in ihren Ohren wie *Otto Normalverbraucher.*« Sie presste die Lippen fest aufeinander und schüttelte den Kopf. »Nein, das kann ich nicht tun. Das will ich auch nicht.« Mit beiden Händen strich sie sich die Haare nach hinten und hob ihr Gesicht mit geschlossenen Lidern dem Nachtwind entgegen. »Ich suche mir eine andere Affäre. Das ist nicht das Problem.«

»Und was ist dann das Problem?« Cleo klang hellhörig.

Lena sah sie an. »Ich habe keines.«

»Hat Torben alias Lars Lundgren eines?«

Als sie schwieg, fuhr ihre Freundin fort: »Ich habe noch den Inhalt seiner Nachricht im Kopf, die heute an deiner Tür klebte. Wenn ich mich recht erinnere, will er seine Verlobung lösen.«

»Damit habe ich nichts zu tun. Für mich ist die Sache eindeutig. Ich will ihn nicht mehr sehen. Okay, falls mich Maja irgendwann mal mit ihm besuchen sollte, kann ich ihnen nicht den Zutritt zu meinem Haus verweigern. Du kannst aber sicher sein, dass ich von meiner Seite aus …« Sie seufzte, fühlte sich völlig erschöpft. »Für mich hat es diese Stunden mit Torben nicht gegeben. Ende.«

Wieder schwiegen sie eine Weile, schauten auf das schwarze Meer hinaus.

»Torben ist ein Mann, der keine Angst hat, seine Gefühle zu zeigen«, fuhr Lena irgendwann in das Schweigen hinein fort. »Das ist ein Zeichen seiner inneren Stärke.« Sie musste lächeln. »Früher hätte ich mir einen solchen Mann als Partner gewünscht.«Sie hörte das Klicken des Feuerzeuges. Cleo zündete sich die zweite Zigarette an, was ein untrügliches Zeichen dafür war, dass ihr scharfsinniger Verstand gerade auf Hochtouren lief.

»Und heute?«, lautete dann auch gleich ihre präzise Frage.

»Diese Frage stellt sich nicht«, wehrte Lena energisch ab. Sie hob die Schultern. Ihr Blick richtete sich in die weite Ferne. »Natürlich habe ich eine ganz besondere Affinität zu Torben gespürt. Nicht nur eine sexuelle, aber wie gesagt: Die Sache hat sich erledigt. In jeder Hinsicht.«

»Dann bin ich ja mal gespannt«, meinte Cleo daraufhin nur mit sibyllinischem Lächeln. »Weißt du was?« Sie schlug einen betont lockeren Ton an. »Hast du am kommenden Wochenende schon was vor?«

Lena sah ihre Freundin neugierig an. »Ich weiß nicht.«

»Hast du eine Reiseleitung übernommen oder musst du für irgendwelche Klausuren lernen?«

»Nein, bis jetzt nicht.«

»Dann lade ich dich für zwei Tage in unser Hotel am Siljansee ein. Dort lassen wir es uns mal so richtig gut gehen. Wellness, Kosmetik, Schwimmen, Massage, leckeres Essen ... Wir haben dort einen neuen Chefkoch. Den wollte ich sowieso mal testen. Was hältst du davon?«

Nichts, hätte Lenas spontane Antwort eigentlich gelautet. Ihr war jetzt nicht nach all diesen Sachen zumute, mit denen Cleo sie auf andere Gedanken bringen wollte. Doch sie wollte ihre Freundin nicht vor den Kopf stoßen. Und bis zum Wochenende war es ja noch lange hin.

Nachdem Cleo gefahren war, ging Lena zu dem schmalen Uferstreifen hinunter, der ihre Wiese von der Ostsee trennte. Am Ende des alten Bootstegs ließ sie sich nieder und sah zum Horizont. In der Ferne vernahm sie die sachte Bewegung der Ostsee wie ein leises Atmen, hinter sich im Gras ein Rascheln und Wispern. Alles war wie immer. Nur wenige Stunden noch, dann würde ein neuer Tag anbrechen und nach diesem noch viele andere, die ihr Zusammensein mit Torben Svensson immer mehr zur Vergangenheit machten – was auch gut so war.

Sie seufzte in sich hinein und versuchte, sich nur auf die Natur um sich herum zu konzentrieren, auf das verschlafene Murmeln des Meeres, die würzige Seeluft... All das hatte immer schon eine beruhigende Wirkung auf sie gehabt. Diese Elemente agierten nach einem unumstößlichen gesetzmäßigen Plan, auf den Verlass war, dem der Rhythmus von Entstehen und Vergehen und wieder neuem Entstehen zugrunde lag. Vor diesem Hintergrund hatte nicht einmal ihr schlechtes Gewissen gegenüber ihrer Schwester eine Bedeutung. Nur für sie.

Mit bleischwerer Hand strich sie sich ein paar Strähnen aus der Stirn, die der Nachtwind ihr ins Gesicht wehte. Und wieder entschlüpfte ihr ein tiefer Seufzer.

Ihr Herz hatte inzwischen zu seinem normalen Rhythmus zurückgefunden. Sie fühlte sich leer. Ja, sie hatte den besten Sex ihres Lebens mit Torben erlebt. Und ja, sie hatte eine gewisse Seelenverwandtschaft mit ihm verspürt, obwohl sie sich kaum kannten. Doch nein, er gehörte an die Seite ihrer Schwester. Plötzlich fiel ihr ein, dass sie Maja versprochen hatte, in wenigen Stunden anzurufen. Was sollte sie ihr sagen? *Lars sieht auf dem Foto nett aus* oder lieber *ich glaube, er passt zu dir?* Ihrer Schwester würde noch nicht einmal in den Sinn kommen zu fragen: Woher willst du das wissen? Nein, sie hatte keine Lust mit Maja über Torben zu reden. Als Maja unsterblich in Filip Sörensen verliebt gewesen war, war ihr Lenas Meinung über diese Liaison völlig egal gewesen. Sie würde ihre Schwester einfach nicht anrufen. Oder lieber doch? Normalerweise hielt sie ihr Wort, aber in diesem Fall ...?

Lena hob den Kopf von den Knien, die sie mit beiden Armen umschlungen hielt, und atmete tief durch.

Nein, auch morgen würde sie nicht kneifen. Das war nicht ihre Art. Sie würde Maja anrufen und ihr zu ihrem sympathisch wirkenden Verlobten namens Lars Lundgren gratulieren. Ja, diesem Härtetest würde sie sich stellen, und danach, oder in einigen Tagen, würde sie sich hoffentlich fragen können: *Torben? Wer ist Torben?*

Etwa zur gleichen Zeit saß Torben in einem unpersönlich eingerichteten Hotelzimmer in der Gamla Stan und wartete auf den Morgen. Er war an diesem Abend nicht mehr zur Schäre zurückgefahren und hatte auch nicht vor, es am nächsten Tag zu tun. Er wollte so schnell wie möglich zurück nach Göteborg.

Nachdem er in Stockholm angekommen war, hatte er den älteren Mann auf der benachbarten Schäre angerufen, einen Bekannten seiner verstorbenen Tante, und ihn gebeten, sich um sein Haus zu kümmern. Seinen Laptop hatte er, bevor er sich an diesem Tag auf den Weg zu Lena gemacht hatte, mitgenommen, wie immer, wenn er die Schäre verließ.

Torben lehnte am geöffneten Fenster und blickte auf das rege Treiben auf dem Stortorget hinunter. Die Stimmen und das Lachen der Menschen, die sich über den Platz schoben, drangen zu ihm herauf. Über der Stadt lag schon lange die Dämmerung, aber das quirlige Leben setzte sich im Sommer auch in der Nacht fort. Der Krach, der zu ihm ins Zimmer drang, war ein Vorgeschmack auf Majas Penthousewohnung im Zentrum von Göteborg, wo er morgen wieder sein würde.

Er trank von seinem Whiskey, den er sich aufs Zimmer hatte bringen lassen, und dachte nach. Natürlich hatte ihn die Erkenntnis, dass Lena die Schwester von Maja war, zuerst ziemlich durcheinandergebracht. Auf der Rückfahrt von Norrtälje nach Stockholm jedoch hatte er seine innere Ruhe weitgehend wiedergefunden. Änderte diese Tatsache etwas daran, dass er in der Zeit, in der er Louisas Nachlass geregelt und Lena kennengelernt hatte, erkannt hatte, dass er sich von Maja trennen musste? Nein. Die Ruhe der Natur, die er in diesen Tagen genossen hatte, und die Abende mit sich allein, hatten seinen Blick endgültig geklärt. Maja und er besaßen völlig unterschiedliche Sichtweisen auf die Welt, auf das Leben und dadurch bedingt auch grundsätzlich unterschiedliche Ansprüche an eine Beziehung. *Gegensätze ziehen sich an,* mit diesem Spruch erklärte Maja gern ihre Partnerschaft. Konträre Pole stießen sich jedoch auch ab und fanden niemals zueinander. Das war seine Sichtweise. Er brauchte keinen Kampf in einer Ehe, kein vergebliches Miteinanderringen, um eine gemeinsame Plattform aufzubauen, auf der beide miteinander glücklich sein konnten. In einer Partnerschaft wollte er sich selbst leben können und die Frau, die er liebte, leben lassen. Es musste jedoch darüber hinaus für sie beide als Paar ein gemeinsames Dach geben, unter dem Harmonie und Frieden herrschten, unter dem sie ihre Liebe leben und daraus Kraft schöpfen konnten. Maja nahm ihm Kraft. Das hatte er ziemlich schnell gespürt. Sie saugte ihn aus – durch ihren hektischen Lebensstil, dem er durch das Zusammenleben mit ihr zwangsweise ausgesetzt war, durch ihre innere Unruhe, die ihm manches Mal schon seine Ruhe zum Schreiben geraubt hatte, durch ihren Egoismus. Genauso unruhig wie in ihrem Alltag verhielt sie sich auch im Bett. Selbst ihr Beischlaf musste schnell gehen. Das hatte ihn schon ziemlich früh an ihr gestört. Er war leider nur der Hoffnung erlegen, er hätte sie zum Genuss anlernen können. Weit gefehlt.

Dass Geschwister so unterschiedlich sein konnten. Darüber wunderte er sich jetzt immer noch, obwohl er schon seit Stunden über Lena und Maja nachdachte. Nachdem er mit Lena zusammen gewesen war, würde er mit Maja keinen Sex mehr haben können – und wollen. Das war ihm im Laufe des Abends klar geworden. Damit allein stand für ihn schon fest, sich endlich zu trennen. Denn Maja würde diesen Sex irgendwann von ihm einfordern. Dann musste er Farbe bekennen. Er wollte sie nicht verletzen. War es da nicht besser, es gar nicht erst so weit kommen zu lassen? Wie er wusste, würde Maja am übernächsten Tag nach New York fliegen. Vorher wollte er unbedingt noch einiges mit ihr klären.

Entschlossen nahm er sein Handy zur Hand und wählte trotz der späten Stunde ihre Nummer in Göteborg. Er wusste, dass sie immer bis weit nach Mitternacht wach war. Sie brauchte nur wenig Schlaf.

Wie erwartet meldete sie sich auch schon nach dem zweiten Klingelzeichen.

»Hej?« Sie klang gehetzt.

»Ich bin es.«

Pause.

»Du? Du bist noch wach?«

»So eine Schlafmütze bin ich nun auch wieder nicht«, entgegnete er trocken.

Sie lachte. »Was gibt es?«

»Ich wollte dir nur sagen, dass ich morgen zurückkomme.«

»Echt? Hast du alles erledigt?«

Das Schwerste steht mir noch bevor, hätte er am liebsten geantwortet. Dann bejahte er jedoch nur ihre Frage.

»Sorry, aber dann sehen wir uns nicht mehr. Ich fliege nämlich schon morgen. Und ich werde länger bleiben als ursprünglich geplant. Mein Chef möchte, dass ich mir den Laden in New York gründlich ansehe, bevor ich entscheide, ob ich für länger dorthin gehe.«

Er biss sich auf die Lippe. Mist. Damit hatte er nicht gerechnet, obwohl er doch inzwischen wusste, dass sich bei Maja alles binnen weniger Sekunden ändern konnte.

»Wann fliegst du denn morgen?«

»Um acht. Das heißt, ich muss um sechs am Flughafen sein.«

Er zog die Luft scharf ein. Wieder einmal hatte sie seine Pläne durchkreuzt, ohne von diesen überhaupt zu wissen. So war es meistens.

»Kommst du dann trotzdem morgen zurück?«, erkundigte sie sich. »Falls ja, könntest du die Wäsche aus der Wäscherei abholen und meinen Hosenanzug aus der Reinigung. Die Abholzettel lege ich dir auf den Küchentisch.«

»Wann kommst du zurück?«, fragte er sachlich.

»Das weiß ich noch nicht genau. Spätestens am kommenden Wochenende. Ich sage dir noch Bescheid.« Sie schwieg einen Moment lang. »Und sonst ist alles klar? Hast du alles geregelt? Ich meine, den Nachlass und das ...«

»Ja.« Urplötzlich fühlte er sich leer. Was sollte er noch sagen? Wieder einmal lähmte sie ihn durch ihre knappe pragmatische Art, die keine richtige Unterhaltung aufkommen ließ. Und das, was ihm auf dem Herzen lag, passte nicht in ein Telefonat.

»Sei ein Schatz und erledige bitte die Punkte, die ich dir aufgeschrieben habe. Wie gesagt, Wäscherei, Einkaufen und all diesen Kram. Wenn ich zurück bin, machen wir uns ein gemütliches Wochenende ohne diese ganzen Verpflichtungen. Wir haben uns bestimmt viel zu erzählen. Und vielleicht auch andere Dinge zu tun«, fügte sie in zweideutigem Ton hinzu.

Er merkte, wie er sich innerlich versteifte. »Ich weiß noch nicht, wann ich nach Göteborg zurückfahre. Wir telefonieren. Ciao. Pass auf dich auf.« Ohne ihre Antwort abzuwarten, klickte er das Gespräch weg.

Den Rest Whiskey trank er in einem Zug aus. Danach streckte er sich auf dem Bett aus, verschränkte die Arme unterm Kopf und überlegte, ob er, statt am nächsten Tag nach Göteborg zu fahren, lieber auf seine Schäre zurückkehren sollte.

Lena hatte den Wecker auf kurz vor sieben Uhr gestellt. Als er schrillte, blinzelte sie in die Sonnenstrahlen. Sie brauchte ein paar Sekunden, um sich zurechtzufinden. Nach zermürbenden Selbstgesprächen war sie irgendwann im Morgengrauen in einen unruhigen, viel zu kurzen Schlaf gefallen und fühlte sich jetzt zerschlagen. Der unbarmherzige Weckton jedoch erinnerte sie daran, dass ein neuer Tag begonnen hatte, dem sie sich stellen musste. Ein tiefer Atemzug, ein eher noch müdes Strecken – und sie sprang mit einer großen Portion Selbstüberwindung in einem Satz aus dem Bett. Leicht schwindelig trat sie vor das offen stehende Fenster.

Die Sonne zauberte goldene Reflexe auf die Ostsee. Seeschwalben zogen elegant über das Wasser, auf der Suche nach einem Frühstück. Als der Schrei einer Möwe die morgendliche Stille zerriss, zuckte sie zusammen. Da war doch noch etwas ...? Maja, schoss es ihr durch den Kopf. Sie hatte gestern, an diesem verhängnisvollen Abend, ihrer Schwester versprochen, sie um acht Uhr anzurufen.

Während sie mit einem Becher Kaffee in der Küche darauf wartete, dass der große Zeiger der Wanduhr auf die Zwölf zuwanderte, ließ sie die Ereignisse des vergangenen Tages noch einmal Revue passieren. Immer noch voller Unglauben darüber, dass es solche Zufälle gab, schüttelte sie den Kopf. Torben ... In wenigen Sekunden musste sie mit Maja über ihren Verlobten reden. *Wie findest du ihn? Er sieht doch super aus, oder? Findest du, dass wir zusammenpassen? Er ist inzwischen ein sehr bekannter Sachbuchautor. Die Leute erkennen ihn auf der Straße. Du glaubst gar nicht, wie charmant er in Gesellschaft sein kann, obwohl er eigentlich ein Einzelgänger ist, aber das werde ich noch ändern. Und er liebt mich. Er vergöttert mich geradezu ...*

Lena schüttelte sich, als hätte sie einen unerträglichen Geruch in die Nase bekommen. Sie kannte Maja. Wenn sie ihre Schwester anriefe, dann käme sie so schnell nicht mehr zu Wort. Dennoch. Sie musste ihr Versprechen halten.

Ihre klammen Finger drückten die Handynummer. Mit angehaltenem Atem und so auf der Hut, als würde sie gleich

einem Raubtier begegnen, hörte sie dem Freizeichen zu. Dann meldete sich die Mailbox und verkündete ihr, dass der Gesprächsteilnehmer zurzeit nicht zu erreichen sei. Mehr enttäuscht als erleichtert beendete sie die Verbindung. Unangenehme Sachen erledigte sie am liebsten sofort. Ihr graute jetzt schon davor, in einer Viertelstunde noch einmal anrufen zu müssen.

Im Laufe dieses Tages sollte Lena jedoch keinen Kontakt zu ihrer Schwester herstellen können. Auch am nächsten Tag nicht. Am übernächsten versuchte sie es gar nicht mehr. Maja musste inzwischen in New York sein. Da sich ihre Schwester auch nicht bei ihr gemeldet hatte, fühlte sie sich nicht länger verpflichtet, Torbens Foto zu kommentieren. Wahrscheinlich hatte Maja inzwischen längst vergessen, um was sie sie gebeten hatte.

Bis Freitagmittag stürzte sich Lena in die Arbeit, vormittags Uni, nachmittags Reiseleitungen. In dieser Woche führte sie Touristengruppen auf den Spuren der schwedischen Nationalschriftstellerin Selma Lagerlöf, der literarischen Mutter Nils Holgerssons und ersten Literaturnobelpreisträgerin, durch Stockholm. Die Touristen liebten diese Rundgänge. Sie hörten ihren Erklärungen mit interessierten Mienen zu, die Kinder mit leuchtenden Augen, wenn sie für diese zwischendurch immer wieder die Abenteuer des kleinen Nils einflocht, der auf dem Rücken eines Gänserichs über Schwedens geflogen war. Nach diesen Nachmittagen, die ihr Ablenkung schenkten, fuhr sie zurück nach Norrtälje, wo sie die Abende damit verbrachte, sich zu verbieten, an Torben Svensson zu denken. In diesen Stunden kam sie schließlich zu dem unwiderruflichen Entschluss, nach dem Wochenende mit ihrer Freundin am Siljansee Dag Asgard anzurufen.

Der Himmel über Norrtälje war von einem beinahe schon unwirklichen Blau, als Cleo pünktlich am frühen Freitagnachmittag in ihrem roten Cabrio angebraust kam. Lena stand bereits abreisefertig auf der Veranda.

»Hej!« Cleo sprang aus dem Auto. »Wow! Ich freue mich total. Wie lange ist es her, dass wir beide ein gemeinsames Wochenende verbracht haben?« Die rotblonden Locken tanzten um Cleos gerötete Wangen, ihre Kornblumenaugen blitzten vor Unternehmungslust. »Ich hoffe, du hast gute Laune und bist zu allen Schandtaten bereit.« Lena traf ein forschender Blick, dann fuhr Cleo munter fort: »Wie dem auch sei. Das bekommen wir schon hin. Wenn wir erst unterwegs sind, fühlst du dich gleich besser. Komm, wir fahren.« Beherzt griff sie nach Lenas Reisetasche und verstaute diese im Kofferraum ihres kleinen Flitzers. »Einsteigen! Es geht los!«

Lena konnte gar nicht anders: Sie musste lächeln, zum ersten Mal seit Tagen frei und unbeschwert. Plötzlich freute sie sich auf den Wochenendausflug. Cleos gute Laune war einfach ansteckend.

Blonde Haare wehten im Fahrtwind und aus dem Autoradio klang fetzige Musik, als sie der Landstraße zwischen Feldern und Wiesen hindurch nach Nordwesten folgten. Die Luft war weich wie Samt, das Licht hell und klar. Lena liebte diese Fahrten durchs Hinterland, den Anblick der bunten Holzhäuser inmitten blühender Gärten, die hellgrünen Birken am Straßenrand, deren flirrende Blätter ein bizarres Muster auf den Asphalt zauberten, und die schwarzgrünen Fichtenwälder am Horizont. Cleo, die zu jedem Song aus dem Radio aus voller Kehle mitsang, wirkte zu alledem wie ein Lebenselixier auf sie und ließ sie all die belastenden Gedanken der vergangenen Tage wie auch die diffusen Gefühle vergessen. Schon bald alberten sie beide herum, fühlten sich so

aufgedreht wie zwei Teenies auf dem Weg zu ihrem ersten Date.

»Frau Blomquist, was können Sie unseren Hörern über den Siljansee erzählen?«, fragte Cleo im Tonfall eines Moderators, während sie ihr ein imaginäres Mikrofon vor die Nase hielt, in das sie dann selbst weitersprach: »Liebe Zuhörer, wir haben in der kommenden Stunde Schwedens bekannteste Reiseleiterin bei uns im Studio, die unser Land kennt wie kein anderer. Seien Sie gespannt auf Lena Blomquist. Tattaa, tattaa ...«

Lena musste lachen, setzte sich aufrecht hin und legte geziert die Hände ineinander.

»Der Siljansee liegt in der Provinz Dalarna und ist der siebtgrößte See in Schweden«, begann sie in getragenem Ton. »Die Provinz Dalarna steht für unser Land, wie man es sich vorstellt: ochsenblutrote Holzhäuschen, liebliche Hügellandschaften, riesige Waldgebiete und viel Tradition. Im Siljansee liegt die Insel Sollerön, die über zwei Brücken mit dem Festland verbunden ist und zur Gemeinde Mora gehört, wo eines der in der gesamten Welt bekannten Hotels der schwedischen Familie Gustafson steht, ein Haus, das in Komfort, Dienstleistung, Lage und Preis-Leistungs-Verhältnis seinesgleichen sucht. Ich habe selbst schon einmal ein Wochenende dort verbracht und war begeistert und ich ...«

»Keine Schleichwerbung bitte«, mahnte Cleo in ihrer Rolle streng. »Aber wenn Sie es schon so sagen, liebe Frau Blomquist, muss ich Ihnen recht geben«, fügte sie dann hinzu und lachte.

Lena stimmte in ihr Lachen mit ein.

»Hast du schon Reisegruppen zum Siljan begleitet?«, erkundigte sich Cleo dann wieder ganz normal.

»Als Schülerin in der Jugendfreizeit, aber damals gab es euer Hotel noch nicht. Sonst hätte ich natürlich dort übernachtet.«

Cleo gab einen glucksenden Laut von sich. »Papa hat es vor

fünf Jahren gekauft, aber erst vor einem Jahr so exklusiv umbauen lassen, nachdem sich gezeigt hat, dass die Leute nicht nur zum Campen nach Mora kommen. Wie sich durch Umfragen herausgestellt hat, haben auch vermögende Leute Spaß am Wandern und Angeln. Der Trend zum Natururlaub geht heute durch alle Gesellschaftsschichten. Das Hotel läuft inzwischen ganz gut. Mit dem neuen Koch strebt Dad eine Auszeichnung fürs Restaurant an. Na ja, mal sehen, ob es ihm, beziehungsweise dem neuen Koch, gelingt. Ich habe uns übrigens ein strammes Programm zusammengestellt«, fuhr Cleo fort. »Nach der Ankunft – ich hoffe, es ist dir recht, dass wir getrennte Zimmer beziehen, man weiß ja nie –«, fügte sie mit vielsagendem Zwinkern hinzu, »steht erst einmal eine Entspannungsmassage an, die uns auf Urlaub einstimmen soll. Für sieben Uhr habe ich einen Tisch reserviert. Nach dem Dinner gehen wir in die Hotelbar und sehen uns um. Vielleicht sitzen dort ein paar allein reisende, attraktive Typen, die für die kommende Nacht noch nichts vorhaben.«

Lena lachte. »Das klingt so, als wenn zumindest du dir für die Nacht einiges vorgenommen hättest.«

»Na ja, Mora ist nicht Stockholm, aber falls es sich ergeben sollte … Hast du schon mal erlebt, dass ich einen gut aussehenden, charmanten, zumindest intelligent wirkenden Mann von der Bettkante gestoßen habe? Wie heißt das lateinische Sprichwort noch mal? Carpe noctem?«

»Carpe diem.«

»Meinetwegen. Da wir bald Mittsommer haben, kommt es für mich aufs Gleiche raus«, meinte Cleo mit lässigem Schulterzucken.

Lena lächelte, lehnte den Kopf an die Nackenstütze und schloss mit einem guten Gefühl die Augen.

Ja, sie freute sich auf diese beiden Tage. Ihre Freundin hatte

es wieder einmal geschafft, ihr Gemüt aufzuheitern. Cleo war wirklich ein Schatz.

»Nur noch ein paar Minuten, dann sind wir da.«

»Wie lange sind wir jetzt unterwegs?«, erkundigte sich Lena, die das Zeitgefühl verloren hatte.

»Dreieinhalb Stunden.« Cleo wies mit dem Kinn auf den Horizont. »Schau mal, da hinten sieht man schon den Gesundaberget.«

Einige Minuten später steuerte sie ihr Cabrio durch die Straßen von Mora, das am nördlichen Ende des Siljansees lag. Es ging vorbei an kleinen Geschäften, der die Stadt weit überragenden Kirche und dem Zieltor des weltweit bekannten, alljährlich im Winter stattfindenden Wasalaufes. Schließlich bog sie in eine Straße ein, die vor einem schlossähnlichen Gebäude endete, dessen Fassade sich in strahlendem Gelb gegen das Blau des Siljansees abhob.

Lena machte große Augen.

Das zweigeschossige Mittelhaus wurde von vier mächtigen Türmen umfasst, deren Kuppeldächer im Sonnenschein glänzten. Kunstvolle Stuckarbeiten verzierten die weiß umfassten Rahmen der hohen Bogenfenster, und vier reliefartig aus der Fassade des Haupthauses hervortretende Säulen bildeten den Unterbau für ein Portal.

»Wahnsinn«, entfuhr es ihr. »Und ich dachte, euer Hotel in Norrtälje wäre das exklusivste aus eurer Kette.«

»Ist es auch. Dieses hier liegt eine Kategorie drunter«, belehrte Cleo sie, schaltete den Motor aus und sah sie auffordernd an. »Bereit?«

»Bereit.«

Eine breite Doppeltreppe führte von der kiesbestreuten Einfahrt zu dem wuchtigen Eingangsportal des Hotels hinauf, auf der den beiden ein Portier mit roter Kappe entgegengeeilt kam. Seinem devoten Verhalten nach zu urteilen musste er wissen, wer die rotblonde Frau in dem froschgrünen Kleid war. Lena hielt sich im Hintergrund. Neugierig sah sie sich in der Lobby um, während Cleo mit dem grauhaarigen Mann in Hoteluniform hinter der Rezeption scherzte. Als ihre Freundin zurückkam, hielt sie zwei Schlüssel hoch.

»So, wir können. Die Suiten stehen bereit. Wir müssen uns beeilen. Ich habe gerade gehört, dass Nigel nur noch eine Stunde hier ist. Seine Großmutter feiert heute Geburtstag.«

Lena stutzte. »Nigel? Wer ist Nigel?«

»Dein Masseur.« Strammen Schrittes ging Cleo auf den Aufzug zu.

»Moment mal ...« Lena eilte hinter ihr her. »Ich will keinen Masseur. Habt ihr keine Masseurin hier?«

»Doch, aber Nigel ist der beste. Die Leute schwärmen von seinen begnadeten Händen. Ich überlass ihn dir. Ich habe bei Märta gebucht.«

»Ich hätte aber lieber eine Masseurin«, beharrte Lena, während sie zu Cleo in den Aufzug stieg.

Ihre Freundin lachte belustigt. »Seit wann bist du denn so prüde?«

»Ich bin nicht prüde, nur ...« Tja, sie hätte selbst nicht sagen können, warum sie sich gegen einen Masseur wehrte. Massagen waren für sie nichts Ungewohntes. Als sie noch im Krankenhaus gearbeitet hatte, war sie öfter nach einer Woche Nachtdienst zum Massieren gegangen. Damals war es ihr gleichgültig gewesen, ob die Hände einem Mann oder einer Frau gehört hatten. Warum jetzt?

Denkst du etwa noch an Torbens Hände auf deinem Körper?, wisperte da eine Stimme in ihrem Kopf.

So ein Schwachsinn. Sie ging zur Massage und nicht zum Sex.

»Jetzt entspann dich«, riet ihr Cleo lässig und drückte ihr einen der Schlüssel in die Hand. »Unsere Zimmer liegen nebeneinander, am Ende des Ganges. Das Gepäck wird schon da sein. Also …« Cleos Augen sprühten Funken, die Sommersprossen auf ihrer Nase tanzten und die Sonnenstrahlen, die durch die hohen Bogenfenster in den Flur fielen, flirrten in ihrem Haar. Alles an dieser munteren kleinen Person schien auffordernd zu blinken. »In zehn Minuten in Bademänteln und Latschen. Badetücher gibt es in der Wellnessabteilung. Bis gleich.« Noch ein verschwörerisches Zwinkern, dann verschwand Cleo in ihrem Zimmer.

Lena sah sich in der Suite um und nickte beeindruckt. Die beiden ineinander übergehenden Zimmer waren geräumig, hell und in lichten Pastellfarben luxuriös eingerichtet. Das Bad entpuppte sich als wahrer Badesaal mit freistehender Wanne und goldenen Armaturen. Noch fantastischer war die Aussicht vom Balkon auf den See. Einfach atemberaubend. Lena atmete tief durch und lächelte. Daran könnte man sich gewöhnen.

Da die Zeit drängte, packte sie flugs ihre Reisetasche aus, machte sich frisch und schlüpfte in den flauschigen Bademantel, den das Hotel für seine Gäste bereithielt.

»Das ist Nigel«, stellte Cleo ihr wenig später einen jungen Mann in weißer Kleidung vor.

»Hej«, begrüßte dieser sie mit streichelweicher, männlich tiefer Stimme.

Lena schluckte.

Fjordblaue Augen, sinnliche Lippen, sonnengebräunte Haut, zwei Köpfe größer als sie und ein Körper wie Michelangelos David. Himmel, und von solch einem Prachtexemplar der männlichen Spezies sollte sie sich massieren lassen?

Noch während sie diese Eindrücke verarbeitete, spürte sie Cleos Hand auf dem Rücken, die sie unnachgiebig in Richtung Massagekabine schob.

»Bis gleich«, trällerte ihre Freundin und da schloss sich auch schon die Tür des kleinen Raums.

»Ist das Ihre erste Massage?«, erkundigte sich Nigel im Plauderton.

Er stand vor dem Waschbecken mit dem Rücken zu ihr, sodass sie sein hohes knackiges Hinterteil bewundern konnte, das sich unter der dünnen Hose abmalte, wie auch seine Rückenmuskulatur unter dem Shirt. Als er sich zu ihr umdrehte, räusperte sie sich, um ihrer Stimme einen festen Ton zu geben.

»Nein«, erwiderte sie mit freundlichem Lächeln, »früher habe ich mich oft massieren lassen.«

»Sie haben eine Entspannungsmassage gebucht. Darf ich Ihnen meine Methode erklären?« In den Männeraugen lag ein flirtendes Funkeln. Oder bildete sie sich das nur ein?

Sie straffte sich. Immer noch trug sie den Bademantel, den sie wie eine Rüstung empfand, die sie vor diesem attraktiven Charmebolzen schützte.

»Bitte, erklären Sie«, erwiderte sie in sachlichem Ton, um von vornherein klarzustellen, dass sie nicht in Flirtlaune war. Obwohl sie sich eingestehen musste, dass Nigels Anblick ihr ein Prickeln in der unteren Körperhälfte bescherte. Nach einer langen Zeit sexueller Enthaltsamkeit hatte Torben sie wieder sexualisiert, hatte ihre Lust aus dem Dornröschenschlaf geweckt. Torben … nein, an den wollte sie jetzt am allerwenigsten denken.

Während sie all diese diffusen Regungen in sich registrierte,

floss Nigels weiche dunkle Stimme an ihren Ohren vorbei, ohne dass sie den Inhalt seiner Sätze mitbekam.

»Wenn Sie wollen, können wir anfangen.«

Sie nickte, sah sich um in dem kleinen Raum, dessen karge Einrichtung aus einer Anatomietafel bestand, auf der die Druckpunkte abgebildet waren, einer Liege und einem Regal, auf dem Ölflaschen sowie ein CD-Player standen.

»Haben Sie einen Musikwunsch?«

Sie sah Nigel an. »Ich ... Was haben Sie denn anzubieten?«

Ein Lächeln spielte in seinen Mundwinkeln. »Was hören Sie denn gern?«

»Etwas Klassisches bitte. Chopin oder ...«

»Also Chopin. Den höre ich auch sehr gern.« Mit fließenden Bewegungen legte er eine CD ein, nahm das Handtuch von der Liege und reichte es ihr. »Bitte. Ich drehe mich um«, sagte er mit einem Glitzern in den fjordblauen Augen.

Sie spürte, wie sie langsam wütend wurde, und zwar auf sich selbst. Nigel verunsicherte sie. Das kannte sie nicht von sich. Und was noch viel schlimmer war, diese Situation erregte sie in eigenartiger Weise. Ihr war zumute, als wäre dieser klinisch wirkende Raum elektrisch aufgeladen. Lag das an den schweren Düften von Vanille und Patschuli, die unter der weißen Holzdecke hingen, an der Hitze im Zimmer, die die Luft verdichtete, oder nur an diesem Mann, der ein mit den Händen greifbares Körperbewusstsein ausstrahlte, der so, wie er dastand, einfach guten Sex versprach? Guten Sex, nicht mehr und nicht weniger.

Mit all diesen Gedanken im Kopf entledigte sie sich ihres Bademantels und gab ihr Bestes, ihren Körper mit dem knappen Handtuch zu bedecken. Als Nigel sich wieder umdrehte, hatte sie sich bereits auf der Liege ausgestreckt. Er hielt feuchte Wattepads in den Händen. Als er sich anschickte, ihr diese auf die Augen zu legen, wehrte sie hastig ab.

»Ich halte die Augen lieber offen.« Zur Sicherheit, fügte sie stumm hinzu.

»Natürlich. Wie Sie wünschen.«

Er begann bei ihren Füßen, massierte sie mit professionellen Griffen. Dabei ließ er seine öligen Finger zwischen ihre Zehen gleiten und knetete sie. Es fühlte sich angenehm an. Verdammt angenehm. Sie hätte schnurren können. Langsam bekam sie das Gefühl, dass sich die Spannungen in ihrem Körper lösten. Sie schloss die Augen. Nigel hatte wirklich begnadete Hände. Dass er schwieg und sich ganz auf seine Arbeit konzentrierte, gefiel ihr. Sie hörte den leisen sprudelnden Tönen Chopins zu, die der Pianist seinem Klavier entlockte. Schön ... Nigel knetete und strich all ihre Begierde, die sich anfangs bei ihr gemeldet hatte, ganz einfach weg. Mit Sicherheit hatte sie sich den flirtenden Ausdruck in seinen Augen nur eingebildet.

»Tu ich Ihnen weh?« Nigel arbeitete sich gerade – nachdem er ihre Waden bearbeitet hatte – zur Innenseite ihres rechten Oberschenkels hinauf.

»Überhaupt nicht«, murmelte sie verschlafen und genüsslich lächelnd.

Sie spürte, wie sie in einen immer wohligeren Zustand glitt. Nigels Hände waren kräftig und dennoch sanft. In all den Jahren, in denen sie sich hatte massieren lassen, hatte sie niemals solch professionelle Hände auf ihrem Körper gespürt.

»Sie haben eine wunderbare Bräune.«

Sie schwieg, immer noch lächelnd, genoss das rhythmische Kneten und Kreisen. Ohne es zu wollen, wand sie sich unter seinen breiten Fingern, als diese ihre Bewegungen an der Innenseite ihres Oberschenkels verlangsamten. Ihr Becken hob sich ganz von allein, als wollte es diese Hände einladen, höher zu gleiten.

Oh nein, dachte sie entsetzt. Sie räusperte sich und versteifte sich aus Angst vor ihrem eigenen Körper, der sein Bedürfnis nach *mehr* – in diesem Fall nach Sex – verriet.

»Schön locker bleiben.«

»Hmm«, murmelte sie mit fest geschlossenen Augen und wartete darauf, was als Nächstes passieren würde. Sie wusste, dass ihr geheimer Wunsch verrückt war. Trotzdem... *Schluss jetzt!*, befahl sie sich.

Nigels Hände wanderten wieder tiefer und kneteten energisch ihr Knie, als wollten sie sie daran erinnern, dass es hier um eine ganz normale Massage ging.

»Meine Verspannungen im Nackenbereich ...« Ihre Stimme klang spröde.

»Soll ich lieber den Schwerpunkt auf den Nacken legen?«, erkundigte sich Nigel zuvorkommend und hielt in seiner Arbeit inne.

»Wie viel Zeit haben wir denn noch?«

»Wenn Sie Nackenverspannungen haben, sollte ich mich jetzt darum kümmern. Ich muss heute leider pünktlich aufhören.«

»Ja, das wäre gut«, erwiderte sie erleichtert.

In Nullkommanichts war die halbe Stunde vorbei.

»Eine einstündige Massage ist immer besser, wenn man so verspannt ist wie Sie«, sagte Nigel, als sie sich von der Liege erhob, tunlichst darauf bedacht, das Handtuch in Position zu halten. »Leider muss ich jetzt weg. Zum Geburtstag meiner Großmutter.« Er drehte sich um und wusch sich die Hände, während sie in den Bademantel schlüpfte. Dabei fragte sie:

»Kann ich Sie für morgen buchen? Vielleicht vor dem Abendessen? Dann für eine Stunde.«

Mit strahlendem Lächeln wandte er sich ihr wieder zu. »Klar. Kein Problem. Es ist mir ein Vergnügen. Teilen Sie der Rezeption den Termin einfach morgen früh bis neun Uhr mit.«

»War die Massage gut?«, erkundigte sich Cleo, als sie ihre Freundin zum Abendessen abholte.

»Ja, war in Ordnung«, antwortete Lena, während sie den Zimmerschlüssel in ihre schwarzen Clutch steckte.

»Ich sagte ja, Nigel muss gut sein. Ich bin leider noch nicht in den Genuss gekommen. Du weißt ja, der Gast hat Vorrang.« Cleo lachte. »Aber Märta ist auch nicht schlecht. Sie ist ein richtiges Mannweib mit mehr Kraft in den Händen als manch ein Kerl.« Lena spürte ihren Seitenblick. »Du siehst super aus. Dieses Blau steht dir fantastisch. Und das Kleid ...« Sie wedelte mit der Hand durch die Luft, als hätte sie sich verbrannt. »Wie eine zweite Haut.«

»Danke.« Lena lächelte sie an. »Du siehst aber mindestens genauso sexy aus. Dieses Giftgrün zu deinem Haar, dieser raffinierte Rückenausschnitt und die High Heels dazu ... Oh lala!«

Beide kicherten wie Teenager, als sie den Aufzug betraten, der sie ins Parterre brachte.

Nach einem vorzüglichen Essen verlief der Abend für die beiden eher unspektakulär. In der Hotelbar, die im englischen Clubstil mit viel dunklem Holz, Messing und Chesterfieldmöbeln eingerichtet war, saßen nur ein paar ältere Ehepaare, die sich übers Golfen unterhielten. Um zehn Uhr waren Lena und Cleo die letzten Gäste dort.

»Wollen wir schlafen gehen oder hast du noch eine Idee, was wir machen könnten?« Unschlüssig sah Lena ihre Freundin an.

Sie war hundemüde und brauchte eigentlich jetzt etwas Zeit für sich, um die Eindrücke des Tages zu verarbeiten. Sie wusste jedoch, dass Cleo jemand war, der gern die Nacht zum Tag machte.

Ihre Freundin zuckte mit den Schultern. »Ich habe es mir

schon gedacht. Mora ist ein ziemlich verschlafener Ort. Die Leute kommen wegen der Natur, des Wassers und der Wanderstrecken her. Abends ist hier nicht viel los. Aber ein bisschen Erholung schadet uns ja auch nicht. Gehen wir schlafen, was meinst du?«

Nach dem Frühstück am nächsten Tag schlenderten die beiden Freundinnen erst einmal durch die beschaulichen Straßen von Mora, vorbei an Souvenirläden, Geschäften, die Angler- und Wanderbedarf anboten, und einer Bäckerei, aus deren offen stehender Tür der köstliche Duft von frischem Mandelkuchen strömte.

»Davon leisten wir uns heute Nachmittag ein Stück«, prophezeite Cleo mit glänzenden Augen.

»Weißt du eigentlich, dass der schwedische Maler Anders Zorn lange Zeit hier gelebt hat?«, fragte Lena, jetzt ganz die Reiseleiterin. »Er hat sehr schöne Bilder gemalt.«

»Echt? Kenne ich nicht«, antwortete Cleo, die sich nicht für Kunst interessierte. »Was hat er denn so gemalt?«

»Porträts, weibliche Akte, Landschaften. Seine Bilder gefallen mir wegen ihrer Ästhetik und der Leichtigkeit, die sie ausstrahlen. Schöne Frauen, Sommervergnügen, Mittsommertänze ...«

»Es gibt sogar ein Zorn-Museum hier. Ich wusste nur nicht ...« Ihre Freundin hob die Schultern. »Wenn du möchtest ...«

Lena verkniff sich ein Lächeln.

»Lass uns lieber wandern gehen und etwas für unsere Fitness tun«, sagte sie, weil sie ganz genau wusste, dass sich Cleo bei einem Museumsbesuch langweilen würde. Sie blieb vor einem kleinen Geschäft stehen, in dessen Schaufenster handgeschnitzte Pferde in leuchtenden Farben und Mustern ausgestellt waren, kleine so groß wie Streichholzschachteln, andere so groß wie Schaukelpferde. »Ich glaube, ich werde meinem Vater eines dieser Dala-Pferde mitbringen«, fuhr sie fort. »Erst kürzlich hat er mich gebeten, ihm zu seinem Geburtstag in einem Monat ein Stück Heimat zu schenken.«

»Wir können ja heute Nachmittag eines kaufen«, meinte Cleo sofort.

»Die Dala-Pferde wurden ursprünglich von Bauern geschnitzt, die sich damit die langen Winterabende vertrieben haben«, sagte da eine männliche Stimme hinter ihnen. »Die Muster folgen noch heute jahrhundertealten Familientraditionen. Die Grundfarbe allerdings ist meistens rot.«

Lena und Cleo drehten sich gleichzeitig um. Vor ihnen stand Dag Asgard. Cleo fielen fast die Augen aus dem Kopf, und Lena blinzelte ungläubig.

Was machte ihr Salsatänzer hier? Ihre Freundin fasste sich schneller als sie.

»Hej«, begrüßte Cleo den Restaurant- und Clubbesitzer mit strahlender Miene. »Das ist ja ein Zufall.«

»Aber ein schöner«, meinte Dag mit charmantem Lächeln, mit dem er zuerst Cleo, dann Lena bedachte, etwas länger, wie ihr schien. »Ich hatte gehofft, du meldest dich mal bei mir«, sprach er an sie gerichtet weiter. »Schade.«

Lena musste erst einmal schlucken, bevor sie in der Lage war zu antworten. »Es hat sich einfach nicht so ergeben.«

»Lena muss ständig für Klausuren lernen, und dann hat sie ja auch noch den Job als Reiseleiterin und ist viel unterwegs«, antwortete Cleo sehr umfassend für sie.

Jetzt erst brachte Lena ein Lächeln zustande – wie sie hoffte ebenso charmant wie das von Dag.

»Cleo sagt es«, meinte sie dann zwinkernd.

»Was macht ihr hier?«, erkundigte sich Dag.

»Einen Wochenendtrip zur Erholung«, hatte Cleo sofort wieder die Antwort parat.

»In eurem Hotel hier?«

Cleo lachte. »Klar doch. Für uns natürlich nur das Beste. Und du?«

»Ich bin auf der Suche nach einer Immobilie.« Dag zögerte kurz. Dann hob er die schwarzen Brauen. »Habt ihr Lust und Zeit für einen Kaffee?«

Cleo sah Lena fragend an.

»Warum nicht?«, erwiderte diese in unbekümmertem Ton. »Wir haben Urlaub und keine Termine.«

Ohne sich abzusprechen, gingen die drei ganz selbstverständlich zu dem Café auf der gegenüberliegenden Straßenseite. Lena ließ sich Zeit, um ihre Gedanken zu ordnen, während sie Dag von hinten betrachtete.

Gestern hatte sie durch Nigel erfahren, wie empfänglich sie für Sex war – und heute traf sie Dag. Schon beim Salsa hatte er sie angemacht. Er besaß einen leichten, ja tänzerischen Gang, ganz anders als Torben, der mit festen Schritten den Boden einnahm. Torben war auch größer als Dag, kräftiger, kerniger – ein schöner Wikinger. Trotzdem gefiel ihr der Clubbesitzer. Dass er sich im halbseidenen Milieu bewegte, sah und merkte man ihm nicht an. Im Gegenteil. Seinem Auftreten nach hätte er ebenso Chirurg oder Anwalt sein können. Torbens Charakter wirkte klar, bei ihm konnte man auf den Grund sehen; Dag dagegen kam geheimnisvoll rüber. Er gehörte eher in die Kategorie der Bad Boys, welche sie früher verführt – und enttäuscht hatten.

»Willst du etwa hier einen Club eröffnen?«, erkundigte sich Cleo in ihrer direkten Art, nachdem die Kellnerin den Kaffee gebracht hatte. Dag hatte für sich eine Kanelbullar dazu bestellt, nachdem sie, wie auch Cleo, etwas Süßes abgelehnt hatte.

Dag lachte. »Nein. Ich suche für meine Eltern ein Feriendomizil. Gute Freunde von ihnen besitzen hier ein Sommerhaus und jetzt sind sie neidisch. Sie wollen unbedingt hier etwas kaufen.«

Mit seinen schlanken Fingern brach er ein Stück von der Zimtschnecke ab. Seine Bewegungen waren elegant, fließend, ja sinnlich.

»Das ist doch super«, unterbrach die geschäftstüchtige Cleo ihre Gedanken. »Dann können deine Eltern abends bei uns im Restaurant essen. Wir haben nämlich einen neuen Koch, mit dem mein Dad einen Stern gewinnen will.« Gleich darauf beugte sie sich vor und fragte Dag: »Sag mal, woher stammst du eigentlich? Mein Vater meinte, du würdest aus dem Norden von Schweden kommen.«

Dag lächelte sie belustigt an. »Neugierig bist du gar nicht, oder?« Er nickte. »Stimmt. Ich komme aus der *letzten Wildnis Europas*. Die Familie meines Vaters stammt aus Lappland, die meiner Mutter aus Stockholm.«

»Warst du schon mal da oben?«, zog Cleo Lena nun ins Gespräch.

Lena nickte. »Vor zwei Jahren mit einer Reisegruppe.«

»Wo?« Dags schwarze Augen fesselten ihren Blick.

»In Ruokto.«

»Ganz aus der Nähe stammt meine Familie. Und?«

»Es hat mir sehr gut gefallen. Weite Moorlandschaften, bizarre Felsformationen, grüne Kiefernwälder ... Ich liebe die Natur.« Sie hielt Dags tiefem Blick stand. In ihm las sie, dass ihn ihre Liebe zur Natur ziemlich wenig interessierte. Es war vielmehr ein Blick, mit dem er ihr sein Begehren signalisierte. Seine Augen glitzerten wie polierte Opale. Ganz offensichtlich flirtete er mit ihr. Zugleich spürte sie, wie Cleos Blick zwischen ihr und dem smarten Samen, wie die Ureinwohner

Lapplands hießen, hin- und herhuschte. Ihr schien zu gefallen, was sie sah.

»Wie lange bleibst du in Mora?«, erkundigte sich ihre Freundin nun auch prompt.

Lena ahnte, was in dem rotblonden Köpfchen vor sich ging.

»Nur bis heute Nachmittag. Um Zwölf habe ich einen Besichtigungstermin. Danach muss ich nach Stockholm zurück. In drei Wochen ist die Wiedereröffnung einer meiner Clubs. Wir haben renoviert. Da gibt es vorher noch eine Menge zu tun.« Er sah Lena wieder an. »Was jedoch nicht heißt, dass ich keine Zeit für einen Salsa hätte.«

»Lena tanzt leidenschaftlich gern Salsa«, sagte Cleo überflüssigerweise zu Dags Einladung. »Stimmt's?« Ihr Blick ließ keinen Widerspruch zu.

Hätte Lena ihre Freundin nicht so gern gehabt, wäre sie jetzt sauer geworden. Schließlich konnte sie für sich selbst sprechen. Sie wusste jedoch, wie sehr ihr Cleo gerade jetzt Zerstreuung und ein erfülltes Sexualleben wünschte. Natürlich ahnte diese, wie sehr ihr das Intermezzo mit Majas Verlobtem noch im Nachhinein zusetzte, auch wenn sie sich darüber ausschwieg.

Deshalb lachte sie. »Du siehst: Solltest du etwas über mich erfahren wollen, wende dich ruhig an Frau Gustafson. Sie gibt dir gern Auskunft.«

Cleo, die einem so schnell nichts krummnahm, stimmte in ihr Lachen ein, hob mit entschuldigender Miene die Schultern und konterte an Dag gewandt: »Ich bin Geschäftsfrau und bringe gern zwei Seiten zusammen, damit ein guter Deal zustande kommt.«

»Chapeau.« Dag nickte Cleo mit amüsiert funkelnden Augen anerkennend zu. »Da haben wir beide etwas gemeinsam.« Wieder glitt der Blick der schwarzen Männeraugen in ihre Richtung.

»Es könnte ein sehr guter Deal werden«, sagte er dann etwas leiser.

In diesem Moment wusste Lena genau, dass er die Verbindung zwischen ihnen beiden meinte. Gleich darauf zückte er auch schon seine Visitenkarte aus dem hellen Jackett, legte sie auf ihre Kaffeetasse und fuhr fort:

»Falls du sie nicht mehr haben solltest. Bitte ...« Ein ernster Blick. »Ruf mich doch kommende Woche an.« Ohne ihre Reaktion abzuwarten, rief er die Kellnerin und zahlte. »Ladies ...« Er stand auf. »Ich muss weiter. Ich hoffe, wir sehen uns.«

Lena lächelte zurück.

»Bestimmt«, versicherte Cleo im Brustton der Überzeugung.

Dann ging er über die Straße, leichtfüßig und tänzerisch. Ein gut aussehender, teuer gekleideter junger Mann, der etwas Weltmännisches ausstrahlte, etwas Exklusives, ein Mann, den die meisten Frauen sich wünschten. Nicht nur im Bett.

»Wow«, lautete Cleos Kommentar. »Der steht auf dich. Die Chance solltest du dir nicht entgehen lassen.«

Bei diesem Rat ließ es Cleo dann auch klugerweise bewenden. In den nächsten Stunden erwähnte sie die Begegnung nicht mehr. Die beiden Freundinnen fuhren mit dem Sessellift auf den Gipfel des Gesundabergets und genossen von dort den freien Blick aufs Land, auf die weitläufigen Wälder, aus denen sich Hügel mit alten Sennhütten erhoben, die den Wanderern auch heute noch traditionelles Essen boten, und auf den Siljan, auf dessen glitzerndem Wasser weiße Ausflugsboote kreuzten.

»Ich war mal im Winter mit einer Jugendgruppe hier«, erzählte Lena, als die beiden auf der Aussichtsterrasse saßen. »Da war der See stellenweise zugefroren und wir sind Schlittschuh gelaufen. Und auf der Slalombakke in Rättvik Ski.«

»Jetzt haben wir Sommer«, meinte Cleo, die es nirgends lange aushielt, und stand auf. »Lass uns runterwandern. Danach fahren wir zum Hotel zurück und gehen im See schwimmen. Was hältst du davon?«

»Super. Und danach würde ich mich gern noch einmal massieren lassen«, erwiderte Lena.

»Das habe ich mir schon gedacht«, sagte Cleo mit wissendem Lächeln. »Ich habe mir auch einen Termin bei Märta reservieren lassen.«

»Hatten Sie einen schönen Tag?«, erkundigte sich Nigel mit einem unverbindlichen Lächeln, das Lena enttäuschte.

Kein flirtender Blick?

Sie lächelte genauso zurück und berichtete kurz, was sie unternommen hatten.

»Diesmal haben Sie eine Stunde gebucht«, stellte er dann fest.

Sie nickte – und bereute es jetzt fast.

»Eine Ganzkörpermassage mit intensiver Nackenbehandlung?« Der Blick aus den fjordblauen Männeraugen lag fragend auf ihrem Gesicht.

Oder las sie darin noch etwas anderes als nur diese ganz sachlich klingende Frage? Stand in ihnen vielleicht ein männliches Interesse an ihr? Oder sogar ein aufforderndes Funkeln? *Oder spinne ich vielleicht nur?*, fragte sie sich. Den ganzen Tag über hatte sie immer wieder daran denken müssen, wie Nigel gestern mit seinen Händen ihre Lust geweckt hatte.

»Ja«, bejahte sie seine Frage schließlich nur.

»Dann bitte …« Eine einladende Geste in Richtung Liege, ein schmelzendes Lächeln. Oder gar ein verlockendes?

Er drehte sich um und wusch sich die Hände. Sie glitt auf die

Liege und bedeckte sich vom Brustansatz bis über den Schritt mit dem jungfräulich weißen Handtuch. Während sie dem Gluckern des Wassers zuhörte, geschah etwas mit ihr, was für sie völlig neu war. Sie wünschte sich, Nigel würde sie an diese Liege fesseln, die Arme über dem Kopf, mit gespreizten Beinen, sodass sie ganz seinen begnadeten Händen ausgeliefert wäre. Und dann würde er sie befriedigen, nur mit seinen Händen. Sie würde die Augen schließen, sich reglos auf seine Finger konzentrieren, die ihr Lust und schließlich einen Höhepunkt schenken würden. Danach würde sie aufstehen, sich bedanken und gehen, wie nach einer ganz normalen Massage. Sie war sich bewusst, dass dies ein ziemlich männlicher Wunsch war, der sich da in ihren weiblichen Kopf geschlichen hatte. *Na und?*, fragte sie sich. Männer erkauften sich seit Jahrtausenden solche Dienste.

»Kann ich beginnen?«

Sie sah zu Nigel hoch, direkt in seine Augen, was sich als schlechte Idee erwies, da sie drohte, unter der Intensität seines Blickes zu verbrennen. Diesen Blick bildete sie sich ganz sicher nicht ein. So viel Erfahrung im Umgang mit Männern besaß sie – sie wusste, dass Nigel nicht jede Kundin auf diese Weise ansah. Der Augenblick zog sich in die Länge. Es war ein sinnlicher Blick, und als dieser jetzt auch noch langsam, aufreizend langsam, über ihren Körper glitt, löste er ein Prickeln auf ihrer Haut aus.

Nigel löste den Blick von ihr, schenkte ihr ein geheimnisvolles Lächeln und sagte in so verheißungsvollem Ton, als wüsste er über ihre geheimsten Wünsche genau Bescheid:

»Dann beginne ich jetzt.«

Er ölte sich die Hände ein und beugte sich über sie. Wie beim ersten Mal begann er bei ihrem Fuß, knetete ihn, bearbeitete jeden Knöchel, massierte die Zehenzwischenräume, was ihr wieder ein wohliges Gefühl bescherte. Ferse, Spann, Fessel, dann arbeitete er sich höher zur Wade. Kneten, kreisen, drücken, kneten, kreisen. Nigels Massage war herrlich kraftvoll, rhythmisch, ja fast tänzerisch. Während sie den Klängen Chopins lauschte, genoss sie die köstlichen Empfindungen, die seine Hände nun auf der Innenseite ihres Oberschenkels auslösten. Ließ er sich an dieser Stelle mehr Zeit als gestern? Seine Bewegungen verlangsamten sich. War das Absicht oder nur Zufall? Gehörte dieser sanftere Rhythmus zum Massageprogramm? Sie spürte ein Kribbeln zwischen den Beinen, ein Brennen, ein Sehnen, und hätte am liebsten ihre Schenkel ein klein wenig geöffnet, um Nigels Finger noch höher zu locken. Der Wunsch, im Zentrum ihrer Lust berührt zu werden, wurde immer übermächtiger in ihr. Sie stellte sich vor, wie Nigels Finger gleich ihre Spalte teilen und den Weg zu ihrer Perle finden würden und dann …

Seine Finger überschritten jetzt tatsächlich die Bikinigrenze. Sie hielt den Atem an. Ihr Becken hob sich ganz von selbst ein bisschen, ihre Muschi suchte Nigels eingeölte Finger, die sich herrlich auf ihrer Klit anfühlen mussten, obwohl sie sicher war, inzwischen klitschnass zwischen den Beinen zu sein. Während Nigels eine Hand ihren Oberschenkelmuskel ruhig weitermassierte, kamen die Finger seiner anderen in kreisenden leichten Bewegungen ihren Schamlippen immer näher. Ihre Schenkel öffneten sich genau so weit, dass er diese Bewegung richtig verstehen musste, falls er wirklich vorhatte, was sie sich so sehnlich wünschte. Jetzt veränderte er seine Körperhaltung. Sie spürte etwas Hartes an ihrem nackten Arm, seinen Schwanz, seinen erigierten Schwanz. Gab es einen eindeutigeren Beweis dafür, dass ihn sein Tun genauso erregte wie sie?

Mit fest geschlossenen Augen spürte sie, wie er das Handtuch zurückschob, sodass ihr Busen und der Bauch freilagen, und das alles, ohne seine Finger aus dem Bereich ihres brennenden Lustzentrums zu entfernen. Wie Flügel eines Schmetterlings berührten sie ihre Leiste. Dabei begann seine andere Hand, ihre rechte Brust zu kneten. Ein langer, wohlig klingender Seufzer glitt ihr über die Lippen, als er ihre Brustwarze zwirbelte. Er drückte sie, zog sie hoch, ließ sie durch seine öligen Finger gleiten, was ihr ein ganz besonderes Lustgefühl bescherte. Zwar nicht so intensiv wie Torbens Lippen ...

Unwillkürlich zuckte sie innerlich zusammen. Torben. Was hatte er denn hier in diesem Raum zu suchen?

Nigel hielt abrupt in seiner Bewegung inne. »Soll ich weitermachen?«

Er musste ihr Zucken bemerkt haben.

»Ja.«

»Ist es so angenehm?«

»Sehr.« Sie zog die Luft tief ein, in der jetzt der Geruch ihrer Lust hing, der sich mit dem der aromatischen Öle mischte.

Nigel lehnte sich wieder mit seinem harten Geschlecht, welches ein beachtliches Ausmaß besaß, gegen ihren Arm und arbeitete sich mit seiner Hand von ihrer Brust zu ihrem Bauch hinunter, in kreisenden leichten, aber dennoch festen Bewegungen, die ihr Inneres aufwirbelten. Dann erreichte er das Handtuch und fegte es auf den Boden. Jetzt lag sie nackt, ihm ausgeliefert, vor ihm, was ihrer Erregung einen neuen Schub gab. Ihr Blut summte in ihren Adern. Sie fühlte sich berauscht. Ihre Schenkel spreizten sich noch mehr, um Nigels Fingern einen besseren Zugang zu erlauben. Er belohnte sie damit, dass er sie zwischen ihre Schamlippen schlüpfen ließ und ihren Lustpunkt berührte, unendlich sanft. Gerade diese federleichte ölige Berührung steigerte ihre Lust noch mehr. Geradezu grausam leicht massierte er ihre Perle und löste dadurch pulsierende Wellen in ihr aus. Ihre Gier löschte alle noch eventuellen

Bedenken aus, fegte ihren Verstand leer, ersetzte ihn durch das berauschende Pochen zwischen ihren Beinen, das immer intensiver wurde. Nur kurz ließ Nigel von ihr ab, um den Finger mit dem Daumen zu tauschen, welchen er nun um ihre nasse Klit kreisen ließ, während er zwei Finger in ihre Vagina schob. Sie stöhnte laut, stieß ihnen entgegen, wollte sie tiefer und tiefer in sich spüren, um endlich diesen verdammten Höhepunkt zu erreichen. Nigels Daumen stimulierte ihre pralle Perle, seine Finger den G-Punkt in ihr, während seine andere Hand den Nippel ihrer rechten Brust zwirbelte. Sie schloss ihre Hände zu Fäusten, kniff die Lider zusammen, wand sich, bewegte ihre Hüften im gleichen Rhythmus gegen Nigels Finger, die in ihr steckten, und dann brandete die erste Welle durch sie hindurch. Es folgte die zweite, die dritte, die vierte. Die Wellen schwächten sich ab und gaben ihrem Verstand wieder neuen Raum. Obwohl sie schon stärkere Orgasmen erlebt hatte, fühlte sie sich befriedigt. Sie bereute nichts, wenn ihr auch jetzt wieder das Ungewöhnliche dieser Situation in vollem Ausmaß bewusst wurde.

Nigel nahm seine Hände behutsam von ihrem Körper, während sie, immer noch schwer atmend, liegen blieb. Er stand neben ihr, betrachtete sie. Das spürte sie.

Und er?, fragte sie sich.

Sie öffnete die Lider. Ihre Blicke trafen sich. Wie mochte es jetzt weitergehen? Erwartete er von ihr, dass sie ihn ...?

»Bin ich dir zu nahe getreten?«, erkundigte er sich mit seiner sanften Stimme und einem ebensolchen Lächeln.

Sie richtete sich auf und erwiderte, erstaunt über diese Frage:

»Nein. Ich wollte es so. Danke.« Sie zögerte. Dann fragte sie: »Gehört das zu deinem Programm?« Sie musste es einfach wissen.

Er lachte, fast verlegen. »Na ja, das mache ich natürlich nicht bei jeder Kundin. Manchmal jedoch …« Er schenkte ihr ein geheimnisvolles Lächeln.

»Aber auch nicht heute zum ersten Mal, oder?«

Er hob die Brauen. »Hat es sich für dich so angefühlt?«

»Es hat sich eher routiniert angefühlt.«

Wieder ein vielsagendes Lächeln. »Das freut mich. Du hast mir signalisiert, dass du hungrig warst.«

Wie recht er hatte! Und jetzt? Unschlüssig sah sie ihn an.

Er berührte ihre Schulter, nickte ihr beruhigend zu. »Du hattest eine Entspannungsmassage gebucht. Ich denke, du bist jetzt entspannt, oder?«

»Ich ja, aber du?« Sie zeigte mit dem Kinn auf die deutliche Ausbuchtung in seiner Hose.

Ein jungenhaftes Lächeln zeigte sich auf seinem Gesicht. »Keine Sorge, das regle ich schon.«

Unsicher hob sie die Schultern. »Dann gehe ich jetzt, oder?«

Er nickte. »Die gebuchte Zeit ist abgelaufen.«

Sie stand auf, hob das Handtuch hoch und drückte es an sich. Ganz Gentleman half er ihr in den Bademantel. Während sie dessen Gürtel zuband, glaubte sie plötzlich ins Bodenlose zu stürzen. Ihr Verstand hatte inzwischen seine Tätigkeit wieder voll aufgenommen, und sie fragte sich, was da gerade mit ihr passiert war. Würde sie von einer solchen Situation in einem Roman lesen, würde sie diese Szene als völlig unrealistisch abtun. So etwas gab es doch eigentlich gar nicht.

»Mach dir keine Gedanken.« Nigel legte seine begnadete Hand auf ihre Schulter und sah sie aufmunternd an. »Du musst kein schlechtes Gewissen haben. Weder mir gegenüber, noch dir selbst. Hunger muss gestillt werden, ganz gleich welcher Art er ist. Ich bin Masseur und kenne den menschlichen Körper. Es ist wirklich in Ordnung.« Er betonte jedes einzelne Wort mit ernstem Blick.

Sie nickte nur stumm, immer noch verwirrt über ihr eigenes Verhalten, wie auch über das von Nigel.

Geh jetzt, befahl sie sich. Schließ die Tür hinter dir, hör auf, dir Fragen zu stellen oder Vorwürfe zu machen. Sie hatte Nigel weder gezwungen, noch war sie jemandem Rechenschaft schuldig. Sie hatte sich gerade nur sexuell befriedigen lassen, weil sie es brauchte. Na und? Für Männer war das ganz normal.

»Du siehst so rosig aus«, stellte Cleo bei dem Fünf-Gänge-Dinner mit arglosem Blick fest.

Wirklich arglos?, fragte sich Lena. Eigentlich war ihre Freundin kein Typ, der Spielchen spielte. Falls Cleo einen Verdacht hätte, würde sie sie direkt auf die Massage ansprechen. Dafür redete sie viel zu gern über Sex.

Während ihre Freundin sie plaudernd unterhielt, überlegte Lena, ob sie ihr von ihrem Erlebnis im Massageraum erzählen sollte. Noch nie hatte sie Geheimnisse vor Cleo gehabt. In diesem Fall war sie jedoch unsicher. Nicht weil Cleo sie wegen ihrer Hemmungslosigkeit kritisieren könnte, sondern eher, weil sie Nigel schützen wollte. Cleo unterschied streng zwischen ihrem Privat- und ihrem Geschäftsleben. Obwohl sie sich auch als Frau sexuell auslebte, wäre sie bestimmt wenig erfreut gewesen zu hören, dass ihr Angestellter nicht nur beanspruchte Muskeln massierte. Es sei denn, dieser Service gehörte zu den Dienstleistungen des Hotels. Doch das konnte Lena sich nicht vorstellen. Die Gustafson-Hotels hatten den Ruf, gediegen und exklusiv zu sein. Fummeleien im Massageraum gehörten bestimmt nicht zum Angebot. Also beschloss sie erst einmal, über das Erlebte zu schweigen.

»Ich finde, dieser Nigel ist ein super Typ«, meinte Cleo jetzt mit versonnener Miene. »Als ich eben in der Lobby auf dich gewartet habe, haben wir uns unterhalten. Er hat Medizin studiert, musste dann jedoch aufhören, weil seine Mutter, die ihn allein großgezogen hat, krank geworden ist. Er hat sie gepflegt und musste Geld verdienen. So ist er Masseur geworden, weil die Ausbildung kürzer und natürlich weit weniger kostspielig ist als ein Medizinstudium. Doch die paar Medizinsemester kommen ihm als Masseur natürlich zugute. Er versteht etwas vom menschlichen Körper.«

Diesbezüglich konnte sie ihrer Freundin aus hautnaher Erfahrung nur zustimmen.

»Weißt du ...« Cleos Kornblumenaugen bekamen einen träumerischen Ausdruck. »Wenn Nigel nicht unser Angestellter wäre ... Ich glaube, ich würde mal testen, ob ich Chancen bei ihm hätte.« Der träumerische Ausdruck wechselte zu einem wachen. »Hat er irgendeine Freundin erwähnt?«

Lena schluckte. Das vorzügliche Essen mundete ihr immer weniger. Sie hatte jetzt vielmehr einen schlechten Geschmack auf der Zunge. Dieses Thema war ihr unangenehm, machte es ihr doch noch stärker bewusst, dass sie ihre beste Freundin gerade zum ersten Mal von dem, was sie bewegte, ausschloss. Das machte ihr ein schlechtes Gewissen, welches ihr bitter aufstieß.

»Nein.« Sie schüttelte den Kopf. »Wir haben uns kaum unterhalten.« Zumindest das entsprach der Wahrheit. Sie räusperte sich. »Hast du wirklich Interesse an ihm?«

Cleo hob die Schultern. Ihr Blick wanderte über das Terrassengeländer hinweg über den See zum Horizont, wo sich bewaldete Berge erhoben. Für Lenas Geschmack schwieg Cleo viel zu lange. Schließlich antwortete ihre Freundin:

»Nigel ist bestimmt kein Mann für eine Nacht. Er ist ein ernsthafter Mann, der sich eine Familie wünscht.«

Du lieber Himmel! Lena stöhnte stumm auf. Dieses Mal lag Cleo aber völlig falsch in ihrer Einschätzung. Jemand, der eine ihm wildfremde Frau auf der Massageliege befriedigte, dachte dabei bestimmt nicht an Familiengründung. Dieser Typ hatte einfach nur Spaß am Sex. Und er genoss zudem die Situation, Macht über eine Frau zu haben.

»Weißt du ...« Ihre Freundin setzte erneut an. »Wenn ich mal einem Mann wie Nigel begegnen würde, und er wäre nicht unser Angestellter, dann würde ich mir vielleicht doch noch einmal überlegen, eine feste Beziehung einzugehen.«

»Hallo?«, sagte sie nun ein wenig barsch, um dieses Thema vom Tisch zu fegen. »Gerade du bist doch diejenige von uns beiden, die erst einmal solo bleiben und das Leben in all seinen Facetten unverbindlich genießen will.«

»Du doch auch, oder?« Cleos Augen sprühten Funken.

»Ja, ich auch. Natürlich«, beeilte sie sich zu sagen. »Du hast recht. Was wollen wir mit irgendwelchen Männern, die uns nur Probleme bereiten?«

Lena bemerkte, wie ihre Freundin erleichtert ausatmete. »Und ich hatte schon befürchtet, dass du bei Torben ...«

Sie schluckte. »Ganz bestimmt nicht«, erwiderte sie tapfer. »Mit meinem zukünftigen Schwager lass ich mich nicht ein.«

»Und wenn er nicht dein zukünftiger Schwager wäre?« Cleos Altstimme klang forschend.

»Dann auch nicht. Ich bin schließlich durch deine Schule gegangen, die mich gelehrt hat, erst einmal mein Leben zu leben.«

Da begann Cleo schallend zu lachen. »Braves Mädchen«, meinte sie augenzwinkernd und widmete sich wieder ihrem Äppeltoska mit Vanilleeis. »Sag mal, hast du eigentlich noch mal was von Torben gehört?«, erkundigte sie sich ernst, nachdem sie mit ihrem Dessert fertig war.

»Nein, weder von ihm noch von Maja.«

Cleo lachte trocken auf. »Wie sagt man so schön? Borta bra men hemma bäst.«

Lena schluckte und lächelte gezwungen. »Ich weiß. Meine Mutter sagte auch immer: Appetit holt man sich draußen, gegessen wird zu Hause.«

Am nächsten Abend, Lena war kaum eine Viertelstunde vom Siljansee zurück, rief sie Dag Asgard an und verabredete sich mit ihm für Montagabend.

Dag hatte Lena vorgeschlagen, sich in der Gamla Stan zu treffen. Pünktlich erreichte sie den Stortorget, den ältesten Marktplatz Stockholms, der von historischen Kaufmanns- und Gildehäusern gesäumt und an diesem frühen Sommerabend voller Menschen war. Sie erkannte Dag schon von Weitem. In dem dezent schimmernden, nebelgrauen Anzug, der nur aus Seide sein konnte, zu dem er ein schlichtes schwarzes Shirt und italienische Slipper trug, stach er unter den Rucksacktouristen wie ein männliches Model hervor. Bevor er sie auf beide Wangen küsste, nahm er die Sonnenbrille ab, sodass sie ihm in die Augen sehen konnte, in pechschwarze Augen, unergründlich mit einem glimmenden Feuer, welches ihr genau das versprach, weswegen sie sich mit ihm verabredet hatte. Sie hielt seinem Blick mit einem Lächeln stand und sagte:

»Hej. Wartest du schon lange?«

»Nicht lange. Hattest du eine gute Fahrt?«

»Ich liebe die Strecke am Meer entlang. Ich fahre sie ja fast jeden Tag zur Uni.«

»Dann muss ich also kein schlechtes Gewissen haben, dass ich nicht darauf bestanden habe, dich in Norrtälje abzuholen?«

Sie lachte. »Musst du nicht.«

Er legte die Rechte auf die Stelle des Jacketts, unter der sein Herz schlug, deutete eine leichte Verbeugung an und erwiderte mit einem Blick von unten herauf:

»Das beruhigt mich.«

Seine Galanterie kam ihr routiniert vor. Sie passte zu dem Clubbesitzer, der den Ruf besaß, viele Gespielinnen zu haben. Hätte sie sich lieber doch nicht mit ihm verabreden sollen? Was wollte sie mit solch einem Galan? Sie stand doch viel mehr auf natürliche Typen.

»Ich habe ein Restaurant hier in der Gamla Stan für uns ausgesucht. Gleich in der Nähe. Wollen wir?«

Ohne ihre Antwort abzuwarten, umfasste er ihren Ellbogen und dirigierte sie in eine der vielen engen, mit Kopfstein gepflasterten Gassen, die vom Stortorget abgingen. Schon nach wenigen Schritten blieb er vor einem rosa gestrichenen, schmalen Haus mit kleinen Fenstern und weißem Spitzgiebel stehen. »Da wären wir.«

Hier?, fragte sie sich überrascht. Dieses Haus sah nicht aus wie ein Restaurant, sondern eher wie ein Bordell. Allein das Wissen darum, dass in ihrem Land solche Häuser grundsätzlich verboten waren, und man sie schon gar nicht so offenkundig in der Gamla Stan finden würde, entkräftete ihren Verdacht sofort wieder.

Dag hielt ihr die Tür auf. »Bitte.«

Als sie über die Schwelle trat, fand sie sich tatsächlich in einem kleinen Lokal mit Holzmöbeln, karierten Tischdecken und Drucken von Anders Zorn wieder, mit denen dieser Raum sie sofort für sich einnahm. Ein Kellner mit langer Bistroschürze kam herangeeilt und begrüßte Dag wie einen guten Freund. Dag Asgard musste hier Stammgast sein. Oder gehörte ihm das Restaurant vielleicht sogar? Wie auch immer, aber wollte er tatsächlich an diesem wunderschönen Sommerabend mit ihr hier unter der niedrigen Decke essen?, fragte sie sich ein wenig enttäuscht.

»Kommt mit«, forderte der junge Mann sie beide auf, wobei sie seinen bewundernden Blick auffing, der zwei, drei Sekunden auf ihr lag.

Sie fühlte Dags Hand im Rücken, deren Wärme durch den dünnen Stoff ihres Kleides drang und die sie zielsicher bis zur Rückseite des Lokals führte. Hier traten sie durch eine Tür in einen schummrigen Flur, was sie erneut stutzig werden ließ. Am Ende des Flurs gab es wieder eine Tür. Als sie durch diese ging, verschlug es ihr den Atem.

Vor ihr lag ein kleiner Innenhof mit nur wenigen schlichten Holztischen inmitten all der Blütenpracht, die das Land zu bieten hatte. Die Tische trugen weiße Decken und waren mit Kerzen bestückt. Hier war nichts von den Geräuschen der Gamla Stan zu hören. In der Luft lag ein süßer Duft. Roséfarbene Rosen, hellgelbe Orchideen, lila Akelei, weiße Lilien, fliederfarbene Sterndolden, blaue Glockenblumen und viele andere Pflanzen schufen hier ein kleines Paradies.

»Das ist ja wunderschön«, sagte sie erstaunt.

»Manchmal eröffnet sich einem das Schöne erst auf den zweiten Blick«, erwiderte Dag.

Sie hob die Brauen. Hallo? So viel Weisheit aus dem Mund eines Mannes, der im Milieu sein Geld verdiente?

Sie setzte sich auf den Stuhl, den er ihr zurückschob, schwieg erst einmal und sah sich um. Ein anderer Kellner brachte unaufgefordert eine Flasche Prosecco und die Speisekarte.

Dag hob die schwarzen Brauen. »Oder möchtest du lieber ein Glas Champagner als Aperitif?«

Sie mochte gar keinen Champagner, und es gefiel ihr, dass er auch nicht damit protzte. »Prosecco ist sehr gut.«

»Skol.«

Sie lächelte zu ihm hinüber. »Skol.«

Wieder Schweigen. Und nun? Sollte sie eine lockere Unterhaltung beginnen oder warten, bis er etwas sagte?

»Ich empfehle dir das Lachstartar als Vorspeise und als Hauptgang Rentiergeschnetzeltes. Das ist sehr gut hier.« Er schob die Speisekarte ungeöffnet zur Seite und sah sie abwartend an, mit einem belustigten Funkeln in den Augen, wie ihr schien.

Darf ich vielleicht vorher mal in die Karte schauen?, wollte sie gerade fragen, als er hinzufügte:

»Ich erinnere mich, dass du einem Mann nur auf der Tanzfläche erlaubst, die Führung für dich zu übernehmen, aber in diesem Fall solltest du zu deinem eigenen Wohl eine Ausnahme machen.«

Sie musste lachen. Er besaß Humor, wenn sie ihn auch grundsätzlich für einen Macho hielt, was ihr wieder weniger gefiel.

»Ich nehme deinen Vorschlag dankend an«, entgegnete sie mit ironischem Unterton.

»Dann wäre das ja geklärt«, meinte Dag hörbar selbstzufrieden, was sie ärgerte.

Wieder Schweigen.

Lena fühlte sich zunehmend unwohl. Irgendwie lief dieser Abend anders an, als sie es sich vorgestellt hatte. Sie war davon ausgegangen, dass Dag nicht lange zögern würde, seine Wünsche zu äußern. Immerhin hatte der Salsa mit ihm ihr ja diesbezüglich schon einiges versprochen. Und ein Typ wie er hielt sich doch bestimmt nicht lange damit auf, eine Frau erst einmal einzustimmen auf seine Ziele. Gab sie sich etwa so kühl? Dabei wollte sie doch das Gleiche wie er: Sex, befriedigenden, aufregenden und unverbindlichen Sex. Vielleicht musste sie ihm ihr Anliegen doch etwas deutlicher vor Augen führen.

»Warum wohnst du nicht in der Stadt, wenn du hier studierst?«, fragte Dag in ihre Gedanken hinein, nachdem er noch einen Schluck getrunken hatte.

»Weil ich das Land und die Natur liebe«, antwortete sie.

»Wie viele Kilometer fährst du täglich von Norrtälje aus hierher?«

»Ungefähr sechzig.«

»Für die Benzinkosten im Monat könntest du dir auch in der Stadt ein Apartment mieten. In meinem Apartmenthaus zum Beispiel gibt es kleine Zimmer, die gut und recht preiswert sind. Und für gute Bekannte ...« Er lächelte vielsagend.

Wissend lächelte sie zurück. »Ich weiß. Meine Schwester hat mir erzählt, dass du Apartments vermietest.«

Die schwarzen Brauen zuckten interessiert hoch. »Deine Schwester?«

»Ihr kennt euch. Ihre Agentur arbeitet hin und wieder für dich«, erzählte sie ihm und war dankbar, dass nun erst einmal bis zur Vorspeise eine ganz normale Unterhaltung zwischen ihnen aufkam.

»Wie heißt deine Schwester denn?«

»Maja Blomquist. Sie arbeitet für eine große Werbeagentur in Göteborg.«

Da ging der Ausdruck von Erkennen über das gut geschnittene Männergesicht. »Natürlich kenne ich Maja. Sie ist deine Schwester?« Ehrlich erstaunt sah er sie an.

Sie musste lachen. »Kaum zu glauben, nicht wahr?«

»Schneeweißchen und Rosenrot«, stellte er zwinkernd fest.

Sie stutzte. Wie bitte?

»Gestern Abend habe ich meiner kleinen Nichte das Märchen der Gebrüder Grimm vorgelesen. Deshalb fällt mir dieser Vergleich ein.« Wieder ein Lächeln, ein weiches, warmes. »Ich glaube, wenn ich Kinder hätte, würde ich ihnen eher Märchen von Christian Andersen vorlesen. Die Märchen der Grimms sind mir im Kern zu grausam.«

Schon wieder überrascht über diese neue Seite an ihm sah sie ihn an. »Du interessierst dich für Märchen?«

Er lachte. »Eher meine kleine Nichte. Ich bevorzuge andere Literatur.«

»Welche denn?«, erkundigte sie sich neugierig.

»Ich arbeite immer die Bestsellerliste in der Zeitung ab.« Er winkte dem Kellner und bestellte Weißwein und Wasser. »Ich habe deine Schwester übrigens erst kürzlich noch in Gamla Stan gesehen«, fuhr er fort. »Mit ihrem Mann zusammen.«

Lena zuckte innerlich zusammen. Maja und Torben ... Das Bild, das sich jäh vor ihr inneres Auge schob, tat ihr körperlich weh und erinnerte sie wieder an das Problem, das sie immer noch verarbeitete: Die schöne Maja mit ihren langen schwarzen Locken und dem grazilen Köperbau an der Seite ihres *Wikingers*. Ein beeindruckendes Paar.

»Ich war überrascht«, erzählte Dag weiter. »An der Seite deiner Schwester hätte ich mir eigentlich einen blonden Schweden vorgestellt. Sie ist so ein südländischer Typ. Stehen schwarzhaarige Menschen nicht eher auf blondhaarige?« Seine Augen funkelten sie an. Wollte er ihr damit indirekt sagen, dass er blonde Frauen bevorzugte? Den Bruchteil einer Sekunde später verdrängte jedoch eine ganz andere Überlegung diese Frage. Und die verwirrte sie zutiefst.

»Majas Mann, oder vielmehr ihr Verlobter, ist blond«, stellte sie richtig.

»Das beruhigt mich.« Dieses Mal lächelte Dag sie ganz eindeutig flirtend an. »Dann liege ich mit meiner Einschätzung der menschlichen Vorlieben also doch richtig.«

In diesem Moment war Lena jedoch nicht nach Flirten zumute. »Hat Maja dir den Mann vorgestellt?«

Er winkte ab. »Nein, ich habe die beiden nur auf der anderen Straßenseite gesehen. Maja hat mich nicht bemerkt. Ich bin einfach davon ausgegangen, dass er ihr Partner, Freund, Ehemann oder so etwas ist. Sie gingen vertraut miteinander um. Vielleicht war er auch nur ein Kunde von ihr. Was weiß ich.«

»Wann war das?«

Er hob die Schultern. »Vor vier Wochen vielleicht. Keine Ahnung.«

Sie hörte seinem Ton an, dass er keine Lust hatte, länger darüber zu sprechen. Warum auch? Ihn ging es nichts an, und sie im Grunde genommen auch nicht. Sie wusste, dass ihre Schwester öfter in Stockholm zu tun hatte, ohne sich bei ihr zu melden. Und sie wusste auch, dass Maja immer gern flirtete. Mit Sicherheit auch mit ihren Kunden, falls diese darauf eingingen. Dann konnte für Außenstehende schnell der Eindruck von Vertrautheit entstehen.

Der Kellner brachte die Vorspeise, die Dag Anlass gab, ihr ausführlich über die neuen Regelungen des Lachsfanges zu berichten. Vom Fisch kamen sie zum Fleisch. Sie erfuhr, dass er ein passionierter Jäger war und in Lappland ein Jagdhaus besaß. Dann schwärmte er von der Natur dort oben im Norden, sprach von seinen Eltern, seiner Schwester, die Ärztin war, von seiner unbeschwerten Kindheit und schwärmte von seiner kleinen Nichte. Durch seine anschauliche Art zu erzählen und seine lebhafte Gestik, mit der er seine Worte begleitete, zog er sie ganz in seine Erzählungen hinein. Sie hörte ihm gern zu. Die Seite, die er ihr von sich bot, machte ihn ihr sympathisch, obwohl sein vertrauliches Geplauder ihn ihr nicht näher brachte. Torben dagegen, der viel weniger über sich erzählt hatte… *Zum Teufel mit Torben!*, sagte sie sich energisch.

»Cleo hat gesagt, dass dir nicht nur Restaurants und Mietshäuser gehören, sondern auch Clubs«, wagte sie sich vor.

»Stimmt«, erwiderte er gelassen. »Nachtclubs.«

»Und was passiert da?«

Er zog die Stirn in Falten und sah sie sichtlich verdutzt an.

»Ich meine, in deinen Nachtclubs ...« Sie verstummte. Zu dumm, dass sie mit diesem Thema angefangen hatte. Sie wollte kein vermintes Gebiet betreten. Und erst recht nicht ihre Freundin als Plaudertante hinstellen.

»In meinen Nachtclubs wird getanzt und es finden Shows statt. Akrobatik zum Beispiel ...«, erklärte Dag ihr mit glattem Lächeln.

Wahrscheinlich an der Stange, ging ihr durch den Kopf.

»Wir können gern einmal zu einer Vorstellung gehen.«

Also doch kein Rekeln an der Stange?

»Was hat Cleo dir denn erzählt?«, forschte er nun in lauerndem Ton nach.

»Genau das, was du mir gerade gesagt hast«, fuhr sie betont ruhig fort. »Ich bin halb Schwedin und halb Deutsche. Von daher weiß ich, dass das Nachtleben in Hamburg zum Beispiel anders aussieht als bei uns. Deshalb meine Frage.«

Er nickte. »Was ich auch ehrlicher finde. Unsere Regierung jedoch ...« Er seufzte. »Aber wir wollen heute Abend doch nicht über Politik reden. Erzähl mir lieber von deinem Studium.«

So schritt die Zeit voran, zu Lenas Verwunderung und ein wenig zu ihrer Enttäuschung. Nach dem köstlichem Essen sah Dag auf seine Armbanduhr.

»Hast du noch einen Termin?«, fragte sie erstaunt.

Er schien verlegen zu werden. »Ich muss noch in einen meiner Clubs. In den, der bald Neueröffnung hat. Als wir uns gestern verabredet haben, wusste ich das noch nicht.«

Kein Sex heute Abend?, fragte sie sich ungläubig.

Mach dich darauf gefasst, dass er morgen Abend mit dir schlafen will, hatte Cleo ihr prophezeit. *Dag Asgard ist dafür bekannt, bei der ersten Verabredung mit einer Frau ins Bett zu gehen. Wenn sie nicht will, verliert er das Interesse an ihr.* So viel zu Cleos Vorhersage.

Sie lächelte Dag freundlich an und ließ sich ihre Verwirrung nicht anmerken.

»Das passt«, erwiderte sie. »Ich habe ja noch fast eine ganze Stunde Fahrt vor mir und muss morgen früh aufstehen, weil ich an meiner Seminararbeit schreiben muss.«

»Dann bin ich ja beruhigt.« Dag winkte dem Kellner und bat um die Rechnung.

»Gehört dir eigentlich auch dieses Restaurant?«, fragte sie.

»Nein. Meine drei sind sehr viel größer. Sie bieten Fast Food an, für Touristen oder junge Leute. Sie liegen in der Stadt an zentralen Orten, wo viele Menschen hinein- und wieder schnell hinausströmen.«

Das ist dann also auch geklärt, sagte sie sich. Auch wenn sie an diesem Abend aus Dag nicht schlau geworden war, hatte sie Cleos Aussage, er sei sehr vermögend, bestätigt gesehen. Dennoch protzte er nicht, und das gefiel ihr.

»Fahr vorsichtig«, gab er ihr mit auf den Weg, nachdem er sie zu ihrem Parkplatz gebracht und sie wieder brüderlich auf beide Wangen geküsst hatte. »Wir telefonieren.«

Sie bedankte sich bei ihm höflich fürs Essen und stieg ein. Im Rückspiegel sah sie, dass er ihr nachsah. Was mochte dabei in seinem Kopf vorgehen?

Wie schon auf dem Hinweg warf Lena auch auf dem Nachhauseweg einen Blick auf den Äußeren Schärengarten, dieses Mal jedoch einen längeren. Und wieder musste sie an den Mann denken, der dort draußen eine kleine Insel besaß, die er von seiner Tante geerbt hatte. Wo mochte er jetzt sein, dieser Mann? Was mochte er zu dieser Stunde treiben?

Während sie immer wieder zu den wie hingetupften Inseln blicken musste, die in dem magischen Licht des späten Mittsommerabends lagen, fragte sie sich, ob sie sich auch mit Dag verabredet hätte, wenn sie Torben nie kennengelernt hätte. Okay, der Verlobte ihrer Schwester hatte ihr wieder Appetit auf Sex gemacht, auf den sie fortan nicht mehr verzichten wollte, aber gab es nicht noch einen anderen Grund, sich mit Dag zu treffen? Wollte sie mit einem anderen Mann schlafen, um Torben zu vergessen?

Die stille, golden schimmernde Ostsee zu ihrer Rechten verweigerte ihr eine Antwort darauf.

Dag lag auf der Dachterrasse seiner Loftwohnung im Hafen und blickte ebenfalls auf die stille See, jedoch ohne ihr Fragen zu stellen. Er zog an seinem kubanischen Zigarillo und bestätigte sich zufrieden, an diesem Abend alles richtig gemacht zu haben.

Lena Blomquist hatte ihn auf den ersten Blick fasziniert, als er sie im Trädgarden auf der Tanzfläche entdeckt hatte. Sie hatte sich von der brodelnden Menge der Tanzenden abgehoben, nicht nur durch ihre Modelgröße oder ihre klassische Schönheit, sondern durch ihre Ausstrahlung, die ihn über die vielen Köpfe hinweg erreicht hatte. Sie war eine Naturschönheit, die kein Zubehör brauchte, um zu wirken, weder Makeup, Schmuck, eine ungewöhnliche Frisur noch Designerklamotten. In dem weißen, eng anliegenden und bestimmt preiswerten Shirtkleid, in dem sie dort barfuß getanzt hatte, hätte sie jeden Schönheitswettbewerb gewinnen können. Klare Züge, meergraue Augen, hellblondes glattes Haar, das ihr wie ein breiter Wasserstrahl, den die Sonnenstrahlen silbrig glänzen ließen, über die Schultern floss, eine makellose golden getönte Haut und die perfektesten Beine, die er je gesehen hatte. Doch selbst all das konnte seine Faszination nicht gänzlich erklären. Er kannte viele Frauen. Schöne, reiche, gebildete, dumme, jüngere wie auch ältere als er, blonde, schwarzhaarige, große, kleine, üppige, knabenhafte, aber keine mit einer solchen Aura. Er spürte die geballte Kraft der Natur unter ihrer perfekten Oberfläche und genau das reizte ihn. In dem Gespräch mit ihr hatte er an diesem Abend all diese Eindrücke, die sie für ihn so besonders machten, bestätigt gesehen. Und natürlich hatte ihn darüber hinaus wieder ihre besondere Schönheit in den Bann gezogen. Das eisblaue Shiftkleid, das ihre Knie stilvoll bedeckt hatte, und die sandfarbenen Slingpumps hatten ihre schlanke und dennoch sehr weibliche Figur ohne Schnickschnack in Szene gesetzt, die schlicht hochgesteckten Haare ihr klares Profil und den edlen Nacken. Auch heute hatte sie keinen Schmuck getragen. Zu einer Frau wie ihr passten sowieso nur Diamanten, große, kunstvoll geschliffene Steine, schlicht in Weißgold gefasst.

Genüsslich zog er an seinem Zigarillo und lächelte.

Das Zusammensein mit ihr hatte ihn in gewisser Weise amüsiert, oder vielmehr seine Rolle, die er sich für diesen Abend auferlegt hatte. Er hatte ihr angesehen, dass sie nicht genau wusste, was sie von ihm halten sollte. Natürlich war ihr sein Ruf bekannt. Und natürlich wusste sie, was in seinen Clubs vor sich ging. Mit Sicherheit hatte Cleo ihr all das verraten. Er wiederum hatte gewusst, warum Lena ihn angerufen hatte. Welche Gründe auch immer sonst dahintersteckten – sie wollte mit ihm ins Bett gehen. Dafür war er ja bekannt. Frauen hatten viele Gründe, Sex zu suchen. Nicht immer stand die pure Lust im Vordergrund. Die meisten, die sich mit ihm einließen, stellten sich ein tolles Leben an seiner Seite vor. Welchen Beweggrund Lena hatte, konnte er noch nicht sagen. Sicherlich nicht den, finanziell oder gesellschaftlich von ihm profitieren zu wollen wie all die Möchtegernmodels und Filmsternchen. Ein paar Mal hatte sie mit ihm geflirtet, sehr zurückhaltend zwar, aber ihr verschwimmender Blick und ihre Körperhaltung hatten sie verraten. Ihre Bewegungen waren ab und zu sanfter und fließender geworden, ihre Stimme hatte den Ton verändert. In diesen Augenblicken hatte es ihn viel Überwindung gekostet, die Erregung in seiner Hose zu kontrollieren, obwohl er noch zwei Stunden vor ihrer Verabredung Sex gehabt hatte, wohl wissend, dass er nur so seinen Hunger nach dieser Frau einigermaßen würde zügeln können. Lena Blomquist war jedoch die erste Frau, von der er mehr wollte als nur körperliche Befriedigung. Er konnte sich sogar vorstellen, sie irgendwann mit seiner Familie bekannt zu machen als *die Frau an seiner Seite*. Doch dafür musste er erst einmal ihr Vertrauen gewinnen. Und was viel schwieriger sein mochte, sie würde sein *anderes Gesicht* akzeptieren müssen. Es war also noch ein langer Weg bis zu seinem Ziel.

»Das verstehe ich nicht«, sagte Cleo am nächsten Morgen, als sie Punkt acht Uhr bei ihrer Freundin anrief. »Vielleicht warst du zu kühl.«

»Ich habe mich ihm nicht an den Hals geworfen, aber kühl war ich auch nicht«, widersprach Lena ihr. »Zumindest nicht mehr im Verlauf des Abends. Dag kam richtig sympathisch rüber. Wirklich. Ich hätte gar keinen Grund dafür gehabt, kühl zu sein. Ich glaube fast, ich bin doch nicht sein Typ.«

»Unsinn. Er steht auf Blondinen. Dafür ist er bekannt.«

»Das hat er auch durchblicken lassen, aber warum …« Sie hielt inne und schaltete ihren Computer ein.

»Echt, das überrascht mich«, fuhr Cleo fort. »Ich hätte unser

Hotel hier darauf verwettet, dass du gestern Abend guten Sex hattest.«

»So kann man sich täuschen.«

»Und jetzt?«

»Jetzt werde ich ihn bestimmt nicht noch einmal anrufen«, antwortete Lena energisch. »Entweder meldet Dag sich oder die Sache hat sich erledigt.«

»Das ist ja richtig spannend. Halt mich ja auf dem Laufenden. Versprochen?«

Lena musste lachen. »Versprochen. Ich muss jetzt Schluss machen. Ich habe mir für heute ein strammes Arbeitsprogramm auferlegt.«

Dieses strenge Arbeitsprogramm erfuhr jedoch schon eine Stunde später eine Störung. Während Lena ihre Finger über die Tastatur des Computers fliegen ließ, hörte sie ein Auto auf ihr Haus zufahren. Ihr erster Gedanke war: Torben. Den Bruchteil einer Sekunde später jedoch schimpfte sie mit sich selbst. Verdammt. Wer war Torben?

Sie öffnete die Haustür und prallte zurück, als sie das schnittige schwarze Cabrio entdeckte, das mindestens den Wert eines kleinen Reihenhauses besaß. Ihm entstieg Dag Asgard, in sommerliches weißes Leinen gekleidet und mit einem riesigen Strauß roter langstieliger Rosen im Arm.

Sie schluckte. Abgesehen davon, dass er zeitlich nicht ungünstiger hätte kommen können, störten sie die Blumen, die er ihr brachte. Sie hasste rote Rosen, wenn sie nicht ganz natürlich bei ihr im Garten wuchsen. Und dann ein Strauß von solchem Ausmaß? Das war einfach unangebracht.

Dag kam auf sie zu, die Sonnenbrille ins Haar geschoben, mit einem charmanten Lächeln auf den Lippen und einem Funkeln in den Augen, als würde er sich über etwas amüsieren. Vielleicht über ihr kleines bescheidenes Häuschen?

»Schön, dich anzutreffen«, begrüßte er sie leichthin, ohne sie auf die Wangen zu küssen. »Ich bin auf dem Weg zum Geburtstag meiner Tante und dachte, ich halte mal kurz an, um dir *Hallo* zu sagen. Keine Sorge, ich bleibe nicht lange.« Er überreichte ihr die Rosen, die ein beachtliches Gewicht besaßen. »Bist du gestern Abend gut nach Hause gekommen?«

Sie nickte nur.

Um nur kurz vorbeizuschauen war dieser Strauß viel zu protzig. Sie fühlte sich dadurch unangenehm berührt. Einen Sekundenbruchteil sah sie wieder Torbens Wiesenblumenstrauß vor sich, und ein Ziehen ging ihr durchs Herz. Dag besaß eine völlig falsche Vorstellung von ihr. Und dabei hatte sie gestern Abend ein paar Mal gedacht, sie hätten Gemeinsamkeiten. Falsch gedacht.

»Kannst du die Blumen bitte ins Wasser stellen? Sie sind für meine Tante. Bei der Hitze möchte ich sie nicht im Wagen lassen.«

Sie blinzelte ihn verwirrt an.

Wie bitte? Die Rosen waren für seine Tante?

»Dir stehen besser Blumen aus der Natur zu Gesicht, keine hochgezüchteten Treibhausrosen aus Afrika.«

Lena war sich sicher, dass ihr Lächeln dümmlich wirkte. Und dann begann sie zu lachen. Das Lachen kam ihr aus vollem Herzen.

Dieser Typ brachte es doch tatsächlich fertig, sie immer wieder zu überraschen. Nicht schlecht.

»Ich sitze zwar am Schreibtisch und habe viel zu tun, aber für einen Kaffee sollte man immer Zeit haben«, sagte sie, nun völlig versöhnt mit ihm, während sie ihm mit einer Geste bedeutete, ihr zu folgen.

Während sie für die Rosen die Spüle mit Wasser füllte, blieb Dag in der Küchentür stehen.

»Wo wohnt deine Tante denn?«, erkundigte sie sich.

»In Grisslehamn.«

»Das ist ja nicht allzu weit von hier.« Sie drehte sich zu ihm um. »Also Kaffee?«

»Wasser?«

»Klar, du kannst auch Wasser haben.«

Sie drückte ihm die Mineralwasserflasche in die Hand und nahm zwei Gläser aus dem Küchenschrank. Zusammen gingen sie auf die Veranda.

»Woher weißt du eigentlich, wo ich wohne?«, fragte sie ehrlich erstaunt.

Natürlich hatte sie Cleo im Verdacht.

»Gestern Abend hast du mir dein Haus beschrieben. Schon vergessen?«

»So genau, dass du es heute gefunden hast?«

»Ziemlich genau. Zumindest so genau, dass ich es von der Straße erkennen konnte. Außerdem steht dein Wagen vor der Tür.« Er lehnte sich entspannt zurück und blickte aufs Wasser hinaus. »Schön hast du es hier. Stammst du aus Norrtälje?«

»Nein. Meine Familie stammt vom Stadtrand von Stockholm. Als Maja und ich noch Kinder waren, haben meine Eltern das Häuschen hier gebaut. Mein Vater hat es mir vermietet.« Sie zögerte kurz. »Wo wohnst du eigentlich?«

»In Stockholm. Im Hafen in einem alten Lagerhaus, das ich umgebaut habe.«

»Klingt interessant.« Sie nippte an ihrem Wasser.

»Ich bin eigentlich gekommen, um dich zu meiner Cluberöffnung einzuladen.«

»Cluberöffnung?«

»Neueröffnung. Die Räume brauchten dringend einen Anstrich und eine neue Möblierung. Zur Einweihungsfeier kommen ein paar Leute aus Wirtschaft und Politik. Es werden Cocktails, Snacks und Salsa geboten. Ich dachte, Letzteres würde dich vielleicht interessieren.«

»Ist es ein Tanzclub?«

Er zögerte. »Eher ein Kulturclub. Wir bieten Kabarett, Konzerte mit Schwerpunkt auf Latinomusik, natürlich auch ganz normale Barmusik, aber alles auf gehobenem Niveau mit Dresscode.«

»Wow, das klingt elitär.«

»Ich denke, so etwas braucht die Stadt. Geschäftsleute oder Lokalpolitiker wollen unter sich sein in angenehmer Atmosphäre. Die tanzen nicht im Trädgarden ab.«

»Aber ein Dag Asgard.« Sie lächelte ihn verschmitzt an, woraufhin er lachte und meinte:

»Ich mische mich mal ganz gern unters Volk. Und manchmal findet man dort sogar den einen oder anderen Diamanten.« Sein Blick lag auf ihrem Gesicht. Aus seinen Augen sprühten tausend Funken. Ja, jetzt flirtete er mit ihr. Eindeutig.

Sie hob die Brauen. »Ich kann also davon ausgehen, dass es sich bei diesem Club um eine anständige Adresse handelt?«

Sein kraftvolles Lachen machte ihn ihr wieder einmal sehr sympathisch. »Das garantiere ich.«

»Aber der Dresscode?« Sie runzelte die Stirn. »Was habe ich denn darunter zu verstehen?«

»An diesem Abend sogar Abendkleidung.« Pures Feuer schlug ihr jetzt aus seinen Augen entgegen, welches sie als Herausforderung empfand.

»Ist Dekolleté erlaubt?«

»Nur Rückendekolleté.«

»Dann muss ich mein Kleid andersherum anziehen«, konterte sie mit lässigem Schulterzucken, woraufhin er wieder lachte. Er beugte sich nach vorn ihr entgegen und sagte in einem Ton, als wollte er ihr etwas anvertrauen:

»Ich liebe humorvolle Frauen.«

»Von denen scheint es ja sehr viele in Stockholm zu geben.«

Er begriff umgehend und lachte wieder. »Hat Cleo dir bereits eine Zahl genannt?«

»Meine Freundin ist zwar sehr intelligent, aber so weit kann selbst sie nicht zählen.«

Cleo, verzeih mir, aber diesen Scherz musste ich noch bringen.

Dag sah sie mit arglosem Blick an. »Und jetzt?«

Sie stutzte. »Was und jetzt?«

»Nimmst du die Einladung an?«

»Ja, gern.«

Er stand auf. »Das freut mich. Ich rufe dich einen Tag vorher noch einmal an. Gibst du mir deine Nummer? Und bitte die Rosen für meine Tante.«

Als Lena wieder vor ihrem Computer saß, konnte sie sich nicht mehr richtig konzentrieren. Sie dachte über die Unterhaltung mit Dag nach. Diese hatte ein gutes Gefühl bei ihr hinterlassen. Er hatte etwas an sich, das sie anzog, nicht nur sexuell. Er hatte ihre Neugier geweckt. Da gab es für sie nur ein kleines Problem: Was sollte sie zu seiner Einladung anziehen? Ein Abendkleid besaß sie nicht und wollte auch gar keines besitzen. In ihren billigen Fähnchen jedoch konnte sie an Dags Seite unmöglich dort erscheinen. Ich werde Cleo um Rat fragen, beschloss sie, und zwang sich, weiterzuarbeiten, nicht ohne ein Lächeln auf den Lippen. Dags Stippvisite hatte ihre Laune gehoben, und sie bedauerte sogar, dass sie Dag erst bei der Neueröffnung wiedersehen würde.

Wie immer, wenn sie arbeitete, vergaß Lena schon bald wieder alles um sich herum. Ihre hohe Konzentrationsfähigkeit mochte der Schlüssel dafür sein, dass sie für eine Prüfung weniger lernen musste als ihre Kommilitonen. Zu Hilfe kam ihr noch ihr gutes Gedächtnis. Am Spätnachmittag tauchte sie aus der Welt der spanischen Ethnologie wieder auf und kochte Kaffee. Mit Kanne, Becher und der Tageszeitung ging sie in den Garten. Sie hätte nicht sagen können, wie lange sie dort unter dem ausladenden Schirm der Rotbuche gelesen hatte, als ihr Telefon klingelte. Die Nummer erkannte sie erst auf den zweiten Blick. Es war die, die sie Sonntagabend gewählt hatte. Sie gehörte Dag.

Hallo?, fragte sie sich überrascht. *Zweimal am selben Tag?*

»Hej«, begrüßte sie Dag nicht ohne Neugier.

»Ich bin auf dem Rückweg. Beim Fahren kam mir eine Idee. Ich habe mir für heute frei genommen. Hättest du Lust, mit mir heute Abend in der Gamla Stan etwas zu trinken?«

Sie überlegte nur kurz. Was war die Alternative? Zu Hause zu bleiben und zu lesen, Musik zu hören, fernzusehen? Warum nicht Salsa tanzen?

»Ja, warum nicht? Ich habe noch nichts vor«, antwortete sie.

»Super. Ich freue mich. Ich liebe spontane Frauen.«

»Spontane, humorvolle ...« Sie lachte. »Die Liste wird ja immer länger.«

»Und besonders schöne Blondinen, die so aufregend Salsa tanzen wie du«, hörte sie ihn mit einer Stimme sagen, die in ihren Ohren ziemlich erotisch klang.

»Okay, dann bis heute Abend.«

Dag Asgard war einfach ein gut aussehender Typ, ja, ein schöner Mann. Das musste Lena denken, als er sie ein paar Stunden später mit zwei freundlichen Wangenküssen begrüßte. Aber nicht nur das. Da sie inzwischen auch eine andere Seite als die des Bad Boys von ihm kannte, eine ernsthafte und solide wirkende, hatte sie ein gutes Gefühl dabei, den Abend mit ihm zu verbringen.

»Komm.« Er legte die Hand auf ihren Rücken und dirigierte sie zu einem der Straßenbistros. »Ein Bier?« Fragend sah er sie an.

»Bitte.«

Sie stießen miteinander an, machten eine Weile Small Talk, und sie erfuhr wieder etwas mehr über seine Familie, als er ihr von der Geburtstagsfeier seiner Tante erzählte. Alles wirkte solide und bürgerlich.

»Möchtest du noch etwas trinken?«

»Ein Wasser bitte.«

»Hunger?«

»Was schwebt dir denn vor?«, erkundigte sie sich.

»Ich habe einen fantastischen frischen Lachs zu Hause. Ich könnte für uns kochen.«

Das klang doch ganz danach, dass er den gerade begonnenen Abend bei sich zu Hause fortsetzen wollte. Ob mit Fisch oder eher Fleischlichem, das würde sich dann finden.

»Frischer Lachs klingt gut.«

»Dann lass uns gehen.«

Lena fuhr hinter seinem Cabrio her. Im Hafenviertel tauchte der schwarze Sportwagen in die Tiefgarage eines mehrstöckigen Gebäudes ein, das in seiner grauen Schmucklosigkeit in starkem Kontrast zu den vielen großbürgerlichen Häusern aus den vergangenen Jahrhunderten stand. Sie folgte dem Cabrio durch die beleuchteten engen Gänge und parkte neben ihm. Mit einem altmodischen Gitteraufzug fuhren sie in die höchste Etage.

»Das war früher einmal ein Lagerhaus«, erklärte Dag ihr.

»Das sagtest du bereits«, entgegnete sie.

»Meine Wohnung liegt ganz oben mit Blick über den Hafen. Die anderen Wohnungen hier im Haus habe ich vermietet.«

Mit einem Furcht erregenden Geräusch stoppte der Aufzug. Die Gittertür öffnete sich, und sie befanden sich auf einem schmalen Flur aus Betonwänden und mit nur einer einzigen Stahltür.

Lena schluckte und fühlte sich plötzlich unwohl. Was wusste sie schon von Dag Asgard? Okay, er war Cleos Vater bekannt, er gehörte Stockholms bester Gesellschaft an, aber sagte das etwas über sein moralisches Verhalten aus? Vielleicht war er jemand, der beim Sex die Frauen gern quälte. Auf diese Spielarten stand sie ja gar nicht. Sie brauchte weder Schmerz noch Erniedrigung. Vielleicht hätte sie die Einladung zum frischen Lachs lieber doch nicht annehmen sollen?

Dag stieß die Stahltür auf, und Lena wurde wieder einmal überrascht.

Die Tür führte in ein riesiges Zimmer mit Lichtkuppel, an das sich eine Dachterrasse mit üppiger Bepflanzung anschloss. Ähnlich wie in dem Innenhof des kleinen Restaurants, in dem sie am Vorabend gegessen hatten, wetteiferten auch dort Üppigkeit, Farben und Formen der Pflanzen miteinander. Lena löste den Blick von diesem blühenden Paradies und ließ ihn zurückwandern in den Raum.

Edel und geschmackvoll war er eingerichtet. Ein langer Esstisch aus Ahorn und Stahl sowie zehn Stühle aus Leder und Korb standen in seiner Mitte. Sie verrieten, dass Dag einen großen Freundeskreis haben musste, den er gern hier versammelte. Antike Einzelstücke aus unterschiedlichen Epochen – Kommoden, Sessel, kleine Tische, Teppiche – fügten sich zu einem lebendig und gemütlich wirkenden Ganzen. Ja, hier konnte man – und auch *frau* – sich wohlfühlen. Die tief stehende Abendsonne, deren Strahlen gerade noch auf den Mosaikboden der Dachterrasse fielen, tauchte das Ganze zusätzlich in ein weiches, warmes Licht, das sie willkommen hieß.

»Sehr schön hast du es hier«, sagte sie und lächelte ihn an.

»Ich will ehrlich sein …« Dag lächelte fröhlich zurück. »Für die Einrichtung habe ich einen Innenarchitekten engagiert. Allein hätte ich so etwas nicht auf die Beine gestellt. Mein eigener Geschmack lässt etwas zu wünschen übrig.«

Sie zog die Brauen hoch.

Da lachte er wieder sein sympathisches Lachen. »Auf den ist nur bei der Auswahl von Frauen Verlass.«

»Wahrscheinlich ist er davon so strapaziert, dass er bei anderen Dingen versagt.«

Mit einem bewundernden Ausdruck sah er sie an. »Ich sagte ja schon: Du hast Humor, meine Schöne. Einen etwas bissigen zwar, aber genau das gefällt mir an dir.«

Unschuldig sah sie ihn an. »Sonst nichts?«

Oh Mann, sie lehnte sich ja weit aus dem Fenster. Jetzt schien sie es tatsächlich wissen zu wollen.

»Lachs?« Dag sah sie auffordernd an.

»Warum nicht?« Sie nickte. »Kann ich dir helfen?«

Er schüttelte den Kopf. »Ich habe schon alles vorbereitet. Ich muss nur noch den Ofen anstellen.«

Sie machte große Augen. »Wie konntest du denn wissen, dass ich heute Abend mit zu dir gehen würde?«

Ein genießerisches Lächeln seinerseits.

Er sammelt Gespielinnen und lässt sich von ihnen verwöhnen, erinnerte sie sich an Cleos Worte.

»Oder bist du immer vorbereitet?«, erkundigte sie sich.

Er runzelte die tief gebräunte Stirn. »Wie meinst du das denn?«

»Immer bereit, eine Frau mit Leckereien zu belohnen. Lachs, Hummer, Krebse, je nach Saison, oder sogar auch mit dir selbst?«

Sein Blick verdunkelte sich, und wieder ging ihr durch den Kopf, dass dieser Mann auch etwas Geheimnisvolles ausstrahlte, was sicherlich nicht nur an den schwarzen Augen lag.

»Welche dieser vier Delikatessen würdest du denn wählen? Heute Abend, in deiner Stimmung?«, erkundigte er sich mit etwas leiserer, rauer Stimme, bei der sie eine Gänsehaut bekam.

Sie schluckte. Tja, was wollte sie denn? Sie standen sich mit ein paar Metern Abstand gegenüber, und sie vermisste dieses starke Kribbeln, wie sie es zwischen sich und Torben empfunden hatte.

Zum Teufel mit diesem Torben!, sagte sie sich mit aufsteigender Wut.

Vielleicht war sogar diese Wut auf sich selbst schließlich der Auslöser dafür, dass Lena nun zwei Schritte auf Dag zuging. Dag Asgard sollte sie bumsen, hier und jetzt, sofort und zwar so heftig und wild, dass ihr Kopf endlich abschaltete und sie nur noch aus ihrem Körper bestand.

Dag warf ihr ein wissendes Lächeln zu und trat zu dem Sideboard, in dem eine winzige Musikanlage sowie CDs standen. Eine Sekunde später erfüllten Salsarhythmen den Wohnraum, ein Song der Frauenband Orquesta Canela, die sie sehr mochte. Dag kam auf sie zu, nahm ihre Hand und führte sie auf die Dachterrasse, über der der süße, schwere Duft der Blüten hing.

»Darf ich bitten?« Dags Blick tauchte tief in ihren. Er war heiß und feurig, wie der Tanz selbst.

»Gern.«

Er legte seine Hände auf ihre Hüften und sie die Arme um seine Schultern, die weniger breit waren als die ihres *Wikingers*, wie sie wieder einmal feststellte.

Zum Teufel mit ihm!, schoss ihr durch den Kopf, während Dag mit ihr ein paar Grundschritte tanzte, bevor er sie drehte und richtig begann. Dann wurde es zwischen ihnen erotisch, und sie ließ sich von ihrem Salsero in die Rhythmen hineinziehen.

Dag zog sie mit dem Rücken zu sich, modellierte mit den Händen ihre Oberschenkel und Hüften, wobei ihr seine Erregung in den Rücken stieß. Sie ließ ihren Po gegen die deutliche Ausbuchtung in seiner anthrazitfarbenen Leinenhose kreisen, bewegte die Hüften unter seinen Händen. Dann legte er ihr eine Hand in den Nacken, den ihr aufgestecktes Haar freigab, und drückte ihren Oberkörper nach vorn, sodass sie horizontal zum Boden hing. Er ließ sie einen Halbkreis beschreiben und zog sie wieder hoch. Sie drehte sich zu ihm herum, ließ ihr Becken an seinem kreisen, sich von ihm mehrmals drehen, bis sie wieder Brust an Brust standen. Dag stellte sich erneut in Position und legte seine Hände auf ihren Po. Gebieterisch presste er sie gegen sich, wirbelte sie über den Mosaikboden der Terrasse, so eng Körper an Körper, dass kein Blatt mehr zwischen sie gepasst hätte. Ihre Bewegungen verschmolzen miteinander, ihre Körper wurden zu einem. Dag drehte sich mit ihr. Ihre Becken, wie aneinander festgewachsen, vollführten kreisende Bewegungen wie beim Sex. Wow. Wenn dieser Tanz ein Vorgeschmack auf den Sex mit ihm war, dann durfte sie diesen Abend nicht vergeuden.

Als der Song endete, lag sie atemlos in Dags Armen, seine Hände hielten ihre Pobacken umschlossen, die von Blütenduft durchtränkte Luft benebelte sie. Sie spürte Dags Erregung, und ihre eigene. Sie sahen sich an, während aus der Anlage im Wohnzimmer neue heiße Rhythmen an ihr Ohr drangen.

»Du möchtest es jetzt haben. Habe ich recht?«

Lena schluckte.

Ja, sie wollte es jetzt haben. Er hatte sie heiß gemacht, ihr Körper wies bereits ihren Verstand in seine Grenzen.

Sie nickte. »Aus welchen Gründen auch immer«, fügte sie leise hinzu.

Er legte einen Finger unter ihr Kinn. Sein Gesicht kam näher. Dann küsste er sie so routiniert, dass sie fast glauben konnte, er hätte sich innig in sie verliebt. Als er seine Lippen von ihren löste, züngelten Flammen in den schwarzen Männeraugen, und bevor ihr Verstand weiterarbeiten konnte, packte er sie am Nacken und zog sie in herrischer Manier an sich. Sie spürte die Hitze, die von seinem Körper ausging. Voller Begierde verschlossen seine Lippen ihre. Sie brachte es nicht fertig, ihn von sich zu drücken, obwohl ihr sein Machogehabe missfiel. Doch seine Leidenschaft übertrug sich auf sie, ließ mit dem heißen Salsa als Hintergrundmusik ihr Blut schneller durch ihre Adern fließen. Sie standen eng aneinander, ihre Becken rotierten im Takt des Songs, und sie spürte durch den Stoff ihres Rocks das Pulsieren in Dags Schritt. Seine harte Rute drängte sich an sie. Sie legte die Hände auf seine Pobacken, hielt ihn nicht weniger herrisch an sich gepresst und massierte mit kreisenden Beckenbewegungen die Ausbuchtung in seiner Hose. Er zischte leise, rieb sich an ihr, griff in ihr Haar und küsste sie aufs Neue. Dabei glitt seine Rechte unter ihren Rock, griff in den Slip und fand zielstrebig ihre Perle, was auch ihr ein leises Stöhnen entlockte. Sie spreizte die Beine, um seiner Hand besseren Zugang zu ihrem Lustzentrum zu ermöglichen. Das Gefühl, das er ihr nun mit seinen kundigen Fingern bescherte, schaltete ihren Verstand immer mehr aus.

»Nimm mich«, stieß sie hervor. »Ich will deinen Schwanz spüren.«

Er lachte, dunkel und leise. »Hat Madame spezielle Wünsche, was die Örtlichkeit betrifft?«

Hier, sofort, auf der Dachterrasse, wollte sie sagen, doch sie wollte nicht reden, sie wollte nur diese starke Erregung spüren. Seine Finger vollbrachten zwischen ihren Beinen eine akrobatische Meisterleistung. Einer massierte ihren Kitzler, zwei andere drangen langsam in sie ein und ein dritter massierte ihren Damm, was sie so heiß machte, dass sie laut aufstöhnte. Dag drängte sie, ohne dieses Spiel in ihrer prallen Spalte aufzugeben, behutsam rückwärts durchs Wohnzimmer. Als sie die Lider öffnete, fand sie sich auf der Schwelle zu einem hohen Raum wieder, der das helle Licht des Sommerabends einfing – und auch gleichzeitig wieder ihren Verstand erhellte. Sie gebot Dags Hand zwischen ihren Beinen Einhalt. Dieser Raum war eindeutig nicht Dags Schlafzimmer. Warum waren sie hier?

Sie sah sich um. Viel weißes Holz, helle Korbmöbel, pastellfarbene Teppiche, auf niedrigen Tischen standen frische Blumen. In der Luft hing der Duft von Patschuli, der sie kurz an Nigels Dienstleistung erinnerte. Sie hatte in der letzten Zeit mehr Sex gehabt als in den vergangenen Jahren zusammengezählt. Warum auch nicht? Sie gehörte nicht der Generation der Frauen an, die, weil es die Gesellschaft so wollte, nur einen Mann in ihrem Leben haben durften. Dags Hand ließ sie schnell wieder alle gesellschaftspolitischen Überlegungen vergessen. Sie wanderte über ihre Pobacke den Rücken hinauf zu ihrem Seidenshirt und streifte es ihr über den Kopf. Dann öffnete er den Reißverschluss ihres engen Rocks und zog ihn hinunter, das alles mit sparsamen zielstrebigen Handgriffen. Nun trat er einen Schritt von ihr zurück und betrachtete sie.

»Hübsche Dessous«, sagte er. »Und die herrlichsten Beine, die ich je gesehen habe. Ich liebe hohe, schlichte Pumps.«

Mit wenigen Bewegungen befreite er sich von Hose und

Hemd. Einen Slip trug er nicht. Er besaß einen vollkommenen Körper, einen schmalen jungenhaften, weniger männlich als es sonst ihrem Geschmack entsprach. Wie Torbens zum Beispiel ... Verdammt. Sie schluckte und zwang sich, sich wieder auf das zu konzentrieren, was Dag mit ihr machte. Er löste ihren BH, streifte ihn ab und massierte ihre Brüste. Sie stieg aus den Schuhen und schloss die Augen. Seine Hände fühlten sich auf ihrem nun nackten Körper wunderbar warm an. Ihr Busen schien unter ihnen zu wachsen. Als er in ihre Knospen kniff, seufzte sie wohlig, konzentrierte sich ganz auf das süße Stechen in ihren Nippeln, auf das sehnsüchtige Pulsieren in ihren Schamlippen.

Dag drehte sie um. Sie öffnete die Lider und entdeckte ein Andreaskreuz an der Wand. Sie hielt den Atem an.

»Weißt du, was das ist?«

»Ja, aber das ist nichts für mich.«

»Auch nicht, wenn du die Akteurin bist?«

Sie wandte sich zu ihm um und sah ihn verblüfft an. Sie sollte ihn fesseln? Ihn, den Macho?

Auffordernd stupste er sie mit der prallen Spitze seines Schwanzes an. Sein intensiver Blick auf ihre erigierten Nippel zog sie wieder in den Zustand ihrer Erregung hinein. Als er mit Zeigefinger und Daumen ihre Knospen reizte, schickten seine leichten spielerischen Berührungen bittersüße Gefühle durch ihren Schoß. Sie wollte schon die Augen schließen, sich seinen Händen überlassen, als Dag sie bat:

»Fessel mich.« Er stellte sich mit dem Rücken vor das Kreuz. Seine Erektion reckte sich ihr auffordernd entgegen. Ohne Zweifel, die Situation machte ihn an. Und das wiederum machte sie an.

Ohne etwas zu sagen, nahm sie seine Arme, breitete sie aus und band sie mit den dafür vorgesehenen Lederriemen an dem

Kreuz fest. Das Gleiche machte sie mit seinen Füßen. Nun war er ihr ausgeliefert, und sie musste sich eingestehen, dass sie diese Situation erregte. Aufrecht und breitbeinig baute sie sich vor ihm auf, badete in seinem Blick, der jeden Millimeter ihres Körpers berührte, was ihr ein prickelndes Gefühl bescherte. Sie gefiel ihm, und dies wiederum gefiel ihrer Eitelkeit. Als Nächstes hob sie ihr Knie und schob es Dag behutsam zwischen den Schritt. Als es ganz leicht und trotzdem intensiv seine Hoden massierte, schloss er die Augen und stöhnte. Er war ihr ausgeliefert, was er sichtlich genoss und ein Zeichen dafür war, wie sehr er ihr vertraute. Dieses Wissen gab ihr ein ganz neues Gefühl, das sie niemals zuvor bei der Begegnung mit einem Mann gehabt und welches sie auch niemals vorher angestrebt hatte: das Gefühl von Macht. Zum ersten Mal verspürte sie die Lust, einen Mann zu unterwerfen.

Sie trat einen Schritt zurück und betrachtete Dag, vom Kopf bis zu den Füßen und wieder zurück.

»Du bist ein sehr gut aussehender Mann«, sagte sie. »Aber das weißt du bestimmt schon«, fügte sie lächelnd hinzu.

Sein Blick lag auf ihr, ein Blick, in dem sich Dunkles mit dem Wunsch nach Hingabe mischte.

Sie ging wieder auf ihn zu und stellte sich hautnah vor ihn, legte ihre Arme auf seine und spreizte die Beine so weit, dass sie deckungsgleich Haut an nackter Haut standen. Sie küsste ihn auf den Mund, spielte mit seiner Zunge. Atemlos und leidenschaftlich erwiderte er ihren Kuss, ohne sich bewegen zu können. Ihr Mund löste sich von seinem, wanderte tiefer zu seiner Brust, biss ihn leicht in die Brustwarzen, was ihm erneut ein Stöhnen entlockte. Als sie diese mit ihren Zähnen zwirbelte, wurde sein Stöhnen lauter. Ob er auch auf Schmerz stand? Aufreizend langsam zeichnete sie die Erhebungen seiner Brustmuskeln nach, ließ ihre Hände langsam tiefer wandern, so tief, bis ihre Finger seinen Schwanz erreichten. Scheinbar versehentlich strich sie mit dem Handrücken an seinem Schaft entlang. Dieser Reiz löste ein Zittern in Dags Unterleib aus.

»So heiß?« Sie hob die Brauen.

Da er sich kaum bewegen konnte, stieß er mit seinem Becken ins Leere, denn sie war schnell zurückgetreten, sodass er sie mit der prallen glänzenden Eichel nicht berühren konnte. Nun positionierte sie sich breitbeinig vor ihm, schob ihr Becken nach vorn, bot ihm ihre Vulva dar. Sie ließ ihre Hand zwischen ihre Schenkel gleiten, verteilte ihren Nektar und massierte ihre Perle. Dabei zwirbelte sie mit Daumen und Zeigefinger ihrer anderen Hand ihre Brustwarze. Dag starrte auf ihren Schoß, bewegte sein Becken, als wollte er in sie stoßen. Sie trat an ihn heran, nahm seinen Schwanz zwischen die Schenkel und rieb ihre klitschnasse Scham an ihm, was ihm ein lautes Stöhnen entlockte. Sie lachte, es hörte sich kehlig an.

»Noch nicht, Monsieur«, sagte sie streng, ließ sein Glied wieder frei und ging auf Abstand. Sie zwickte ihn wieder in die Brustwarzen, dieses Mal fester als zuvor. Er stöhnte. Aus Lust, nicht vor Schmerz. Auf seiner Rute traten die Adern dick hervor. Sie sah aus, als wollte sie platzen. Sie lechzte nach einer Berührung von ihr, einer festen Berührung. Doch sie neckte sein Geschlecht nur weiter, indem sie sich mit verführerischen Bewegungen an ihm rieb, ließ es durch ihre Nässe gleiten, ganz langsam, stimulierte dabei ihre Perle und genoss die Erregung, die sie sich damit selbst schenkte.

»Bitte …« Dag klang flehend.

Arglos sah sie ihn an. »Bitte was?«

»Mach es mir.«

»Jetzt schon?« Mit gespielt nachdenklicher Miene schüttelte sie den Kopf. »Noch nicht«, beschloss sie.

Er stöhnte gequält.

Sie drehte ihm ihr Hinterteil zu, bückte sich mit gestreckten Beinen nach vorn und bot ihm ihre geschwollene Vagina dar. Dieser Einladung konnte er natürlich nicht nachkommen.

»Bitte ...«, flüsterte er rau. Er wand sich an dem Kreuz und hätte wahrscheinlich am liebsten die Lederriemen zerrissen, um in ihre nasse Pforte zu stoßen, die so nah und doch so unerreichbar für ihn war.

Mit leichten rotierenden Bewegungen ihres Beckens fing sie jetzt die Spitze seines Gliedes ein. In dem Moment, als ihr nasses Fleisch seine Eichel umschloss, griff sie zwischen ihre Beine hindurch und nahm seine Hoden in die Hand. Auch sie stöhnte jetzt vor Wollust und bearbeitete seinen Schwanz, indem sie sich vor- und zurückbewegte. Dabei knetete sie seine Hoden und ließ ihren Finger auf dem schmalen Grat bis zu seinem Anus wandern.

»Ja!« Dag schrie leise auf, als ihr Finger auf diesem Grat Druck ausübte.

Sie ließ die Muskeln in ihrer Pussy spielen. Sie begannen zu pumpen, wollten ihn zum Orgasmus melken, denn sie fühlte sich schon kurz davor.

»Ich brauche mehr«, hörte sie ihn da keuchend sagen. »Fester.«

Sie hielt in ihren Bewegungen inne. Es gab Männer, natürlich auch Frauen, die brauchten Schmerz, um den letzten Kick zu bekommen. Das jedoch lehnte sie ab. Für sich selbst und auch bei anderen.

»Du bekommst mehr«, erwiderte sie atemlos, »aber ich will zuerst.«

Ihr Becken begann wieder zu rotieren, stieß vor und zurück, genau so weit, dass sie Dags prächtiges Glied nicht verlor. Mit einer Hand drehte sie einen ihrer Nippel, die andere rieb ihre

Klit. Diese Stimulationen zusammen und das Bewusstsein, dass sie Herrin der Lage war, katapultierten sie binnen weniger Sekunden auf den Höhepunkt zu. Ihr Finger nahm Tempo auf, rieb wie besessen über ihre Klitoris. Die erste haushohe Welle baute sich in ihr auf, kam näher und schlug über ihr zusammen. Ihre Schreie mischten sich mit Dags Wimmern. Es folgten weitere Wellen, dicht hintereinander, eine so hoch wie die andere. Sie rissen sie mit sich in einen Strudel unbändiger Lust. Sie hörte sich schreien und keuchen. Nachdem die letzte Woge verebbt war, sank sie auf die Knie. Dabei glitt Dags Glied aus ihr heraus.

Das Blut in Dags Kopf pulsierte. Lenas Kontraktionen molken ihn mit einer Kraft, die ihn überraschte. Dennoch konnte er nicht explodieren, obwohl er höchst erregt war. Ihr herrlicher Körper, ihre Direktheit, sich ihre Befriedigung bei ihm abzuholen, ihre lasziven Bewegungen, ihr entrückter Ausdruck, der ihr Gesicht noch schöner machte, all das erregte ihn in einer ganz besonderen Art, aber er brauchte einfach mehr, um bei einer Frau einen Höhepunkt zu bekommen. Wäre er frei gewesen, hätte er Lena in dieser Haltung, wie sie mit ihrem Po vor ihm kniete, von hinten genommen. In der Enge ihres Anus hätte er sich ergießen können – falls sie es zugelassen hätte. Warum tat sie nichts? Hatte er sie falsch eingeschätzt? Würde sie ihn in seiner Erregung, die die Schmerzgrenze längst erreicht hatte, etwa hängen lassen?

»Lena …«

Über die Schulter hinweg sah sie ihn an. Ein Lächeln lief über ihr erhitztes Gesicht – und ein Erkennen.

»Verzeih.« Sie stand auf, drehte sich um und ging vor ihm auf die Knie.

»Das Lederband dort hinten«, presste er hervor. Er brauchte mehr Druck auf die Hoden.

Verständnislos sah sie zu ihm hoch. Dann ließ sie ihren Blick seinem folgen, und Verstehen machte sich auf ihren Zügen breit. Sie griff nach dem schmalen Band, schlang es um seine pochenden Eier und zog es vorsichtig zu.

»Ja ...« Seine Stimme hörte sich in seinen Ohren genüsslich an. »Stop.«

Ja, so war es gut. Als sie nun mit ihrem Gesicht näher kam, seine Eichel in ihren warmen feuchten Mund nahm, wurde es noch besser. Diese Berührung vibrierte durch die Länge seiner Erektion, ging in seine Hoden und breitete sich in seinem gesamten Unterleib aus. Als sie dann zu saugen begann, zuerst sanft, dann fester und rhythmischer, trieb sie seine Erregung in Höhen, von denen er nie mehr herunterkommen wollte, falls sie ihn nicht dazu zwang.

»Weitermachen ...«, bettelte er. »Bitte ...«

Kraftvoll molk sie ihn, bewegte den Kopf vor und zurück, wobei ihre Rechte seine Hoden knetete. Ihre Zunge streichelte dabei seine Eichel, ohne seinen Schwanz aus ihrem Mund zu entlassen. All das tat sie mit einer Hingabe, die ihm verriet, dass sie es gern tat. Als ihr Saugen stärker und schneller wurde, spürte er seinen Orgasmus heranrollen. Sein Schwanz stand vorm Explodieren, seine Eichel pochte, die Muskeln in seinen Waden verkrampften sich. Er konnte kaum mehr stehen. Schließlich vermochte ihn nichts mehr zurückzuhalten. Lena schien das zu bemerken. Sie bewegte den Kopf noch schneller, ihre geschickten Finger berührten ihn an den empfindlichsten Stellen. Er konnte keinen klaren Gedanken mehr fassen, verlor gänzlich die Kontrolle über sich. Seine Hüften zuckten ekstatisch auf dem engen Raum, den die Lederriemen ihm ließen. Das herrlichste Gefühl, das er kannte, strömte durch seinen

Leib. Seine Hoden zogen sich zusammen, seine Muskeln verspannten sich, sein Bewusstsein löste sich in einem Rausch purer Begierde auf, als Lena das zu Ende brachte, was sie äußerst geschickt und innig begonnen hatte.

Noch in der Nacht fuhr Lena zurück nach Norrtälje. Am nächsten Vormittag führte sie ein paar Touristengruppen durch Schloss Gripsholm, am Nachmittag arbeitete sie weiter an ihrer Seminararbeit. Der nächste Tag verlief genauso. Sie fühlte sich wieder so zu Hause in ihrem Alltagsrhythmus, dass sie an das nächtliche Erlebnis mit Dag nur noch wenig dachte. Es war gut gewesen, Dags Ruf als guter Liebhaber hatte sich bestätigt. *Er sammelt Gespielinnen,* hatte Cleo gesagt. Sie jedoch hatte den Eindruck gewonnen, dass ihm seine Rolle als Callboy mindestens genauso gut gefiel wie die, sich von seinen Gespielinnen verwöhnen zu lassen. Wie auch immer, in ihrer jetzigen Lebensphase war Dag genau der Richtige für sie. Mit ihm konnte sie unverbindlichen Sex haben – ohne irgendwelche Probleme. Das war genau das, was sie sich vorgenommen hatte. Dass es diesem Sex vielleicht an Gehalt, an Tiefe fehlte, um auch in der Seele satt zu werden … *Egal,* sagte sie sich. Er bescherte ihr zumindest Orgasmen, auf die sie so lange Zeit verzichtet hatte, und er würde sie zukünftig vor dem traurigen Gefühl bewahren, das sie stets beschlich, wenn sie sich diese Orgasmen selbst schenkte.

Am Freitag fuhr sie nach ihren Führungen durchs Schloss nach Stockholm. Sie musste ihren Vertrag als Reiseleiterin verlängern, danach musste sie nach Södermalm, wo ihre Kommilitonin wohnte, bei der sie sich Arbeitsunterlagen ausleihen wollte. Vorher jedoch setzte sie sich auf den Nytorget in eines der vielen Cafés und aß eine Kleinigkeit. Dabei hätte sie sich fast verschluckt. Mit dem Kaffeebecher in der Hand starrte sie auf die andere Seite des Platzes. Dort ging ihre Schwester, das schwarze Haar elegant zum Knoten geschlungen, in dem gleichen weißen Kleid, das sie beim letzten Besuch angehabt hatte. Unterm Arm trug sie eine Aktentasche. Sie schien es eilig zu haben.

Maja?

Lena kniff die Lider zusammen.

Maja war in Stockholm? Bis jetzt hatte sie sich nicht bei ihr gemeldet. So viel zu ihrer Absicht, ihr geschwisterliches Verhältnis wieder aufzuwärmen.

Nur kurz überlegte sie, aufzustehen und ihrer Schwester nachzulaufen. Dann blieb sie sitzen. Wenn Maja ihrerseits den Kontakt zu ihr nicht suchte, war es besser so. Ein Gespräch mit ihr hätte unweigerlich auf das Thema geführt, das sie für sich zum Tabuthema erklärt hatte. Sie wollte nicht mehr über Torben sprechen. Wo mochte er jetzt sein? Inzwischen war sie davon überzeugt, dass er nicht mit Maja Schluss gemacht hatte. Sonst hätte er sich schließlich bei ihr gemeldet.

Das interessiert mich alles nicht mehr, sagte sie sich energisch und winkte der Kellnerin.

Wie meistens war Lena auch an diesem Tag froh, dem pulsierenden Leben der Stadt und dem dazugehörigen Geräuschpegel zu entkommen. Am frühen Abend kam sie zu Hause an, schlüpfte in ihren pastellblauen Kimono und setzte sich mit einem Glas Wein nach draußen. Hunger hatte sie keinen. Dass Maja an diesem Tag in der Stadt gewesen war oder vielleicht sogar noch war, ohne sich bei ihr zu melden, beschäftigte sie immer noch. Es stimmte sie traurig. Ja, es tat weh, trotz allem.

Die Ostsee sah aus wie mit Silber überzogen. Kein Windhauch wehte, nicht eine Welle rollte aufs Ufer zu. Es war, als würde die Welt den Atem anhalten in der Erwartung auf etwas ganz Großes. Nur das Geschrei der Möwen erfüllte die Luft. Es klang durchdringend, schrill, unangenehm in Lenas Ohren und störte den Frieden der Natur um sie herum. Es entsprach ihrer inneren Stimmung. Sie spürte eine eigenartige Spannung in sich. War es die Begegnung mit Dag, den etwas Dunkles umgab, was sie einerseits reizte, andererseits jedoch auch abschreckte? Oder war es die Traurigkeit darüber, dass ihre einzige Schwester ihr räumlich so nah war, aber innerlich so fern? Oder etwa ...? Nein.

Wie immer, wenn sie sich unwohl fühlte, schlenderte sie schließlich am Ufer entlang zu ihrem Felsen. Er war noch warm vom Tage. Das ihr so vertraute Gefühl stimmte sie wieder positiver. Am Ende der Felszunge ließ sie sich nieder und blickte übers Meer zum Horizont, hinter dem die Welt weiterging, wenn sie von hier aus auch begrenzt erschien. Während sie ihre Gedanken auf die Reise schickte, sie wie die Möwen am Himmel schweben ließ, wurde das Licht immer blasser. Die Sommersonne sank tiefer und verlor an Intensität. In dieser Nacht würde sie nicht untergehen, sondern nur für kurze Zeit die Landschaft in blaue Schatten hüllen.

Mittsommer, die wichtigste Nacht des Jahres. Sie lächelte vor sich hin. Heute wurde im ganzen Land das Mittsommerfest gefeiert, mit all seinen Bräuchen, die sie als Kind so sehr geliebt hatte. Das Schmücken des Mittsommerbaums, das Tanzen um ihn herum, das Kochen und Backen im Familienkreis ... Schon seit vielen Jahren, seit dem Tod ihrer Mutter, hatte sie dies nicht mehr erlebt. Meistens war sie an diesem Abend mit Cleo zusammen durch Stockholm gezogen, aber am schönsten war das Mittsommerfest auf dem Land. Zum ersten Mal seit sie denken konnte, verbrachte sie diesen Abend allein. Cleo war mit ihrem Vater bei Freunden eingeladen, denen sie sich geschäftlich verpflichtet fühlte.

Lena wurde von ihrer Erinnerungsreise jäh in die Gegenwart zurückgeholt, als das Brummen eines Motors laut wurde. Sie blickte nach rechts, in Richtung ihres Hauses – und vergaß zu atmen. Langsam näherte sich ihrem Felsen ein knallrotes Boot.

Das konnte nicht sein.

Während ihr Verstand sie daran erinnerte, dass es auf der Ostsee nicht nur einen roten Kahn gab, begann ihr Herz schneller zu schlagen. Es wusste bereits, wem dieses Boot dort hinten gehörte: Dieser Mann, der groß und breit hinter dem Steuer stand, war ihr Wikinger. Sein blonder Schopf leuchtete wie eine silberne Kappe in der tief stehenden Sonne.

Das Boot kam näher. Sie stand auf, beschattete die Augen mit der Hand, um vom Licht des Mittsommers nicht geblendet zu werden, und ihr blubberndes Herz hieß Torben willkommen.

Torben hatte schreiben wollen. Doch an diesem Abend war er von einer starken inneren Unruhe ergriffen worden, die er dieses Mal nicht mehr hatte bekämpfen können. Er klappte das Notebook zu und lehnte sich zurück. Wie lange war er jetzt schon hier auf der Schäre? Eigentlich hatte er vergangenes Wochenende zurück nach Göteborg fahren wollen, aber da hatte Maja angerufen und ihm ihre neuesten Pläne mitgeteilt.

»Sei nicht sauer, aber ich komme erst nächstes Wochenende. Im Laufe des Sonntags. Dann ganz bestimmt. Das braucht hier alles seine Zeit.«

Was ihn an dieser Planänderung gestört hatte, war allein die Tatsache, noch länger darauf warten zu müssen, ihr seinen Entschluss mitzuteilen. Da er sich in ihrer superschicken Wohnung stets unwohl gefühlt hatte, beschloss er nach diesem

Anruf, noch länger auf seiner Schäre zu bleiben. Sonntagmorgen würde er sich von ihr für nur kurze Zeit verabschieden, um dann alsbald zurückzukehren in sein Paradies und zu der Frau, in die er sich verliebt hatte. Und zwar als freier Mann.

Torben seufzte. Das Meer lag ruhig wie ein glänzender Spiegel vor ihm. Es war kein Wind gemeldet, kein Wetterumschwung. Eigentlich war dies der perfekte Abend für eine Bootsfahrt. In der Mittsommernacht wurde es nicht dunkel, sodass die Überquerung der Hauptschifffahrtsstraße keine Gefahr darstellte.

Er stand auf und streckte sich. Mit beiden Händen strich er sich das Haar aus der Stirn und legte für einen Moment den Kopf in den Nacken. Dabei schloss er die Augen. Die klare warme Luft auf seinem Gesicht empfand er wie ein zärtliches Streicheln – als wenn Lena ihn mit ihren wunderschönen Händen berühren würde.

Sollte er oder sollte er nicht?

Schließlich stieß er die Luft scharf aus. Entschlossen warf er sich den Pullover über die Schultern, denn selbst im Sommer konnte es auf dem Wasser nachts kühl werden, und kletterte die Klippe zum Bootssteg hinunter. Dort tanzte das Wasser in kleinen Wellen gegen die hölzernen Pfeiler. Ein paar Atemzüge lang zögerte er noch. Schließlich löste er das Tau, sprang in seinen Kahn und warf den Motor an. Pfeilschnell schoss das kleine Boot über die Ostsee seinem Ziel entgegen und hinterließ eine Schneise aus weißer Gischt.

So wie die *Louisa* die Gischt, so ließ auch Torben alle Zweifel an seiner spontanen Entscheidung hinter sich. Er wollte Lena wiedersehen und ihr sagen, dass er seine Meinung nicht geändert hatte, diese leider nur noch nicht Maja hatte mitteilen können.

Schon von Weitem sah er das kleine gelbe Haus am Ufer liegen und – als er näher kam – eine Frau mit hellblondem Haar auf der Felsklippe sitzen. Sie blickte aufs Meer hinaus, so als würde sie dort jemanden suchen. Er beschleunigte die Fahrt, konnte nicht den Augenblick erwarten, in dem Lena ihn entdecken würde. Dann passierte es. Sie blickte in seine Richtung, stand auf. Wie eine Statue wirkte sie dort oben auf der Felsspitze, wie eine von Homers Sirenen, die mit ihrem betörenden Gesang die Seefahrer anlockte, um sie dann zu töten. Dieser Vergleich, der ihm ganz spontan in den Kopf gekommen war, ließ ihn kurz innehalten. Würde Lena womöglich sein Verderben sein? Würde sie ihm mehr Unglück als Glück bringen? Er kannte sie kaum. Und sie wollte keine feste Bindung, wie sie offen gesagt hatte. Träumte er sich da etwas zusammen, was jeder realistischen Grundlage entbehrte? Vielleicht wollte Lena tatsächlich nur Sex von ihm?

Langsam näherte er sich ihr. Dann entdeckte er ihr Lächeln, das ihn von all diesen beklemmenden Gedanken befreite. Sie kletterte den Felsen hinunter und machte ihm ein Zeichen, er solle wenden. Während des Wendemanövers begann sie zu laufen. Er gab Gas, begleitete sie mit hämmerndem Herzen auf dem Wasser. Etwa zur gleichen Zeit kamen sie an ihrem Bootssteg an.

»Hej.« Ihre Augen strahlten.

Ihre Blicke verfingen sich ineinander. Mehrere wilde Herzschläge lang sah Lena ihrem Wikinger in die Augen. Ja, da war sie wieder: diese ungewöhnlich starke Anziehung, die sie vorher in dieser Form noch nie gespürt hatte. Torbens seegrüne Augen verursachten aufs Neue einen Strudel aus Gefühlen in ihrem Innern. Sie empfand diesen Mann wie eine Naturgewalt, gegen die sie sich nicht wehren konnte, der sie hilflos ausgeliefert war, und die alles bisher Dagewesene für sie unwichtig machte. Torbens körperliche Präsenz, die sie so sehr anzog, fegte auch jetzt wieder ihren Verstand leer, und ihr Blick saugte sich an dem Stück nackter, gebräunter, glatter Haut fest, die die Knöpfe seines Henleyshirts unterm Hals unbedeckt ließen. Sie empfand ein geradezu schmerzhaftes Bedürfnis, seine Haut zu berühren, ihre Hand auf die goldenen Härchen seines muskulösen Unterarms zu legen, den die hochgeschobenen Ärmel freigaben. Torben bewegte sich nicht, obwohl die Luft zwischen ihnen vibrierte. Sie fühlte sich wie unter Strom.

Torben brach schließlich den Bann, indem er sagte:

»Ich wollte mit dir reden.«

Reden? Sein Anliegen brachte sie jäh auf den Boden der Tatsachen zurück.

»Reden?« Ihre Stimme hörte sich fremd an.

Mit ernstem Blick nickte er. In diesem Moment hätte sie ihn am liebsten wieder weggeschickt. Denn erneut wurde ihr jäh bewusst, dass er der Verlobte ihrer Schwester war. Ihr Magen sackte ab, als würde sie mit einem Aufzug aus schwindelnder Höhe zu hart auf dem Boden aufsetzen. Was gab es denn da noch zu reden? Auch wenn er sich inzwischen vielleicht von Maja getrennt hatte, gab es keinen Weg für sie beide. Niemals wollte sie sich von ihrer Schwester den Vorwurf anhören müssen, sie hätte ihr Glück auf deren Unglück gebaut.

»Können wir auf die Veranda gehen?«

Nein!

Und dann nickte sie doch nur stumm und ging voran, körperlich wie geistig so erschlagen, als hätte sie den ganzen Tag Holz gehackt. Solch unangenehme Empfindungen wollte sie doch gar nicht mehr haben, sagte sie sich mit aufsteigender Wut auf sich selbst und auf Torben, der ihre fast zurückgewonnene Ruhe gestört hatte.

Als sie sich auf der Veranda gegenübersaßen, ließ Lena ihren zukünftigen Schwager gar nicht erst zu Wort kommen und sagte mit hart klingender Stimme:

»Heute Nachmittag in Stockholm habe ich Maja gesehen.«

»Das kann nicht sein.« Torben schüttelte gelassen den Kopf. »Sie ist noch in New York«, fügte er hinzu, bevor er von seinem Wasser trank

Sie musste lachen, ziemlich disharmonisch. »Hallo? Ich erkenne doch meine eigene Schwester.«

»Hast du mit ihr gesprochen?«

»Nein, das nicht, aber ...«

»Maja kommt erst übermorgen zurück. Genau deshalb bin ich noch hier. Eigentlich wollte ich vergangenes Wochenende nach Göteborg fahren, aber da sie sowieso nicht zu Hause war, bin ich auf der Schäre geblieben.«

»Moment mal ...« Sie griff sich an die Stirn. »Du meinst, ich hätte eine Doppelgängerin von ihr gesehen?«

Immer noch strahlte Torben eine Ruhe aus, die sie reizte.

»So etwas soll es geben. Maja kann ja nicht gleichzeitig in New York und Stockholm sein.«

Ein zischender Laut presste sich durch ihre Lippen – Ausdruck ihres völligen Unverständnisses, aber auch ihrer Hilflosigkeit, die sie in diesem Augenblick empfand.

So einfach sollte Torben das Thema Maja nicht vom Tisch fegen können. Maja war da, und sei es in New York. Sie hatte einen Platz in seinem Leben.

»Maja hat mich besucht, vor etwa drei Wochen«, fuhr sie mit herausforderndem Blick fort, als könnte sie dadurch, indem sie ihre Schwester noch einmal erwähnte, einen Schutzwall zwischen sich und dem Mann aufbauen, der sie so verrückt machte. »Sie sah sehr gut aus.«

Torben zog die Stirn in Falten. »Ihr habt euch gesehen?«

»Ja.«

Wusste er etwa nichts von Majas Geschäftsreise nach Stockholm und ihrem Besuch bei ihr?

»Sie war in Stockholm. Geschäftlich«, setzte sie als Erklärung hinzu.

»Merkwürdig.« Er strich sich mit beiden Händen das Haar aus der Stirn. »Ja, ich kann mich erinnern, dass sie zwei Tage auf Geschäftsreise war, aber ich meine, sie wollte zu einem Kunden nach Hamburg fahren.«

»Also, ich ...« Sie zuckte mit den Schultern. Irgendwie schien die Kommunikation zwischen ihm und seiner Braut schlecht zu funktionieren.

»Mag sein«, räumte er jetzt in desinteressiertem Ton ein. »Sie hat zurzeit viele Aufträge und ist oft unterwegs. Wenn ich in meine Arbeit vertieft bin, höre ich manchmal gar nicht richtig hin, wenn sie mir sagt, wohin sie am nächsten Tag fliegt.«

»Vielleicht ist sie jetzt auch nicht mehr in New York.«

»Doch, das ist sie«, entgegnete er mit feinem Lächeln, das seine Sicherheit in diesem Punkt ausdrückte. »Sie hat mich noch gestern Abend von dort angerufen.«

Hatte sie sich wirklich getäuscht? Gab es eine so perfekte Doppelgängerin?

»Glaub mir, Lena, deine Schwester ist noch in den USA.«

Torbens ruhige und so sanft klingende Stimme, sein tiefer Blick, dieses einzigartige Lächeln ... All das brachte ihren Herzschlag erneut aus dem Takt, und sie wollte nicht mehr an Maja denken. Wie gern hätte sie diesen Mann jetzt berührt, hätte sich auf ihn gestürzt, ihn verführt, ihn lustvoll stöhnen hören ...

Sie schluckte.

Torben räusperte sich bedeutungsvoll, was sie jäh aus ihren Sexfantasien riss.

»Ich bin hergekommen, weil ich Sehnsucht nach dir hatte und dir noch einmal versichern will, dass ich mich von Maja trennen werde. Ich habe in den vergangenen Tagen, in denen wir beide keinen Kontakt hatten, meine Meinung nicht geändert. Eigentlich hatte ich vor, vergangenen Montag wiederzukommen als freier Mann, doch da Maja ihren Aufenthalt verlängert hat… So eine Entscheidung kann man jemandem nicht mit einer SMS oder am Telefon mitteilen.« In einer hilflosen Geste, die so gar nicht zu ihm passte, hob er die breiten Schultern. »Eine blöde Situation, ich weiß, aber da müssen wir durch. Ich fühle mich bereits frei, da mein Entschluss unumstößlich feststeht. Ich befürchte nur, dass du zurzeit noch …«

Mit seinen Erklärungen hatte er sie jäh wieder ins Hier und Jetzt zurückgeholt. Sie sprang auf und stellte sich vor ihn.

»Torben, ich will nicht, dass du dich von meiner Schwester trennst. Ich kann das nicht zulassen. Ja, ich will dich, aber nicht auf Kosten meiner Schwester. Maja liebt dich auf ihre Art, wie sie nur lieben kann, und sie braucht dich. Sie braucht einen Mann wie dich an ihrer Seite. Ich kann das nicht …« Ihre Stimme brach.

Abrupt drehte sie sich um, stützte sich auf das Geländer und blickte aufs Meer hinaus. Sie spürte, wie Torben hinter sie trat. Er legte die Hände auf ihre Schultern.

»Komm, lass uns ein paar Schritte gehen«, sagte er ruhig. »Der Abend ist so schön.«

Nebeneinander gingen sie über die Wiese zum Wasser hinunter. Nach ein paar Schritten blieb Lena stehen.

»Vielleicht sollte ich ein paar Blumen pflücken und sie diese Nacht unters Kopfkissen legen«, sagte sie mit halbherzigem Lächeln.

Torben sah sie an mit einem Blick, der ihr die Knie weich

werden ließ. »Sieben verschiedene Blumen von sieben verschiedenen Wiesen.«

»Ja, so ist es doch Brauch in der Mittsommernacht. Vielleicht träume ich dann von meinem Zukünftigen. Das würde einiges klären. Dann müsstest du gar nicht mehr mit Maja reden, wenn ich sowieso einen anderen heiraten werde.«

»Oder du träumst von mir. Dann könnten wir beide hier und jetzt …« Sein unnachahmliches Lächeln, sein Blick, der den hellblauen Baumwollstoff ihres Kimonos durchdrang und ihre nackten Brüste darunter streichelte, sein Duft nach Sonne, Wind und Meer … Und dann legten sich seine Arme um sie und zogen sie an seine Brust.

»Sieh mich an.« Sie blickte zu ihm hoch. In seinen Augen erkannte sie sein Verlangen, seine Begierde und seine Lust. Er wollte sie, hier und jetzt. Und sie wollte ihn. Ihr Blick wanderte von seinen Augen zu seinem Mund, der so wundervoll küssen konnte, und sie konnte kaum mehr erwarten, seine Zunge zu spüren, seine Lippen auf ihren, weich und fest und warm, wie für ihre gemacht. Dann küsste er sie tatsächlich mit sanftem Druck. Und sie ließ es zu. Sie hätte sich gar nicht mehr wehren können. Seine Zungenspitze leckte an ihrer Unterlippe entlang und suchte Einlass. Nur allzu gern öffnete sie ihre Lippen. Sie konnte ein Stöhnen nicht unterdrücken, als seine Zunge ihre berührte. Sein Kuss war zuerst zart und neckend, dann wurde er intensiver und schließlich forderte seine Zunge ihre zu einem wilden Tanz auf. Torbens Hände griffen in ihr Haar, hielten ihren Kopf in Position, ließen sie nicht entkommen, während seine Küsse immer leidenschaftlicher wurden. Ihre Hände lagen auf seiner Brust, ihre Finger krallten sich in den Baumwollstoff seines Shirts, ihr Becken presste sich an die beachtliche Wölbung in seiner Jeans. Sie wollte mehr, mehr von diesen Küssen, mehr von Torbens Berührungen, mehr von diesem Mann. Sie wollte ihn in sich spüren, und wenn es das letzte Mal in ihrem Leben wäre. Ihre Klit war nass. Sie klopfte vor Verlangen, und das nur durch Torbens Küsse.

Jetzt löste er sich leicht aus ihrem Kuss, fuhr aufreizend langsam mit dem Daumen ihre Unterlippe entlang. Dabei versank sein Blick in ihrem.

»Lena ...«

Sein sehnsüchtiger Ton, dieser Blick, der bis tief in ihre Seele drang, dieses Lächeln ... Sie schmolz dahin. In ihrem Unterleib begann eine Metamorphose, alles in ihr schien sich zu verflüssigen und Torben entgegenzufließen. Dann kehrte seine Zunge zu ihrem Mund zurück. Sie stöhnte erneut auf, und er dämpfte ihre Laute mit seinen Lippen. Er küsste sie härter, ließ seine Hände über ihre Seiten gleiten, hob ihren Oberschenkel hoch und drängte seinen harten Schwanz noch näher an sie. Sie schlang ihr Bein um ihn, er hielt sie fest, damit sie nicht die Balance verlor.

»Ich will spüren, wie nass du bist.« Seine Stimme klang sanft, weich und dennoch fordernd, während seine Hand in ihren Slip griff und sich auf ihre Vulva legte. Ein lustvolles Stöhnen kam über seine Lippen.

»Ich habe von dir geträumt, wie ich dich streichle, dich lecke, an deinen Nippeln sauge, ganz langsam in deine Nässe eintauche, dich ausfülle, deine herrlichen vollen Brüste an meiner Haut spüre. Ich will dich lecken, jetzt ...«

Sie liebte Verbalsex, Dirty Talk, und wurde noch nasser, wenn das überhaupt noch möglich war. Torben ging in die Knie, und sie stellte sich wieder auf beide Beine, breitbeinig, damit er genau das alles mit ihr machen konnte. Mit beiden Händen zog er ihren Slip herunter und schob den dünnen Stoff ihres Kimonos hoch. Er hielt sie an den Hüften fest, zog ihren Unterleib näher an sein Gesicht heran. Mit den Fingern der rechten Hand spreizte er ihre Schamlippen, sodass der kleine Knoten am Scheitelpunkt ihrer Falten ihm ausgeliefert war. Da war nichts Zögerliches in seinem Handeln. Zielstrebig umschlossen seine Lippen ihre Perle, die inzwischen das Ausmaß eines kleinen Phallus haben musste. Fest und rhythmisch begann er an ihr zu saugen. Gleichzeitig legten sich seine Hände um ihre Brüste und zwirbelten ihre Nippel.

Lena bäumte sich diesem Liebeskünstler entgegen, ihre gierigen Brüste seinen Händen, ihre hungrige Vagina seinem Mund. Ihre Lustgefühle waren köstlich, berauschend und dennoch fehlte ihr etwas. Sie wollte seinen Schwanz in sich spüren. Er sollte sie ausfüllen, sollte ihren G-Punkt massieren. Sie wusste, dass sie nicht mehr viel Zeit hatte, diesen Wunsch zu äußern. Seine heftige Stimulation an ihren Nippeln und seine Zunge an ihrer Klit katapultierten sie in immer schwindelerregendere Höhen. Sie griff nach seinen Handgelenken. Dieses Mal wollte sie keinen Nippelorgasmus. Doch er ließ nicht von ihr ab. Er war einfach zu stark, und seine Kraft steigerte noch zusätzlich ihre Lust. Zum Teufel mit der Gleichberechtigung. Ja, sie wollte sich von ihm in den Wahnsinn treiben lassen, nach seinen Regeln.

Genüsslich stöhnte sie unter seiner Zunge auf, die jetzt breitflächig durch ihre geschwollene Spalte leckte, auf und ab, um dann wieder ihren Kitzler zu bearbeiten. Sie wand sich unter seinen Händen, die ihre Brüste kneteten, keuchte, stammelte, schrie auf, während er weiter an ihren überempfindlichen Brustwarzen zupfte.

»Sch...« Seine Lippen ließen ihre Klit frei, seine Hände ihre Nippel. Er stand auf, hob sie in einer einzigen kraftvollen Bewegung auf die Arme und trug sie auf die Veranda. Dort bettete er sie auf den Boden. Nur wenige sparsame Bewegungen und er stand nackt vor ihr. *Welch ein Mann!*, ging ihr durch den bereits vernebelten Kopf. Sie streckte die Hand nach ihm aus.

»Bitte ...« Einladend spreizte sie die Beine.

Er legte sich zwischen sie, stützte sich mit beiden Händen neben ihrem Kopf ab und küsste sie auf den Mund. Dann wanderten seine Lippen zu ihren Brustwarzen, zwickten verspielt daran, sodass sie wieder dieses süße Stechen empfand, das ihr ein Stöhnen entlockte und die Hitze in ihrem Schoß in ein Brennen verwandelte. Sie hob ihm ihr Becken entgegen, als Aufforderung dafür, was sie jetzt brauchte. Er schien sich Zeit lassen zu wollen, schien sie quälen zu wollen, und sie hielt die Erregung kaum mehr aus. Seine heißen Lippen glitten über ihren Bauch, seine Zungenspitze zeichnete die leichten Wölbungen um ihren Bauchnabel nach. Er küsste ihren Venushügel, kam zu ihrer Perle und ließ seine Zunge schließlich in ihre Vagina schlüpfen. Dort begann sie zu kreisen, dabei massierte er mit dem Finger ihre Klit. Ihr war zumute, als würde süßes Gift durch ihre Adern rauschen. Ihr Körper zitterte inzwischen vor unerfüllter Sehnsucht, vor aufgestauter Lust. Da endlich beendete er ihr Martyrium, stemmte sich hoch und glitt in einer einziger langsamen Bewegung in sie. Sie hob ihr Becken und schlang die Beine um seine Mitte, um ihn noch tiefer in sich hineinzuziehen. Torben füllte sie nun gänzlich aus und entlockte ihr einen zufriedenen Seufzer. Er blieb bewegungslos in ihr, sein Blick hielt ihren fest. Sie sahen sich in die Augen, ohne ein Wort zu sagen. Sie mussten nichts sagen. Sie wusste, dass sie in diesem Moment das Gleiche fühlten. Ja, das war mehr als Sex. Warum auch immer, sie hätte es nicht sagen können. Sie waren ineinander verschlungen, miteinander verschmolzen und so nah, wie sie es sich niemals hätte vorstellen können. Sie lächelten sich an, und dann begannen sie gleichzeitig, sich sanft zu bewegen. Langsam, ganz allmählich wurden ihre Bewegungen schneller, härter. Mit jedem weiteren Stoß von Torbens mächtigem Glied verlor sie ihren Halt, obwohl Torben sie festhielt. Ihre Lust führte sie in immer höhere Weiten, sie bewegte sich seinen kraftvollen Stößen entgegen, schrie ihre Lust weit hinaus, klammerte sich an ihn, wimmerte und keuchte, und dann endlich schlug die erste Welle aus Glut und Lava über ihr zusammen. Der Höhepunkt packte sie, schüttelte sie, sie sah die Welt um sich herum explodieren. Als die Wogen abebbten, überließ sie sich nur noch dem Wohlgefühl, das sich ihrer bemächtigte. Torben blieb in ihr, drehte sich mit ihr zur Seite und hielt sie umschlungen. Wange an Wange blieben sie eng umschlungen auf den harten Holzdielen liegen und ließen sich von dem lauen Wind streicheln. Lena spürte, wie Torben langsam in ihr erschlaffte.

»Ich habe gar nicht gemerkt, wie du gekommen bist«, flüsterte sie an seinem Ohr.

»Bin ich aber«, versicherte er ihr genauso leise. Sie spürte, dass er dabei lächelte.

Sie schmiegte sich an ihn, zufrieden wie ein sattes Baby, und genoss mit allen Sinnen seine Nähe. Ja, es war das Gefühl von Geborgenheit, das seine Arme ihr schenkten. Der Fels in der Brandung … Ihr Herz regte sich. Ein warmes Ziehen ging durch ihr Inneres. Sie schloss die Augen. Versonnen lächelte sie vor sich hin. Irgendwann spürte sie, wie Torbens Glied aus ihr herausschlüpfte.

»Schade«, murmelte sie.

Behutsam löste er sich aus ihrer Umarmung und setzte sich hin. Sie blinzelte ihn aus noch liegender Stellung an, spürte, dass er etwas vorhatte.

»Und jetzt?«, fragte sie.

Würde er jetzt gehen wollen?

»Und jetzt zeige ich dir meine Insel.«

»Es ist schon spät«, sagte sie erstaunt.

»Es ist Mittsommer«, entgegnete er mit seinem einzigartigen Lächeln.

Eine Tasche war schnell gepackt. Gemeinsam verschlossen sie ihr Haus und liefen Hand in Hand zum Bootssteg, lachend und übermütig wie zwei Kinder, die sich gerade einen tollen Streich ausgedacht hatten. Als Torben Kurs auf die Ostsee nahm, befahl sich Lena, all die sie beschwerenden Gedanken für die kommenden Stunden in Norrtälje zurückzulassen.

Ihr Wikinger stand breitbeinig am Bug und blickte zielbewusst aufs Wasser, über dem der zarte silbriggraue Schleier der Mittsommernacht lag. Der Wind fuhr ihm durchs Haar. Sie konnte sich nicht sattsehen an ihm, und wieder meldete sich in ihr das Bedürfnis, diesen Mann, der ihr gerade noch die höchsten Wonnen geschenkt hatte, zu berühren, seinen Schwanz zu streicheln, sein muskulöses Hinterteil zu umfassen, seine starken Oberschenkelmuskeln zwischen ihren Beinen zu spüren. Erstaunt über sich selbst und diese unstillbare Begierde, schüttelte sie lächelnd den Kopf.

Die Nacht war hell. Weit hinten am Horizont verschmolz der wolkenlose unendliche Himmel mit dem Meer. Dieser Anblick und das schwerelose Gleiten der *Louisa* übers Wasser schenkten ihr das Gefühl endloser Freiheit und vollendeter Leichtigkeit. Plötzlich wünschte sie sich, Torben würde immer weiter in die offene See hinausfahren, zu anderen Ländern, die sie zusammen erobern würden, weg von dem, was ihrer beider Leben hier bestimmte. Nur sie und er.

Sie stand auf, stellte sich neben ihn an den Bug und sah ihn von der Seite an. Im gleichen Moment wandte er den Kopf und lächelte ihr zu. In diesem Augenblick fühlte sie sich ihm nah und vertraut, viel zu nah und vertraut.

»Wie würde es weitergehen, wenn wir einfach weiterfahren würden?«, fragte sie in träumerischem Ton.

Torben lachte. »Bis zur polnischen Küste? Oder lieber an die deutsche? Oder durch den Skagerrak in die Nordsee und von dort nach Amerika?«

»Ja, so ähnlich.«

»Das habe ich auch gerade überlegt«, gestand er ihr. Er hob die Schultern. »Mir gefällt es hier eigentlich sehr gut.«

Sie lehnte sich an ihn, schwieg und genoss die Wärme seines Körpers.

Sie tuckerten an den Lichtern von Stockholm und beleuchteten Ausflugsdampfern vorbei, die die Touristen in dieser Mittsommernacht durch den Inneren Schärengarten fuhren. Nachdem sie die Hauptschifffahrtslinie gequert hatten, nahm Torben Kurs auf den Äußeren Schärengarten. Lena blickte hoch zum Himmel.

»Was würdest du dir wünschen, wenn wir jetzt eine Sternschnuppe sehen würden?«

»Ich glaube nicht an so etwas. Es hilft nichts, sich etwas zu wünschen. Man muss die Lösung seiner Probleme selbst in die Hand nehmen.« Er küsste sie leicht auf die Wange. »Ich werde unser Problem regeln. Vertrau mir.«

Unser Problem? Sie spürte einen feinen Stich im Herzen. Sie wollte doch gar keine Probleme haben. Sie hatte eigentlich nur guten Sex haben wollen. Jedoch nicht mit dem Verlobten ihrer Schwester. Und jetzt stand sie neben genau diesem und ließ sich von ihm auf seine Schäre entführen. Ja, inzwischen hatte sie ein Problem. Und zwar ein immens großes. Der lapidare Spruch *Ein Mal ist kein Mal* griff nun nicht mehr als Ausrede gegenüber sich selbst und sowieso nicht gegenüber ihrer Schwester.

»Oder vielmehr dein Problem«, verbesserte sich Torben lächelnd. »Ich habe kein Problem damit, mich von Maja zu trennen und eine Beziehung mit dir zu haben.«

Sie trat einen Schritt von ihm zurück. »Ich will nicht, dass du es ihr sagst. Ich will auch nicht, dass du dich von ihr trennst. Ich weiß ja noch nicht einmal, ob ich überhaupt eine Beziehung mit dir eingehen will.« Sie hatte hastig und verzweifelt geklungen und hielt jetzt abrupt inne.

Torben blieb gelassen. »Das kannst du dir ja noch überlegen. Mein Entschluss steht fest. Ich werde mich am Sonntag entloben.« Er zog sie mit einem Arm wieder an sich. »Und jetzt lass uns bitte nicht mehr darüber reden. Okay?« Er warf ihr einen Seitenblick zu, der ihr eindeutig kundtat, dass dieses Thema für ihn erledigt war.

Lena schwieg, zwang sich, alle widerstreitenden Gefühle niederzukämpfen und in den kommenden Stunden nur für den Moment zu leben, sowie die Nähe zu dem Mann, dem sie sich auf unerklärliche Weise seltsam vertraut fühlte, zu genießen. War diese Vertrautheit auch der Grund dafür, dass sie den Sex mit ihm als so einmalig empfand?

Als sie in das Insellabyrinth der Äußeren Schärenwelt eintauchten, strich ein leiser Wind über das Wasser. Hier waren sie mit nur noch wenigen anderen kleinen Booten, die auf dem Weg nach Hause oder in Gegenrichtung zum Feiern in die Hauptstadt waren, allein unterwegs. Sicher manövrierte Torben den alten Kahn an den Granitfelsen vorbei.

So sicher manövriert er auch durch sein Leben, ging Lena durch den Kopf. Zielbewusst, ohne Schlenker, so wie sie es in der letzten Zeit auch getan hatte – bis sie auf diesen Steuermann getroffen war, der ihre Gefühlswelt durch seine Zielstrebigkeit wiederum völlig durcheinanderbrachte.

Sie kamen jetzt an ein paar kleinen Inseln vorbei, auf denen nur jeweils ein Haus stand. Auf allen stand der Mittsommerbaum, ein hohes Holzkreuz, an dem zwei Kränze hingen, ein altes Symbol für die Sonne und die Fruchtbarkeit. Auf allen brannte ein Feuer. Leute winkten fröhlich zu ihnen herüber. *Trevlig Midsomma … Frohen Mittsommer,* riefen sie. Das ganze Land feierte. Sie würde in dieser Mittsommernacht mit Torben ihr eigenes Fest feiern, das Fest der Liebe.

Hallo, jetzt ist es aber gut!, rief sie sich innerlich zur Ordnung. Wie kitschig klang das denn?

»Wir sind gleich da«, sagte Torben in ihr stummes Selbstgespräch hinein. »Schau, dort hinten.«

Sie blickte in die Richtung, in die er zeigte, und entdeckte eine kleine Schäre, auf deren Klippe ein einziges Haus stand. Das helle Licht der Mittsommernacht spiegelte sich in den Fenstern. Das Blinken kam ihr vor wie ein Willkommensgruß.

In den zwei nächsten Tagen blieben die beiden auf ihrem Eiland, das ihnen wie ein kleiner Kosmos vorkam, in dem sie in ihrer eigenen Wirklichkeit lebten. Sie schliefen miteinander in allen Stellungen und an allen Orten. Dennoch konnten sie den Hunger nach dem anderen nicht stillen. Arm in Arm schlenderten sie über die grüne Insel, schwammen im Meer, kochten zusammen, erzählten sich gegenseitig aus ihrem bisherigen Leben und machten die Nacht zum Tag. Lena gefiel es, morgens neben Torben aufzuwachen, ihm das Haar aus der Stirn zu streichen, sich an seine Brust zu kuscheln und dann mit ihm wieder den besten Sex zu haben. In diesen Momenten der Zusammengehörigkeit verspürte sie zum ersten Mal seit langer Zeit wieder die Sehnsucht danach, ihr Leben mit einem Mann zu teilen. Während Torben kein Problem damit hatte, ihr seine Gefühle nicht nur zu zeigen, sondern auch in Worte zu fassen, hielt sie sich zurück. Sie wollte ja nicht einmal sich selbst gegenüber eingestehen, dass da tief in ihrem Herzen etwas aufkeimte, das völlig fehl am Platz war, in dieser Lebensphase und bei diesem Mann, der der Verlobte ihrer Schwester war, ganz gleich, wie er selbst dazu stand.

Als dann schließlich der Sonntag über der Ostsee aufzog, war Lena schon lange wach. Sie genoss Torbens ruhige Atemzüge neben sich, die ihr verrieten, dass er noch fest schlief. In wenigen Stunden würden sie sich trennen müssen. Was danach kam, stand für sie noch in den Sternen. An diesem Tag wollte Torben seine Verlobung lösen und aus Majas Wohnung ausziehen. *Auch wenn du mich nicht willst,* hatte er in den wenigen kurzen Gesprächen gesagt, die sie zu diesem Thema geführt hatten. *Du bist nur der Auslöser für meine Entscheidung.* Auch das hatte er ihr mehrmals versichert. Trotzdem. Immer wenn sie an Maja dachte, wurde ihr übel. Sie fühlte sich schuldig und sie würde sich immer schuldig fühlen, ganz gleich, wie es mit ihr und Torben weiterging. Sie blieb der *Auslöser* dafür, dass ihre Schwester Torben verlor.

Als hätte Torben ihre innere Unruhe gespürt, begann er, sich zu bewegen. Als er die Augen aufschlug, traf sein Blick ihren. Dann lächelte er, und sie konnte nicht anders als die Arme um ihn zu schlingen und ihren nackten Körper an seinen zu schmiegen. Noch einmal gaben sie sich einem berauschenden Liebesspiel hin. Sie kamen gleichzeitig und die Wellen ihres Höhepunktes breiteten sich in ihren Körpern aus. Sie glaubten zu schweben, aneinandergeklammert alle Sphären zu durchfliegen. Durch ihre Adern strömte ein so reines Glücksgefühl, dass Lena Tränen hinter den Lidern brannten. Dieser Höhepunkt befriedigte nicht nur jede Zelle ihres Körpers, sondern auch ihre Seele. Nachdem sich Torben vorsichtig aus ihr zurückgezogen hatte, nahm er sie in die Arme und hielt sie fest an sich gedrückt, bis ihre Herzen wieder ruhiger schlugen.

»Ich liebe dich, Lena Blomquist. Vergiss das nicht.«
Lena schluckte hart und schwieg.

Bei strahlendem Wetter brachte Torben sie am Sonntagmorgen mit dem Boot nach Norrtälje zurück. »Ich rufe dich an«, verabschiedete er sich von ihr. Sie winkte ihm nach, bis er aus ihrer Bucht herausgefahren und nicht mehr zu sehen war. Langsam ging sie auf ihr Haus zu, in das sie als eine andere Frau zurückkam als die, die am Freitagabend von dort aufgebrochen war. Einen Moment lang wusste sie nicht, ob sie die beiden vergangenen Tage mit Torben auf seiner Schäre tatsächlich erlebt und oder nur geträumt hatte. Dieses traumhafte Erlebnis würde sie so schnell nicht vergessen. Es hatte neue Maßstäbe gesetzt, ihr die Erkenntnis gebracht, genau diesen Mann haben zu wollen. Wenn nicht Torben, wen dann? Dag Asgard? Dag garantierte wilden Sex, aber ein Leben an seiner Seite lag völlig außerhalb ihrer Vorstellung. Irgendwann wollte sie eine verbindliche Partnerschaft eingehen. Ihr schwebte nicht vor, für immer Single zu bleiben. Genauso wenig strebte sie ein *gut funktionierendes Arrangement* an, wie Cleo es tat. Nein, sie wollte Liebe. Torben bot ihr alles. Den perfektesten Sex und darüber hinaus etwas, dem sie keinen Namen geben konnte, von dem sie jedoch wusste, dass dieses *Etwas* ein sehr viel stärkeres Band zwischen Mann und Frau darstellte als jede körperliche Vereinigung. War es passiert? Hatte sie sich verliebt? Die Begegnung mit ihm machte all ihre bisherigen Enttäuschungen ungeschehen. Ja, es gab sie tatsächlich, die Liebe. Torben liebte sie. Und sie ihn, wenngleich sie sich immer noch schwer damit tat, sich dies einzugestehen. Die Liebe auf den ersten Blick ... Liebe für ein ganzes Leben ... Sie war in ihr Leben hereingebrochen zu einem Zeitpunkt, als sie nicht mehr damit gerechnet hatte.

Unverhofft kommt oft. Wieder so ein deutsches Sprichwort ihrer geliebten Mutter. Und wieder hatte es sich bewahrheitet.

Lena setzte sich mit einem Kaffee auf die Veranda und sah auf die Ostsee hinaus, in die Richtung, aus der sie gerade gekommen war. Sie konnte die kleine Schäre zwar nicht sehen, wusste aber, dass es sie gab, wie auch all das, was sie darauf erlebt hatte. Wie immer, wenn ihr Herz übervoll war, hatte sie das Bedürfnis, mit Cleo zu reden. Vielleicht hatte ihre Freundin sie in den vergangenen Tagen angerufen und machte sich schon Sorgen, weil sie ihr Handy ausgeschaltet hatte.

Mehrmals versuchte sie, Cleo zu erreichen, wurde jedoch immer mit der Mailbox verbunden. Schließlich rief sie im Hotel an.

»Frau Gustafson ist in unserem Haus in Mora«, erzählte ihr die Dame an der Rezeption. »Dort war Not am Mann.«

Lena ließ den Rest des Tages vergehen, ohne etwas Sinnvolles zu tun. Sie aß etwas, schwamm im Meer, zupfte hier und da etwas Unkraut und fragte sich derweil immer wieder, wie es Torben in Göteborg ergehen mochte. Hatte er schon mit Maja geredet? Wie würde ihre Schwester reagieren?

Am frühen Abend rief sie Cleo im Hotel in Mora an.

»Ich mache Rezeptionsdienst«, erklärte ihr ihre Freundin. »Schon seit zwei Tagen. Entschuldige, dass ich mich nicht gemeldet habe, aber hier ist so viel los. Ich muss mich ja auch erst mal einarbeiten. Und wie geht es dir?«

»Gut«, antwortete sie ein wenig enttäuscht über Cleos Umtriebigkeit, die keine Gelegenheit gab für ein tiefer gehendes Gespräch. »Wie lange wirst du in Mora bleiben?«

»Ich weiß noch nicht. Mal sehen. In unserem Hotel in Norrtälje habe ich eine gute Vertretung für mich gefunden, hier sieht das anders aus. Das werde ich kurzfristig entscheiden.«

Enttäuschung machte sich in Lena breit. Wie gern hätte sie

Cleo jetzt in ihrer Nähe gehabt, wie gern abends mit ihr geredet. Am Telefon wollte sie ihr nicht anvertrauen, dass sie in Sachen Liebe eine Kehrtwende gemacht hatte. *Das kann nichts werden mit dir und Torben,* hörte sie Cleo schon sagen. *Die große Liebe gibt es nicht und den besten Sex hat man langfristig nie mit dem eigenen Partner. Lass es lieber.*

»Hej, bist du noch dran?«, fragte Cleo in ihre Gedanken hinein.

»Klar. Ich ... Schade, dass du nicht hier bist.«

»Ist was passiert?«

»Alles in bester Ordnung«, erwiderte sie, ohne mit ihrer Neuigkeit herauszurücken, aber auch ohne zu lügen.

»Hat sich Dag gemeldet?«

Lena zog die Stirn in Falten. Dag? An den hatte sie gar nicht mehr gedacht. Natürlich würde sie jetzt seine Einladung zur Neueröffnung des Clubs nicht annehmen. Sie hatte Torben zwar noch nicht ihre Gefühle gestanden, aber für sie stand nun fest, dass sie zu ihm gehörte. Ein Date mit Dag Asgard erschien ihr völlig absurd.

»Hallo? Bist du noch dran?« Ihre Freundin klang ungeduldig.

»Ja. Ich meine, ich bin noch dran. Nein, Dag hat sich in den letzten Tagen nicht mehr gemeldet. Und was ist bei dir? Was macht dein Internetflirt?«

»Welcher Internetflirt?«

»Dieser jüngere Typ.«

Cleo lachte laut in die Leitung. »An den denke ich gar nicht mehr. Um im Netz zu chatten, fehlt mir momentan die Zeit.«

Es gab keinen Zweifel, irgendwie hörte sich ihre Freundin anders an als sonst. Lena hätte nicht sagen können, wie sie auf diesen Eindruck kam, aber ihre Intuition konnte sich nicht so sehr täuschen.

»Gibt es etwas, worüber du mit mir reden würdest, wenn wir heute Abend bei mir bei einem Glas Wein zusammensitzen würden?«, erkundigte sie sich geradeheraus.

Schweigen am anderen Ende der Leitung.

»Cleo?«

»Pass auf, ich rufe dich an, sobald ich mehr Ruhe habe. Okay?«

Lena seufzte. »Okay.«

Damit musste sie sich erst einmal zufriedengeben. Und auch damit, dass sie Cleo jetzt nicht ihr Herz ausschütten konnte. Ihre Freundin war einfach nicht auf Empfang. Aus welchem Grund auch immer.

Torben kam am frühen Sonntagnachmittag in Göteborg an. Als er die Wohnungstür der Penthousewohnung aufschloss, blieb er überrascht stehen. Aus der Küche drang der Duft von frisch aufgebrühtem Kaffee. *Maja?*, fragte er sich überrascht. Ihr Flieger sollte doch erst abends landen. Er staunte nicht schlecht, als seine Verlobte dann auch tatsächlich in den Flur trat. Noch mehr als ihre Anwesenheit jedoch verblüffte ihn ihr Aussehen. Maja wirkte mitgenommen. Unter ihren Augen lagen dunkle Schatten. Ihre Lider waren gerötet. Hatte sie etwa geweint? Maja Blomquist hatte geweint? Sprachlos sah er sie an. Das strähnige Haar lieblos aufgesteckt, ohne Make-up und in Jogginghose – so hatte er sie noch nie gesehen.

»Du bist schon da?«, fragte er ziemlich dümmlich.

»Ich bin schon gestern zurückgekommen«, antwortete sie ernst.

»Warum hast du mich nicht angerufen?«

»Ich hatte so viel um die Ohren.«

Er runzelte die Stirn. »Ist es in New York schlecht gelaufen?«

Anders konnte er sich ihre sichtlich schlechte Verfassung nicht erklären.

Jetzt kam sie auf ihn zu und umarmte ihn, stumm und still. Sie hielt ihn nur fest an sich gedrückt und gab einen leisen Seufzer von sich. So weich hatte er sie lange nicht mehr erlebt. Ein paar Atemzüge lang hielt er sie umschlungen, dann schob er sie behutsam zurück, um ihr in die Augen sehen zu können.

»Was ist passiert?«

Ihr Blick gewann an Entschlossenheit. »Wir müssen reden.«

»Ja, das müssen wir. Ich habe dir auch etwas zu sagen.«

Sie wirkte überrascht, dann misstrauisch und schließlich erkundigte sie sich in lauerndem Ton:

»Was hast du mir denn zu sagen?«

»Wollen wir uns nicht erst einmal setzen?« Er ging ins Wohnzimmer, einen riesigen Raum, der mit Chrom, Acryl und weißem Leder sparsam möbliert war, und setzte sich in einen der Sessel, die das Ausmaß eines Zweisitzers hatten.

Maja nahm ihm gegenüber Platz. »Also?« Ihr Blick lag jetzt mit hellwachem Ausdruck auf ihm.

»Soll ich zuerst ...?« Unsicher sah er sie an.

»Ja.« Jetzt vermittelte sie wieder den Führungsanspruch und die Durchsetzungskraft, die er von ihr kannte.

Nun gut, sagte er sich und atmete tief durch.

»Ich habe auf der Schäre viel Ruhe und Zeit zum Nachdenken gehabt«, begann er nicht weniger konsequent. »Ich bin zu der Entscheidung gekommen, dass ich mich von dir trennen werde. Wir passen nicht zusammen. Ich möchte ein anderes Leben leben, als es an deiner Seite möglich ist.«

Er hielt ihrem Blick stand, der jetzt Fassungslosigkeit und Bestürzung ausdrückte. Dann machte dieser Ausdruck dem tiefster Verzweiflung Platz. Ihr Gesicht rötete sich, ihre sonst so tiefe Stimme schraubte sich höher, als sie ausrief:

»Das kannst du nicht machen! Das geht nicht. Jetzt schon mal gar nicht. Ich bin nämlich schwanger. Das ist es, was ich dir sagen wollte. Ja, wir bekommen ein Kind.«

Die Gedanken begannen in seinem Kopf zu kreisen wie ein außer Kontrolle geratenes Karussell. Das konnte nicht wahr sein. Warum gerade jetzt? Er wollte kein Kind mit Maja. Als ihm klar wurde, dass seine Zukunftspläne durch diese Nachricht ganz maßgeblich ins Wanken gerieten, wurde ihm übel. Er stand auf, trat an die Bar und schenkte sich einen Whiskey ein, trotz der frühen Stunde. Während er diesen in kleinen Schlucken trank, löste sich seine Erstarrung langsam. Maja saß immer noch reglos in ihrem Sessel und beobachtete ihn lauernd. So kam es ihm zumindest vor. Hatte sie Angst, er würde gleich umkippen?

»Seit wann weißt du es?« Seine Stimme klang hölzern, wie er selbst hörte.

»Bevor ich nach New York geflogen bin. Meine Periode war zum zweiten Mal ausgeblieben.« Sie stand auf und zog aus der Tasche ihrer Jogginghose ein zusammengefaltetes Blatt Papier. »Hier, schau mal.«

Wie weich sie plötzlich klang. Mit bittendem Blick sah sie zu ihm hoch. »Das Ultraschallbild.«

Er schluckte schwer und zwang sich, das Bild zu betrachten, auf dem er jedoch nicht viel erkannte. Der Gedanke daran, dass Maja von ihm schwanger war, vernebelte sein Gehirn. Das konnte doch nicht sein. In welcher leidenschaftlichen Umarmung, welcher zärtlichen Stunde war dieses kleine Wesen dort entstanden? Er konnte sich nicht erinnern. Er hätte überhaupt nicht mehr sagen können, wann sie das letzte Mal miteinander geschlafen hatten. Oder vielmehr gefickt. Er musste an Lena denken und ihm wurde schwindelig. Lena. Er liebte Lena, er wollte mit ihr eine Zukunft haben, er wollte mit ihr Kinder haben und nicht mit Maja. Von Maja wollte er sich trennen. Und jetzt das.

»Ich erkenne gar nichts«, murmelte er, den Blick immer noch auf das Ultraschallbild geheftet.

Maja trat näher an ihn heran, schmiegte sich an ihn.

»Schau mal.« Ihre Stimme klang tief und weich, während sie mit dem Finger die Umrisse von etwas nachzeichnete, das er höchstens als stilisierte Blüte erkannt hätte. »Das ist der Kopf, das sind die Ärmchen und das die Beinchen«, sagte sie in zärtlich-mütterlichem Ton.

Ja, jetzt erkannte er die Umrisse seines Kindes. Er wurde Vater. Langsam setzte sich die Erkenntnis in seinem Gehirn fest. Doch einen Sekundenbruchteil später versuchte er sich wieder die Frage zu beantworten, wann dieses Kind zustande gekommen sein mochte. War er überhaupt der Vater?

Maja schlang den Arm um seine Mitte, schmiegte ihren Kopf an seine Schulter und legte ihre Hand, die das Ultraschallbild hielt, auf sein Herz. »Ich finde es schon richtig süß und kann es noch gar nicht richtig glauben, dass es unser Baby ist«, murmelte sie versonnen.

Das konnte er auch nicht. Er räusperte sich und löste sich aus ihrer Umarmung, die ihm die Luft zum Atmen nahm.

»Was ist los mit dir?«, fragte sie ungehalten und in ihren dunklen Augen blitzte es. »Ich hatte gedacht, du würdest dich freuen.«

Plötzlich kam er sich wie ein Schuft vor. Dennoch ...

»Maja, wir haben Probleme«, erwiderte er härter als er eigentlich wollte.

»Siehst du meine Schwangerschaft etwa als Problem an? Dabei wolltest du doch immer Kinder haben. Wer von uns beiden konnte denn nicht genug darüber reden, wie schön es wäre, eine süße kleine Tochter oder einen süßen kleinen Sohn ...«

»Womit wir bei dem Problem sind«, unterbrach er sie nicht weniger heftig. »Fakt ist, dass ich nicht mehr mit dir zusammenleben möchte. Ich habe keine Gefühle mehr für dich. Es tut mir wahnsinnig leid, dir das in dieser Situation zu sagen, aber so ist es nun einmal. Ich halte es für wenig sinnvoll, ein Kind in einer kaputten Beziehung aufwachsen zu lassen. Natürlich stehe ich zu dem Kind, falls es von mir sein sollte, und ich –« Weiter kam er nicht.

»Du willst mir doch jetzt nicht etwa allen Ernstes unterstellen, dass das Kind nicht von dir ist«, fuhr ihn Maja wie eine Natter an. Ihr Atem ging schwer. Er sah ihr an, dass es sie all ihre Kraft kostete, die Hand bei sich zu halten, was sie bisher nicht immer beherrscht hatte.

Sie maßen sich mit Blicken, wie zwei Gegner vor einem blutigen Kampf.

»Natürlich nicht«, räumte er betont ruhig ein. Mit beiden Händen strich er sich die Haare aus der Stirn. Dann fügte er hinzu: »Obwohl ich mich nicht mehr erinnern kann, wann ich dieses Kind gezeugt haben soll. Du weißt selbst, dass du in der vergangenen Zeit kein Bedürfnis mehr hattest, mit mir zu schlafen.«

»Vielleicht erinnerst du dich daran, dass ich bereits im dritten Monat bin. Und was mich angeht, ich kann mich noch sehr genau an diese Nacht erinnern. Es war eine sehr schöne Nacht.« Jetzt glitzerten doch tatsächlich Tränen in ihren Augen.

Verdammt. Tat er ihr unrecht? Wahrscheinlich.

Oder doch nicht?, meldete sich tief in ihm eine Stimme, während er vor der Glasfront stand und auf die Stadt hinuntersah, in der er sich plötzlich so verloren fühlte.

»Ich verstehe nicht, dass du es nicht früher gemerkt hast«, murmelte er wie zu sich selbst.

»Mein Gott! Manche Frauen merken es eben nicht sofort. Ich hatte viel Stress in der letzten Zeit. Dabei gerät bei manchen der Zyklus durcheinander. Außerdem habe ich auch noch etwas anderes zu tun, als nur auf meinen Körper zu horchen.« Sie trat wieder an ihn heran und legte von hinten die Arme um ihn. »Du kannst dich doch jetzt nicht aus der Verantwortung ziehen«, fuhr sie in verzagtem Ton fort. »Warum können wir nicht heiraten? Immerhin sind wir offiziell verlobt. Und wir werden Eltern.« Sie räusperte sich und ihre Stimme klang wieder energischer, als sie sagte: »Ich möchte nicht, dass unser Kind unehelich zur Welt kommt. Und ich will auch nicht mit einem dicken Bauch vors Standesamt treten. Dann sieht es nämlich so aus, als würden wir nur wegen des Kindes heiraten.«

Torben musste sich nicht umdrehen, um zu wissen, dass ihre Augen jetzt wieder diesen harten, metallischen Glanz hatten, der ihm so wenig gefiel. Unwillkürlich musste er an Lenas wunderschöne meergraue Augen denken.

Er drehte sich zu Maja um. »So läuft das nicht. Ich will und kann nicht morgen mit dir zum Standesamt gehe. Im Übrigen ...« Er hielt inne.

Eigentlich hätte er ihr jetzt gestehen müssen, dass er eine andere liebte. Doch er brachte die Wahrheit nicht über die Lippen. Er wollte Lena nicht erwähnen. Er hatte es ihr in den wenigen kurzen Gesprächen, die sie auf der Schäre über ihre Situation geführt hatten, versprochen. Außerdem hatte Maja ja recht. Er hatte sich immer Kinder und eine Familie gewünscht. Und nun würde er Vater werden. Konnte er Maja überhaupt verlassen? Andererseits liebte er Lena. Nein, er brauchte Zeit. Er musste über alles in Ruhe nachdenken. Und so schnell wie möglich mit Lena reden.

Maja wirkte plötzlich so niedergeschlagen, so kraftlos, dass sie ihm leidtat.

»Ich bin müde«, sagte sie leise.

»Bitte versteh mich nicht falsch. Natürlich stehe ich zu dem Kind und werde meinen Vaterpflichten nachkommen.«

Er konnte den Blick, den sie ihm zuwarf, nicht deuten. Er wirkte so zerstreut, als würde sie an etwas ganz anderes denken. Dann lächelte sie matt, senkte den Kopf und berührte kurz seinen Arm. »Ich gehe schlafen.«

Er sah ihr nach, wie sie mit hängenden Schultern in Richtung Schlafzimmer ging. Dabei empfand er plötzlich Abscheu vor sich selbst. So miserabel hatte er sich in seinem ganzen Leben noch nicht gefühlt.

Während Torben an diesem Sonntagabend in Göteborg auf der Gästecouch lag, den Geräuschen der Stadt lauschte und versuchte, Ordnung in seine kreisenden Gedanken zu bringen, saß Lena an der Ostküste Schwedens auf der Veranda und horchte in die Stille hinein, die nur von den abendlichen Lauten der Natur unterbrochen wurde. Sie wartete. Ja, es war wieder so weit: Sie wartete auf den Anruf des Mannes, in den sie sich verliebt hatte, obwohl Torben ihr nicht expressis verbis gesagt hatte, er würde anrufen. Ziemlich selbstverständlich ging sie jedoch davon aus, dass er sich melden würde, nachdem er seine Entscheidung in die Tat umgesetzt hatte. Wahrscheinlich stritt er immer noch mit Maja, die sehr temperamentvoll sein konnte, wenn es darum ging, ihre Ziele zu verfolgen.

Auch in dieser Nacht, nur einen Tag nach dem Mittsommertag, wollte es nicht dunkel werden. Lena blickte hoch zum Himmel, an dem sich die Planeten Venus und Saturn ein hübsches Stelldichein gaben. Da hörte sie ein Motorengeräusch. Sie stand auf und horchte. Das Auto kam durch ihren Heckenweg gefahren. Torben. Ihr Herz begann schneller zu schlagen. Wie mochte Maja die Trennung aufgenommen haben?

Sie zwang sich, ruhig zu bleiben. Barfuß ging sie ums Haus herum nach vorn zur Haustür. Da entdeckte sie zu ihrem großen Erstaunen und ihrer noch größeren Enttäuschung Cleos kleinen Flitzer. Cleo? Was machte sie denn hier?

»Hej.« Ihre Freundin umarmte sie. »Überrascht?« Die Sommersprossen tanzten fröhlich auf Cleos Nase, wie immer wenn sie bester Laune war.

»Ziemlich. Kommst du jetzt etwa aus Mora?«, fragte Lena mit großen Augen.

»Aus Mora geradewegs zu dir. Ich habe mir für morgen freigenommen. Außerdem bin ich die kürzeste Strecke gefahren. Anders als wir beide kürzlich.«

»Und warum?«

»Weil ich dir am Telefon angehört habe, dass du Redebedarf hast«, lautete Cleos ganz selbstverständlich klingende Antwort. »Bekomme ich ein Glas Weißwein bei dir?«

»Sicher.« Lena lachte und drückte ihre Freundin herzlich an sich. »Komm mit.«

»Also, was ist passiert?«, erkundigte sich Cleo, nachdem sie einen Schluck getrunken und sich eine Zigarette angesteckt hatte.

Lena schluckte. Ganz gleich, was Cleo jetzt zu ihrer Seelenoffenbarung sagen würde, bei diesem Einsatz hatte sie es verdient, die Wahrheit zu erfahren.

»Tja, was ist passiert?«, wiederholte sie nachdenklich. »Ganz einfach: Ich habe mich verliebt. Was immer du jetzt dazu sagen wirst, es ist passiert. Es ist die sprichwörtliche Liebe auf den ersten Blick. Es ist zu einem Zeitpunkt passiert, als ich es nicht wollte und auch nicht mehr daran geglaubt habe. Aber so ist es nun einmal. Und ob du es glaubst oder nicht, ich bin super glücklich …« Sie wollte noch weiterreden, allein um Cleo die Möglichkeit zu nehmen, sie durch einen nüchternen Kommentar auf den Boden der Nichtliebenden zurückzuholen. Doch sie hätte sich nur wiederholen können. So hielt sie den Atem an und wartete auf Cleos eiskalte Dusche.

Ihre Freundin inhalierte den Zigarettenrauch, stieß ihn dann geräuschvoll in den hellen Nachthimmel. »Torben?« Der Blick aus den Kornblumenaugen kehrte zu ihr zurück.

Sie streckte das Kinn vor. »Ja, Torben.«

Cleo drückte die Zigarette aus. »Ich freue mich für dich. Echt. Das, was du mir von euch erzählt hast, hörte sich gut an. Ihr beide tickt gleich. Und das ist ganz wichtig. So viele Menschen gibt es gar nicht, die miteinander seelenverwandt sind.«

Lena sah sie verblüfft an. Hallo? Diese Worte aus Cleos Mund? Unglaublich.

»Ehrlich gesagt, mit dieser Reaktion hatte ich nicht gerechnet.«

»Man beziehungsweise *frau* sollte stets offen für Neues sein und den Mut haben, eine eingefahrene Meinung zu ändern«, belehrte Cleo sie. »Echt, ich freue mich riesig für dich. Wie geht es denn jetzt weiter mit dir und Torben?«

Lena zog die Beine an sich und schaukelte sanft in dem Korbstuhl hin und her. »Natürlich wird unsere Beziehung zuerst einmal genau die Probleme mit sich bringen, die ich nicht haben wollte: Stress mit Maja, vielleicht sogar ein lebenslanges Zerwürfnis mit ihr.« Sie seufzte aus tiefstem Herzen. »Dennoch kann ich nicht anders. Mir ist klar geworden, dass ich nicht auf Torben verzichten will. Anders als du möchte ich ja grundsätzlich eine feste Beziehung, eine eigene Familie. Das Herumbumsen mit unterschiedlichen Männern gibt mir auf Dauer keine Erfüllung. Ich habe mich in der vergangenen Zeit nur selbst glücklich geredet. Ich hatte mir verordnet, nach einigen bescheuerten und für mich unpassenden Typen ein ungebundenes, partnerloses Leben ohne Beziehungsstress zu genießen. Tja, und genau in dieser Phase tauchte Torben auf.«

Cleo nickte mit ernster und konzentrierter Miene. »Werdet ihr zusammenziehen?«

»Torben will heute mit Maja reden und danach auf seine Schäre zurückkommen. Zusammenziehen ...« Lena zögerte. So konkret hatten sie und Torben noch gar nicht über ihre Zukunft geredet. »Wir haben uns ineinander verliebt und wollen zusammen sein. Wann und wo wir zusammen leben werden, das wird sich finden. Wir kennen uns ja erst seit Kurzem.«

»Das will nichts heißen. Es gibt sie wirklich, die Liebe auf den ersten Blick, das Erkennen, dass genau dieser Mann und kein anderer an deine Seite gehört.« Während Cleo sprach, sah sie mit verklärtem Blick übers Meer zum Horizont, wo in dieser mitternächtlichen Stunde Blau auf Blau traf.

Lena stutzte. Wie bitte?

»Cleo?«

Ihre Freundin sah sie an, arglos, unschuldig. Dann begann sie zu lachen. »Ich sehe dir an, dass du dich gerade über mich wunderst.«

»Sehr sogar.«

»Wenn ich dir jetzt erzähle, was mir passiert ist, wunderst du dich noch mehr.«

»Nee, oder ...?« Lena vergaß zu atmen. Sie ahnte bereits, was jetzt kommen würde.

»Ja, ich habe mich auch verliebt. Oder romantischer ausgedrückt: Amors Pfeil hat mich mitten ins Herz getroffen. Im Grunde genommen war es bei mir auch die Liebe auf den ersten Blick. Und bei ihm genauso. Wir hatten nur noch ein paar Anlaufschwierigkeiten, weil wir uns in einer Situation befinden, die eine solche Liebe eigentlich ausschließt.«

»Wie meinst du das?«

»Nun ja, du weißt, dass ich immer lauthals verkündet habe, wie wichtig es mir ist, Privates und Geschäftliches zu trennen.«

Jetzt ging Lena ein Licht auf. »Lass mich raten: der neue Chefkoch in Mora.«

Ein spitzbübischer Ausdruck huschte über Cleos Gesicht. »Falsch geraten. Nigel, der Masseur.«

Lena hätte im Nachhinein nicht mehr sagen können, wie es ihr gelungen war, bei Cleos Verkündung die Fassung zu bewahren. Ihre Freundin half ihr, indem sie ihr ein paar Minuten lang ohne Pause von Nigel vorschwärmte. In diesen Minuten fasste Lena den Entschluss, sich erst einmal über den Masseur mit den Zauberhänden auszuschweigen. Sie hörte Cleos Lobeshymnen über diesen *ernsthaften, ehrlichen, selbstlosen, zurückhaltenden und sexuell eher schüchternen Mann* zu, der Cleo auf Händen trug – auf den Händen, mit denen er ihr auf der Massageliege freiweg einen Orgasmus geschenkt hatte. Nein, Nigel ging es nicht darum, sich durch eine Beziehung mit seiner Chefin Vorteile zu verschaffen. Davon war Cleo fest überzeugt. *Ihm wäre es viel lieber, ich wäre bei uns im Hotel Zimmermädchen. Ist das nicht süß?* Je mehr Cleo ins Schwärmen geriet, desto schlechter wurde Lena. Welch eine Situation! Hätte sie Cleo doch bloß sofort nach der Massage von Nigels Spezialbehandlung erzählt. Sie war sicher, dass sich ihre Freundin mit diesem Wissen niemals auf ihn eingelassen hätte. Im Gegenteil, er wäre umgehend rausgeflogen. Doch jetzt? Wie sollte sie sich verhalten? Cleo erschien ihr zum ersten Mal nach langer, langer Zeit wieder rundum glücklich. Konnte dieses Glück von Dauer sein? Ihr gesunder Menschenverstand verneinte diese Frage. In ihren Augen war Nigel ein Bad Boy, trotz seiner sozialen Verdienste an kranker Mutter und alter Großmutter.

In dieser Nacht fand Lena kaum Schlaf. Cleo war schon lange weg, da wartete sie zum einen immer noch auf einen Anruf von Torben, zum anderen dachte sie über Cleos neue Situation nach. Es schien so, dass ihre Freundin, während sie mit Torben in einem sicheren Hafen angekommen war, mit diesem Nigel auf direktem Kurs ins Unglück segeln würde.

Als Lena am nächsten Morgen aufwachte, galt ihr erster Gedanke Torben: Er hatte nicht angerufen. Nun gut, sagte sie sich. Verfall jetzt bloß nicht in die alten Verhaltensmuster. Es war doch nur selbstverständlich, dass er ihr aus seiner gemeinsamen Wohnung mit Maja nicht berichten wollte, jetzt frei zu sein für sie. Während sie in ihrem Schaukelstuhl auf der Veranda saß und ihren Morgenkaffee trank, zwang sie sich, die latente Unruhe in sich zu ignorieren. Eigentlich hatte sie in dieser Lebensphase doch gar keine feste Beziehung haben wollen und jetzt konnte es ihr nicht schnell genug gehen? Nein, nein. Das war nicht *sie,* die *heutige* Lena, die sich von allen Erwartungen an Männer erfolgreich befreit hatte.

Nach einer ausgiebigen kalten Dusche machte sie sich auf den Weg zur Universität. Die Aussicht, den ganzen Tag Seminare und Vorlesungen zu haben und mit ihren Kommilitonen zusammen zu sein, tat ihr gut. Das war ihr Leben.

Lena hatte Norrtälje gerade hinter sich gelassen, als ihr Handy klingelte. Torben! Sie hielt am Straßenrand an. Ihr Herz wechselte vor Aufregung den Rhythmus.

Maja ruft an, zeigte das Display an. Sie hielt den Atem an. Was nun? Hatte Torben ihrer Schwester etwa doch erzählt, dass sie der Auslöser dafür war, seine Verlobung zu lösen? *Soll ich mit Maja reden?,* fragte sie sich mit hämmerndem Herzen. Irgendwann würde sie sich der Situation stellen müssen, ob jetzt oder später. Sie würde Maja auf Dauer nicht entkommen können.

Sie schaltete den Motor aus und drückte entschlossen die grüne Taste.

»Hej, Kleines, ich bin es.« Ihre Schwester klang fröhlich, bestens gelaunt. »Ich rufe an, weil ich dir unbedingt etwas erzählen muss. Du sollst die Erste sein, außer mir und Lars natürlich, die es erfährt: Wir bekommen ein Baby. Stell dir vor. Ich bin schwanger. Weißt du noch, als wir vor ein paar Wochen darüber gesprochen haben, dass ich Lars heiraten will und wir Kinder haben wollen? Nun ist es passiert. Lars ist total happy. Er wollte ja immer Kinder.« Maja lachte. »Und du wirst Tante. Weißt du, was das heißt? Wenn Lars und ich zukünftig mal einen Urlaub zu zweit machen möchten, bist du gefragt, Kleines. Ach, Lena, ich kann es noch gar nicht glauben. Natürlich war Lars erst einmal überrascht und ich ja auch, aber jetzt haben wir uns schon ganz auf unsere zukünftige Elternschaft eingestellt. Wir werden bald heiraten. Wenn ich ehrlich sein soll, hat mich das ein bisschen Überzeugungsarbeit gekostet. Lars wollte erst nicht so richtig, aber letztendlich habe ich ihn überzeugen können, dass ich weder mit einem dicken Bauch vors Standesamt treten möchte, noch unser Kind in einer unehelichen Beziehung aufwachsen lassen will.« Es folgte ein kurzes atemloses Schweigen aus Göteborg, dann: »Schwesterherz, jetzt sag du doch auch mal was.«

Aber Lena konnte nichts sagen. Sie konnte einfach nicht. Ihr war, als würde sie überhaupt nie mehr etwas sagen können. Was hätte sie auch sagen sollen? *Super? Gratuliere? Ich freue mich total für euch?* Ihre Kehle fühlte sich wie ausgedörrt an. Sie spürte jedes einzelne Haar auf ihren Armen. Es dauerte einen langen, einen furchtbar langen Moment, bis ihr endgültig ins Bewusstsein drang, dass mit dieser freudigen Botschaft *ihr* neues Lebenskonzept hinfällig geworden war. Torben wurde Vater. Und Torben war ein Mann, der zu seiner Verantwortung stand. Das also war der Grund dafür, dass er sich fast vierundzwanzig Stunden lang nicht bei ihr gemeldet hatte. Torben Lars Svensson war überdies auch noch feige. Sie hatte ihn für mutiger gehalten, ihren Wikinger. Wahrscheinlich war er seiner Verlobten äußerst dankbar, dass diese unbedingt ihre geliebte Schwester benachrichtigen wollte. Mistkerl.

»Lena, bist du noch dran?«

Sie schluckte krampfhaft. »Ich bin unterwegs zur Uni und habe schlechten Empfang«, brachte sie endlich hervor.

»Hast du denn wenigstens mitbekommen, was ich gesagt habe?«, erkundigte sich Maja besorgt.

Sie räusperte sich. »Ja. Ich werde Tante.«

Lenas Freude am Studium und ihre Fähigkeit, den Rest der Welt ausblenden und sich konzentrieren zu können, ließen sie an diesem Tag zum ersten Mal im Stich. Der Lernstoff ging an ihr vorbei. Ihre Gedanken waren ganz woanders. Nicht bei Maja, nicht mehr bei Torben, sondern ausschließlich bei sich selbst. Wie hatte sie nur derart rückfällig werden können? Wie hatte sie wieder auf die Liebe setzen können, auf das vermeintliche Wissen, es könnte zwischen Mann und Frau doch so etwas geben wie Liebe und Vertrauen, einen gemeinsamen emotionalen Code? Eine Seelenverwandtschaft! Sehr witzig. Wenn ihre Begegnung mit Torben Svensson überhaupt eine Bedeutung für ihr Leben haben sollte, dann die, endgültig einzusehen, dass es all dies zwischen den beiden Geschlechtern nicht gab. Ende der Diskussion.

Mit dieser neuen Erkenntnis verließ Lena am Spätnachmittag die Uni, die sie an diesem Tag zwar in ihrem Studium nicht weitergebracht hatte, dafür jedoch in ihrer Lebenssicht. Nach Mittag hatte es zu regnen angefangen. Der Sommer schien eine Pause einlegen zu wollen. Wenn es in Stockholm regnete, versteckte sich die Hauptstadt hinter einem grauen Schleier. Die heitere Lebenslust, die sie an sonnigen Tagen ausstrahlte, verschwand dann hinter skandinavischer Schwere. Die Regentropfen trommelten auf ihre Windschutzscheibe. Nebel verhüllte die Schärenwelt zu ihrer Rechten, wo Torbens Insel lag. Sie konnte nur wenige Meter weit sehen und fuhr entsprechend langsam. Es kam ihr so vor, als befände sie sich auf einem Schiff, das einsam in einem Meer aus Regen trieb. Und dann musste sie lachen. Als kurzes disharmonisches Geräusch zerschnitt ihr Lachen das Schweigen in ihrem Auto. Wäre ihr jetzt strahlender Sonnenschein lieber? Nein, im Gegenteil. Dieses Wetter passte viel besser zu Niederlagen und traurigen Liebesgeschichten. Wie das Wetter kam ihr auch ihre nahe Zukunft vor. Trüb, lichtlos und kalt.

Zu Hause angekommen verordnete ihr der verbliebene Rest ihres sonst so gut funktionierenden Verstandes, sich durch das, was geschehen war, nicht weiter deprimieren zu lassen. Sie hatte sich von Torbens Träumen anstecken lassen. Nur allzu gern, wie sie zugeben musste. Sie hätte dies verhindern können, aber nicht gewollt, weil es doch so schön war, in der Mittsommernacht von seinem Zukünftigen zu träumen. Wieder lachte sie trocken, während sie durch das Wohnzimmerfenster hinaus in den Regen starrte. Ohne sieben Kräuter von sieben verschiedenen Wiesen unterm Kopfkissen funktionierte der alte Brauch eben nicht.

Ihr Handy kündigte den Eingang einer SMS an. Sie zögerte. Torben? Sollte er es tatsächlich fertigbringen, ihr auf diese Weise mitzuteilen, dass er Maja heiraten würde?

Lena ließ zehn Minuten verstreichen, dann überwand sie sich und öffnete die Nachricht.

Hast du Lust, mit mir am Samstagabend im Trädgarden abzutanzen? Ich würde mich freuen. Liebe Grüße, Dag.

Nein, dazu hatte sie nun wirklich keine Lust. Unmöglich würde sie das Wochenende mit Dag verbringen können. So sexgeil war sie nun auch wieder nicht.

Sie schickte Dag eine nett formulierte Absage.

Schade, dann bis zum nächsten Mal. Spätestens bei der Wiedereröffnung meines Clubs, lautete seine Antwort.

Zwei Stunden später rief Torben an. Als Lena seine Nummer erkannte, war ihre erste Reaktion, gar nicht erst ranzugehen. Dann jedoch besann sie sich anders.

»Hej Torben«, begrüßte sie ihn mit erzwungener Ruhe.

»Verzeih, dass ich mich erst jetzt melde«, begann er mit seiner so angenehm klingenden Stimme. »Ich bin noch in Göteborg. Maja und ich …«

»Hör dir bitte erst an, was ich dir jetzt zu sagen habe«, unterbrach sie ihn hart und entschlossen. »Du und ich … Es ist aus. Ich habe einen anderen Mann kennengelernt. Das heißt, ich kannte ihn schon vorher …« Sie hielt inne, wunderte sich über sich selbst, wie ihre Fantasie nur derart mit ihr davonpreschen konnte. »Wir belassen alles, wie es vorher war: Du bleibst bei Maja und ich bei ihm. Bitte melde dich nicht mehr bei mir. Du würdest mir damit nur Schwierigkeiten machen. Und das willst du doch bestimmt nicht. Ich wünsche dir alles Gute. Ciao.« Sie drückte das Gespräch weg.

Mit dem Handy in der Hand blieb sie sitzen, hörte dem pfeifenden Geräusch des Windes zu, dem Rauschen der sonst so ruhigen See, den Regentropfen, die aufs Dach fielen und wunderte sich.

Wie war sie denn plötzlich auf diese Geschichte gekommen?

Wenn du einen Typen loswerden willst, erzähl ihm, du hättest dich für einen anderen entschieden. Das kann kaum ein Mann verkraften.

Schon aus gekränkter Eitelkeit wird er danach nie mehr etwas mit dir zu tun haben wollen. Das waren irgendwann einmal Cleos Worte gewesen. Sie musste sie im Unterbewusstsein gespeichert gehabt haben. Nun wünschte sie sich nichts mehr, als dass sich Cleos Erfahrung auch in ihrem Fall bewahrheiten würde.

An diesem Abend ging sie früh zu Bett, steckte den Kopf unter die Decke und hoffte darauf, dass der Schlaf die Datei namens *Torben* von der Festplatte in ihrem Kopf unwiderruflich löschen würde.

Die nächsten Tage verliefen für Lena ziemlich eintönig. Morgens Stadtführungen, nachmittags Vorlesungen, abends Büffeln für die nächste Prüfung. Das Wetter erholte sich schnell, ihre Stimmung nicht. Cleo meldete sich nicht, und Lena sich auch nicht bei ihrer Freundin. Lenas Hürde hieß *Nigel.* Darüber hinaus hätte sie Cleos derzeitige glückselige Stimmung auch nur schlecht ertragen, zumal sie sich sicher war, dass diese bald ein jähes Ende finden würde. Maja rief nicht wieder an, Torben sowieso nicht. So gingen die Tage dahin, und es kostete sie viel Kraft, sie sich schönzureden. Das Wochenende verbrachte sie allein in ihrem Haus. Sie las soziologische Sachbücher, die das Phänomen des Singlelebens als Lebensform der Zukunft erklärten – und manche von ihnen verherrlichten diese sogar.

Zu Anfang der neuen Woche meldete sich Dag wieder, dieses Mal telefonisch.

»Hast du Zeit und Lust, mit mir drei Tage in meine Jagdhütte nach Norrland zu fahren? Einfach so, ohne Stress oder Verpflichtung«, fügte er hinzu.

»Nach Norrland?«, fragte Lena gedehnt, um Zeit zu gewinnen.

»Genauer gesagt nach Are, beziehungsweise außerhalb von Are. Die Hütte liegt im Ulladalen, einem abgelegenen Tal am westlichen Fuß des Areskutans, inmitten der Natur mit Blick auf die norwegischen Berge.«

Sie zögerte. »Ich würde es mir gern noch überlegen«, gestand sie ihm dann. »Zurzeit geht es mir nicht ganz so toll.«

»Was hast du denn?« Dag klang besorgt.

»Nichts Schlimmes«, stellte sie rasch richtig.

»Körperlich oder seelisch?«

Sie musste lächeln. Er dachte mit. »Eher seelisch. Du kennst das vielleicht. Jeder hat ja mal schlechte Tage.«

»Ja, das kenne ich. Gerade dann ist es gut, Freunde zu haben.« Er schwieg eine Weile. »Überleg es dir. Ein guter Bekannter ist zurzeit oben in Are. Beruflich. Und da ich an der Hütte die Fenster erneuern lassen muss, passt das ganz gut. Falls dir danach zumute ist, lieber allein zu sein, kann ich auch mit ihm etwas unternehmen.«

Sie stutzte. »Warum fragst du mich dann, ob ich dich begleiten möchte?«

»Weil ich dich gern bei mir hätte. Und ich möchte dir etwas Gutes tun.«

Oh nein. Kein Sex!

»Ich fliege mit meiner eigenen Maschine dorthin. Der Flug ist wirklich fantastisch.«

»Du hast ein Flugzeug?«

»Seit einigen Jahren schon. Eine Sportmaschine. Keine Sorge, ich glaube, dass ich ein ganz guter Pilot bin und dich lebend nach Stockholm zurückbringen werde.«

»Du wärst schön blöd, wenn du diese Einladung nicht annehmen würdest«, sagte Cleo am Nachmittag des gleichen Tages.

Lena schlenderte gerade mit dem Handy am Ohr über die Birger Jarlsgatan, eine der längsten Straßen der Stockholmer

City, auf der ihre Lieblingsbuchhandlung lag. »Dags Einladung klingt doch nett. Außerdem kommst du dort vielleicht eher auf andere Gedanken.«

Inzwischen wusste Cleo, dass Torben und Maja Eltern wurden.

»Dag ist dafür bekannt, ein guter Pilot zu sein. Vielleicht ist sogar sein Bekannter nett, und er wäre was für dich?«

»Himmel, Cleo!«, rief Lena genervt aus. »Zurzeit ist kein Mann *was für mich*. Ich bin viel eher auf dem Trip, mich wieder auf mein Singleleben einzuschwören.«

»Was Sex ja nicht unbedingt ausschließen muss.«

»Das Leben besteht nicht nur aus Sex.«

»Nicht nur, aber auch. Was mich angeht, ich wollte auf meinen regelmäßigen Sex mit Nigel nicht mehr verzichten.«

»Musst du ja auch nicht.« Lena blieb vor der Buchhandlung stehen.

»Ich höre schon, du bist schlecht drauf«, meinte Cleo am anderen Ende der Leitung hörbar pikiert.

»Zumindest nicht besonders gut.«

»Entzugserscheinungen?« Lena wusste, dass ihre Freundin nur einen Scherz machen wollte. Dieser jedoch fiel bei ihr nicht auf fruchtbaren Boden.

»Sehr witzig.«

»Komm, sei nicht böse«, ruderte Cleo sofort zurück. »Das war wahrscheinlich jetzt nicht so gut. Entschuldige. Es tut mir leid, dass es bei dir zurzeit so schlecht läuft. Ich bin natürlich in ganz anderer Stimmung. In Hochstimmung sozusagen, und es fällt mir schwer, mich zurückzuhalten. Also, jetzt noch einmal ernst und sachlich: Nimm Dags Einladung an. Die tolle Landschaft rund um Are wird dir guttun. Und wenn du mit Dag nicht ins Bett gehen willst, dann lässt du es. Unter sexuellem Notstand wird er bestimmt nicht leiden. Ich glaube einfach, dass er gern mit dir zusammen ist. Du bist anders als seine sonstigen Frauen.«

»Ich werde es mir überlegen«, erwiderte Lena. »Du, ich muss Schluss machen. Ich will nicht in den Abendverkehr kommen.«

Lena betrat die Buchhandlung und streifte durch die Abteilungen. Als sie um eines der hohen Regale bog, wäre sie fast mit jemandem zusammengestoßen.

»Filip? Was machst denn hier?« Erstaunt sah sie den Kreuzschifffahrtskapitän an. Sein Landurlaub musste doch längst zu Ende sein.

Sichtlich verunsichert über ihre blöde Frage lachte er. »Ich habe mir ein Buch gekauft.«

Sie griff sich an die Stirn und schüttelte den Kopf. »Entschuldige. Ich war gerade in Gedanken und habe natürlich nicht damit gerechnet, dich hier zu treffen. Ich dachte, du wärst inzwischen wieder auf See.«

»Ich habe mir eine Auszeit genommen.«

Eine Auszeit? Er sieht schlecht aus, stellte sie fest, als sie ihm jetzt mit klarerem Kopf ins Gesicht sah. Gestresst und älter als bei ihrer letzten Begegnung in Norrtälje.

»Wie geht es dir?«, erkundigte sie sich nur halbherzig.

»Und dir?«, lautete seine Gegenfrage, ohne ihr zuvor eine Antwort zu geben.

»Gut.« Sie räusperte sich. Eigentlich war ihr nicht nach Small Talk zumute. »Wie ... Wie war es in New York?«

»Interessant.«

Und jetzt? Ihr fiel nichts mehr ein. Mit Filip hatte sie sich noch nie lange unterhalten können. Sie zeigte auf das Buch in seiner Hand. »Ein Reisebericht?«, scherzte sie.

Er verneinte, ohne ihr den Titel zu verraten. Dann eben nicht, dachte sie.

»Du, sei mir nicht böse, aber ich habe es eilig«, sagte sie hastig.

»Kein Problem.« Filip schien erleichtert zu sein. So kam es ihr zumindest vor. »Mach es gut.«

Sie hob die Hand und ging weiter. Seltsame Begegnung. *Eine Auszeit …* Ob er gekündigt worden war?

Als Lena fünf Tage später frühmorgens nach Stockholm fuhr, versprach der Tag heiß und sonnig zu werden. Keine Wolke trübte den Himmel. Alle Farben schienen leuchtender und intensiver zu sein – das Gold der Weizenfelder zu beiden Seiten der Straße, das Wasser der Ostsee zu ihrer Linken, über der noch der Morgendunst lag und die Schärenwelt verhüllte. Nachdem sie ihren Wagen in der Tiefgarage von Dags Wohnhaus am Hafen abgestellt hatte, wurde sie in seiner Penthousewohnung mit frischem Kaffeeduft und zwei freundschaftlichen Wangenküssen empfangen. Dag hatte Frühstück gemacht. Frisches, noch warmes Sauerteigbrot – *selbst gebacken*, wie er ihr stolz mitteilte –, Käse, Wurst, Preiselbeerkonfitüre und Havregrynsgröt, den Lena zwar nicht besonders mochte, von dem sie jedoch Dag zuliebe eine kleine Portion aß.

»Danke, dass du dir so viel Mühe gemacht hast«, sagte sie.

»Es könnte ja dein letztes Frühstück sein«, ulkte er in Anspielung auf ihren bevorstehenden Flug.

Sie musste lachen.

Der Hangar, wo Dags Maschine stand, lag etwas außerhalb der Stadt. Mit bewunderndem Blick betrachtete Lena das Flugzeug, eine kleine weiße Propellermaschine. Wieder einmal wurde ihr bewusst, wie reich Dag war. Dabei kam er ihr ganz normal vor. An diesem Morgen trug er Jeans und eine Kapuzenjacke mit der Aufschrift *Easy Daisy*. Er sah gut aus. Sehr gut. Und trotzdem ... Sie verspürte rein gar nichts, kein Kribbeln, kein Herzklopfen, während sie ihn beobachtete, wie er mit einem Mechaniker die Maschine abflugbereit machte. Dann ging es hoch in die Lüfte, und als sie ihre Flughöhe erreicht hatten, entspannte sie sich. Der Anblick, der sich ihr bot, entschädigte sie für das Grummeln im Magen, das sie vorher beschlichen hatte. Anders als in Linienmaschinen flogen sie so tief, dass sie das Land unter sich in allen Einzelheiten sehen konnte. Stockholm und seine Vorstädte sahen aus dieser Vogelperspektive aus wie Ansammlungen bunter Spielzeughäuser.

»Ich habe übrigens wieder deine Schwester in der Stadt gesehen«, unterbrach Dag jetzt ihr Schweigen.

Lena sah ihn überrascht von der Seite an. »Wann denn?«

»Vielleicht vor fünf Tagen? Ich weiß es nicht mehr genau. Kann auch vor vier gewesen sein. Habt ihr beide euch nicht getroffen?«

»Nein.« Sie zögerte, fügte dann hinzu: »Wir pflegen keinen so engen Kontakt. Schneeweißchen und Rosenrot ... Wir sind eben sehr unterschiedlich.«

»Maja und ich haben uns kurz unterhalten«, fuhr Dag fort. »Sie hatte es eilig. Sie erzählte mir, dass sie schwanger ist.«

Lena schluckte. »Ich weiß.«

»Sie sah schlecht aus, aber das soll ja oft so sein in den ersten Monaten«, plauderte Dag munter weiter.

»Woher weißt du das?«, erkundigte sie sich verdutzt.

»Von meiner Schwester. Bei ihr war es genauso.«

Maja war also wieder in der Hauptstadt gewesen. Wahrscheinlich beruflich. Oder bei ihrem Gynäkologen? Ob Torben sie begleitet hatte? Vermutlich hatte ihre Schwester Berufliches mit Privatem verbunden. Nur wegen einer Schwangerschaft nach Stockholm zu fahren … Das sah Maja nicht ähnlich.

»Wie sieht das eigentlich bei dir aus? Möchtest du auch einmal eine Familie haben?«, erkundigte sich Dag.

Überrascht sah sie ihn an. »Früher habe ich das immer gewollt«, antwortete sie dann. »Heute … Ich weiß nicht. Zuerst muss ich mein Studium beenden«, fügte sie entschlossen hinzu.

»Falls der Vater deines Kindes Geld haben sollte, müsstest du doch gar nicht weiterstudieren.«

»Ich will nicht finanziell von meinem Mann abhängig sein.«

»In einer Ehe ist es ein Geben und Nehmen. Ich halte nichts davon, wenn Kinder in ihren ersten Lebensjahren in irgendeiner Institution oder bei einer Kinderfrau aufwachsen und ihre Mutter geht arbeiten.«

Wieder sah sie ihn erstaunt an. »Das klingt ziemlich altmodisch.«

»Bin ich auch.« Fröhlich zwinkerte er ihr zu.

»Echt?«

»Ja, bin ich. Ich stamme aus einer sehr konservativen Familie.«

»Was sagt denn deine konservative Familie zu deinen Clubs?«

Er lachte. »Ich kümmere mich nicht um die Patienten meiner Schwester, und meine Schwester kümmert sich nicht um meine Mieterinnen oder um die Clubabende, zu denen nur geladene Gäste kommen.«

»Und deine Eltern?«

»Die halten es genauso.«

Aus schmalen Lidern sah sie ihn an. »Dir schwebt also ein richtiges Familienleben vor? Mit Kindern und Hunden, einem

Haus auf dem Land, einem Boot und einem engen Kontakt zu deiner Familie?«, erkundigte sie sich ungläubig.

»Genau das und noch mehr. Überdies werde ich meine zukünftige Frau, die Mutter meiner Kinder, auf Händen tragen. Eine Frau ist etwas ganz besonderes. Sie ist in ihrem Wesen vielfältiger angelegt als Männer. Uns kommt doch eigentlich nur die Rolle des Samenspenders und Versorgers zu. Beide Rollen geben uns natürlich auch eine Menge. Die des Samenspenders – wenn wir Glück haben – guten Sex und Kinder; und die des Versorgers – falls wir unseren Job richtig machen – das befriedigende Gefühl, unserer Familie ein schönes Leben zu bieten, sowie Erfolg und Macht in der Gesellschaft, was unserem Ego schmeichelt.«

Verwirrt hatte Lena ihm zugehört. »Und einer Frau das Gefühl absoluter Abhängigkeit und Minderwertigkeit«, erwiderte sie mit aufsteigendem Widerwillen gegen seine Ansichten über die Ehe.

»Eben nicht«, ereiferte sich Dag. »Wie gesagt: Ich achte und ehre die Frauen. So bin ich erzogen worden. Meine Mutter hat nie Geld verdient, obwohl sie auch studiert hat, aber sie war nur für meine Schwester, mich und meinen Vater da. Und sie ist heute noch die Chefin in der Familie. Sie ist die Managerin der Familie. Mutter hat sich nie in die Geschäfte meines Vaters eingemischt. Die hat er allein geleitet, aber in allen anderen Bereichen des Lebens hat Mom das Sagen.« Dag verstummte und konzentrierte seine Aufmerksamkeit wieder auf das Cockpit mit seinen vielen Knöpfen und Schaltern.

Sie flogen jetzt in Richtung Nordwesten, über Weidelandschaften, Waldgebiete, Seen und Flüsse, die sich wie silbrige Bänder durchs Land zogen. Nach Norden hin wurde die Besiedelung immer dünner.

»Ich habe dir ja schon gesagt, dass mein Freund auch in Are

ist. Ihr werdet euch bestimmt gut verstehen. Ich hoffe, das macht dir nichts aus«, nahm Dag die Unterhaltung wieder auf.

»Dazu wäre es doch jetzt sowieso zu spät, oder?«, erwiderte sie zwinkernd.

»Wenn er dir nicht passt, muss er ins Hotel umsiedeln.«

»Natürlich ist das in Ordnung«, sagte sie, insgeheim froh über die Aussicht, mit Dag nicht ganz allein zu sein.

Sie hatte sowieso keine Lust auf Sex. Zumindest jetzt noch nicht. Merkwürdig, sinnierte sie, während sie zum Horizont blickte, wo die ersten Bergketten auftauchten. Torben hatte ihre sexuelle Seite wieder aufgeweckt und in ihr ein so starkes Bedürfnis nach Sex ausgelöst, wie sie es lange nicht mehr verspürt hatte. War er auch dafür verantwortlich, dass sie jetzt plötzlich kein Verlangen mehr danach hatte? Mistkerl. Sie war jung, sie hatte keine Lust mehr darauf, sich zukünftig wieder selbst befriedigen zu müssen.

»Warst du schon einmal als Reiseführerin hier oben im Norden?«, fragte Dag in ihre Gedanken hinein.

Sie räusperte sich. »Ja, ich war inzwischen in allen Regionen Schwedens. Natürlich nur in ausgewählten Landstrichen. In Are war ich noch nicht, aber in Storlien, das ja nur etwa sechzig Kilometer entfernt liegt, direkt an der Grenze zu Norwegen.«

»Ich liebe die Berge. Fährst du Ski?«

Sie lächelte ihn an. »Auch das.«

»Weißt du, dass 2019 die Ski-WM in Are stattfinden wird?«

»Ich habe es gelesen.«

»Falls wir uns dann noch kennen sollten, fahren wir gemeinsam hin.«

»Wie lange hast du die Hütte dort schon?«, wechselte sie das Thema.

»Seit zwei Jahren. Seit ich den Jagdschein besitze.«

»Wer muss denn bei dir daran glauben? Elche, Rentiere, Bären oder Bisons?«

»Das kommt auf die Jahreszeit an. Mit dem Schießen halte ich mich sehr zurück. Mir bringt das Bewusstsein, ein Stück Natur von der großen weiten Welt zu besitzen, wesentlich mehr als irgendwelche Jagdtrophäen.«

»Also, ich weiß nicht …« Überrascht sah sie ihn an. Dann musste sie lachen. »Eine solche Einstellung hätte ich dir nicht zugetraut.«

»Ich stecke voller Überraschungen«, konterte er. »Mach dich auf einiges gefasst, falls du weiterhin mit mir Kontakt haben willst.«

Er ist nett. Wirklich nett, lautete ihr Urteil, das sie jedoch für sich behielt.

Aber warum ist er dann noch nicht verheiratet, wenn er grundsätzlich eine Familie haben will?, fragte da lauernd eine Stimme in ihr.

Weil er vielleicht zu wählerisch ist?, antwortete sie dieser.

Oder weil er eine Macke hat, mit der frau nicht leben kann?, erhielt sie als Antwort zurück.

Die beiden machten Konversation wie zwei Menschen, die rein zufällig auf dem Flug von Stockholm nach Are nebeneinander saßen. Dass sie schon einmal wilden Sex miteinander gehabt hatten, daran schien auch Dag nicht mehr zu denken. So kam es Lena zumindest vor. Keine Berührung seinerseits, kein vielsagender Blick, keine schlüpfrige Bemerkung. Natürlich schnitt auch sie dieses Thema nicht an. So, wie es war, war es gut für sie. Erst einmal.

»Schau, dort hinten kannst du schon den Areskutan sehen«, sagte Dag.

Kurze Zeit später überflogen sie das höchstgelegene Café Schwedens. Es thronte in 1420 Metern Höhe auf dem Gipfel des Areskutans, an dessen südlichem Fuß die Stadt Are lag. Dag ging in den Sinkflug, überflog den Skiort und den dazugehörenden Are-See. Schließlich zog er die Maschine wieder höher und umflog den Berg auf halber Höhe in Richtung Westen so tief, dass sie fast die Baumwipfel berührten.

»Da hinten«, sagte er. »Siehst du die Hütte dort unten?« Er zeigte auf ein Holzhaus, das wie eine Almhütte in den deutschen oder österreichischen Bergen in einem Wiesental lag, an einem kleinen Weiher. Vor dem Haus stand ein silberner Geländewagen. Sein Dach blinkte ihnen wie ein Willkommensgruß in der Sonne entgegen. »Da ist auch Mikaels Wagen.«

»Hast du hier kein Auto?«

»Es steht im Hangar. Hier braucht man unbedingt einen Wagen. Allein schon, um einzukaufen. Von meiner Hütte aus gibt es keine öffentlichen Verkehrsmittel nach Are.«

»Und wo landen wir jetzt?«

»Der Hangar liegt nur ein paar Kilometer nördlich von Are. Wir sind gleich da.«

Kurze Zeit später saß Lena neben Dag in einem großen schwarzen Jeep. Sie genoss die Fahrt durch die Natur, und zum ersten Mal dachte sie darüber nach, dass das Leben an der Seite eines vermögenden Mannes durchaus Vorteile bot. Es wäre ein schönes, ein leichtes Leben, falls Dag tatsächlich seine Ehefrau auf Händen trug. Aber sie wollte mehr als nur ein Familienleben und Sex. Sie wünschte sich eine Seelenverwandtschaft mit ihrem Lebenspartner. So wie mit Torben ... Verdammt. Sie wurde die Gedanken an ihn einfach nicht los.

Bald befanden sie sich auf einem unbefestigten Weg durch einen dichten Wald, dessen mächtige Bäume der Sonne den Eintritt verwehrten.

»Wenn jetzt plötzlich ein Riese oder ein Troll zwischen den Stämmen hervortreten würde, wäre ich gar nicht überrascht«, sagte sie lächelnd.

Hinter dem Waldgebiet eröffnete sich nun das kleine Tal, in dem die Hütte lag. Sie war eher ein Anwesen und erinnerte Lena an ein großes U-förmig gebautes Ranchhaus. Holzscheite waren säuberlich an der Hauswand aufgestapelt. Ein Tisch, zwei Stühle und zwei Sessel standen direkt neben dem Eingang unter dem Vordach der Veranda. Aus der offen stehenden Tür strömte der köstliche Duft von frisch gebackenen Pfannkuchen in die kühle frische Luft.

Lena blieb auf der untersten Stufe der aus rohem Holz gebauten Veranda stehen.

»Mikael hat gekocht«, hörte sie Dag hinter sich sagen. »Er macht die besten Pfannkuchen, die ich kenne. Da kann selbst Mom nicht mithalten. Komm.«

Seine Hand legte sich in ihren Rücken und wollte sie sanft die Stufen hinaufschieben. Da wurden Schritte laut. Ein Mann erschien in der Eingangstür. Ein sehr schöner Mann mit dunklen Augen, hohen Wangenknochen und schwarzem Haar, das er zu einem Zopf zusammengebunden hatte. Er besaß ein Gesicht wie aus Stein gemeißelt, ein männliches Gesicht, das dem Dags sogar ein wenig ähnelte. Nur der Körper des Mannes wollte nicht so recht zu diesem Gesicht passen. Er war klein und sehr schlank, dennoch gut geformt. Schmale Hüften, breitere Schultern, gebräunte seidenglatte Haut, die aus dem schwarzen Hemd hervorblitzte. Mikael stand barfuß vor ihr. Ein langer prüfender Blick, dann folgte ein warmherziges Lächeln.

»Hej, ich bin Mikael.«

»Lena.« Sie drückte Mikaels Hand, die nicht größer war als ihre, aber einen festen Händedruck besaß.

Dag und Mikael umarmten sich kurz.

»Ihr habt bestimmt Hunger«, sagte Mikael. »Kommt rein.«

Für einen kurzen Moment überlegte Lena, ob das Haus vielleicht beiden gehörte. Mikael führte sich auf wie der Hausherr. Zumindest musste er hier oft zu Gast sein und war offenkundig mehr als nur *irgendein* Freund von Dag.

»Mikael und ich kennen uns schon seit unserer Kindheit«, erzählte Dag jetzt, als hätte er ihre Gedanken erraten. »Sein Vater ist Rentierzüchter. Mikael sollte eigentlich in seine Fußstapfen treten.« Die beiden Männer wechselten einen vertrauten Blick. »Als Mikael mich dann später, als wir so zwanzig waren, öfter in Stockholm besuchte, entschied er sich für etwas anderes. Er hat Innenarchitektur studiert.«

»Dann bist du derjenige, der Dags Wohnung eingerichtet hat?«, fragte sie erstaunt.

Mikael nickte und seufzte. Mit bedauerndem Lächeln antwortete er:

»Mein Vater hat es mir bis heute nicht verziehen, dass ich aus Lappland weggegangen bin. Dennoch fühle ich mich immer noch als Teil des *Volkes der Sonne und des Windes*, wie wir Samen genannt werden. Anders als Dag.«

Dieser schwieg, obwohl er Mikaels kritischen Unterton genauso gehört haben musste wie sie. Dann ging Dag zum Kühlschrank und nahm zwei Flaschen Bier heraus. Auf dem Küchentisch standen eine Teekanne und eine Tasse, die Mikael gehören mussten. Ohne sie zu fragen reichte Dag ihr eine Flasche. Dabei lächelte er sie an. »Kommst du klar ohne Glas? Hier oben pflege ich einen eher einfachen Lebensstil.«

Sie lächelte zurück, zierte sich nicht und trank einen Schluck. Mikael nahm das Küchenhandtuch von der Schulter, stellte sich an den Herd und kümmerte sich um die Pfannkuchen. Alle schwiegen eine Weile. Lena empfand das Schweigen als spannungsvoll. Sie sah sich um.

Die Küche war groß, sehr gepflegt und sauber, mit viel Hightech und wollte zu dem angrenzenden, aus rohem Holz gebauten Wohn- und Essraum nicht so recht passen. Hier zumindest hatte Mikael seine künstlerische Hand noch nicht walten lassen, obwohl dennoch alles sehr gemütlich wirkte.

»Das Haus sieht von außen so groß aus«, sagte sie zu den beiden.

»Ist es auch«, erwiderte Mikael. »Es hat fünf Gästezimmer. Dag hat oft mehrere Gäste zur gleichen Zeit.« Er verteilte Teller und Besteck und stellte Blaubeermarmelade auf den Tisch. »Möchtest du auch Tee?« Er sah sie an, lächelte freundlich – und trotzdem fühlte sie sich plötzlich unwohl. Sie war ein kontaktfreudiger Mensch, wie alle Schweden, und hätte sich niemals daran gestört, ein paar Tage mit mehreren Leuten, Frauen oder Männer, in einem Haus zu verbringen. Mikael war ihr auch nicht unsympathisch, aber irgendetwas lag hier in der Luft. Was es war, konnte sie noch nicht sagen.

Die Pfannkuchen schmeckten köstlich, und Mikael teilte ihr freudig und stolz mit, was er sich fürs Abendessen ausgedacht hatte: Rentierschinken mit Preiselbeersahnesoße als Vorspeise, Elchsteak mit Pfeffersoße und Kartoffeln als Hauptgang und zum Nachtisch süße Waffeln mit Moltebeeren und Schlagsahne.

»Den passenden Wein habe ich mitgebracht«, sagte Dag.

»Wow, das klingt fantastisch«, erwiderte sie.

»Ich koche leidenschaftlich gerne. Genauso wie Dag«, teilte Mikael ihr mit, wieder mit einem für sie nicht deutbaren Blick in Dags Richtung.

Mochten die beiden unterschwellig sauer aufeinander sein? War sie vielleicht der Grund dafür? Störte Mikael, dass Dag sie mitgebracht hatte? Vielleicht war Mikael eher auf eine *Männerfreizeit* eingestellt, auf Aufreißen hübscher Mädels in Are, wobei sie nur stören würde. Vielleicht sammelte Mikael ja auch

Gespielinnen, wovon eigentlich auszugehen war, wenn die beiden sich von Kindesbeinen an kannten. Nun gut, ihr sollte es recht sein. Sie war nun einmal hier und würde das Beste aus den beiden Tagen machen. Sollten die beiden ruhig ihr Ding machen. Sie würde wandern, schwimmen und lesen.

»Kann man in dem Weiher schwimmen?«, erkundigte sie sich, als sie Mikael beim Abräumen half.

Dag telefonierte derweil mit dem Schreiner, der die defekten Fenster reparieren sollte.

»Das Wasser ist gut, nur sehr kalt für den Sommer, aber das ist hier oben ja ganz normal.« Mikael lachte sie an. »Probier es aus. Danach wärmst du dich in der Sauna wieder auf. Ich stelle sie gleich für dich an. Wir haben auch einen sehr guten Selbstgebrannten, der dich von innen wärmt«, fügte er mit verschwörerischem Blick hinzu. »Ich bringe ihn immer aus meiner Heimat mit. Mein Großvater brennt selbst, was natürlich verboten ist.« Er seufzte. »Aber sind die verbotenen Dinge nicht immer interessanter als die erlaubten?«

Sein Blick ... Hoppla. Flirtete er etwa mit ihr?

Sie sah zum Küchenfenster hinaus. »Fährst du oft nach Lappland?«

»Eher selten.«

»Ich muss runter nach Are fahren. Zum Schreiner, der ist nur noch eine Stunde da«, sagte Dag. Er stand in der Küchentür. »Will jemand mit?«

»Hast du Lena schon ihr Zimmer gezeigt?«, fragte Mikael.

»Ich dachte an das *Grüne Zimmer.* Von da aus hat sie den schönsten Blick.«

»Grünes Zimmer?«, wiederholte Lena erstaunt.

»Mikael hatte die Idee, jedem Gästezimmer einen Namen zu geben«, klärte Dag sie auf. »Dein Gepäck habe ich schon hingebracht.«

»Okay.« Sie lächelte ihn an. »Dann das Grüne.«

Dag schien es als selbstverständlich anzusehen, dass sie getrennt voneinander schliefen, was ihr völlig recht war.

»Vielleicht solltest du Lena das Haus zeigen, bevor du fährst«, schlug Mikael seinem Freund vor.

»Das könntest du doch machen, sofern du nicht mitfahren willst«, erwiderte Dag.

»Will ich aber.« Mikaels Stimme klang fast zickig. »Ich habe in Are etwas zu erledigen. Es wäre Blödsinn, in meinem Auto hinter dir herzufahren.«

Dag sah sie an, mit entschuldigender Miene. »Können wir dich so kurz nach deiner Ankunft schon allein lassen? Vielleicht hast du ja Lust, dir Are anzusehen, während ich beim Schreiner bin. Danach trinken wir irgendwo etwas ...«

Sie hob beide Hände. »Alles gut. Ehrlich«, versicherte sie ihm, froh darüber, eine Weile allein sein zu können. »Ich gehe schwimmen, danach in die Sauna, wie Mikael mir vorgeschlagen hat, und dann chille ich ein bisschen auf der Veranda.« Sie lächelte ihn spitzbübisch an. »Was dagegen, wenn ich das Haus auf eigene Faust erkunde?«

»Überhaupt nicht.« Dag kam auf sie zu und gab ihr einen Kuss auf die Wange. »Fühl dich wie daheim. Ich habe nichts zu verbergen. Außerdem bin ich bald zurück.« Er wollte sich schon abwenden, da fiel ihm noch ein: »Ich habe mein Handy dabei. Ruf an, falls du mich brauchst.«

»Ich bin schon groß«, scherzte sie, winkte Mikael zum Abschied zu und sagte: »Dann mache ich mich mal auf den Weg zum *Grünen Zimmer.*«

Das Haus war dann doch luxuriöser als es auf den ersten Blick wirkte. Alle Zimmer besaßen eine hochwertige rustikale Einrichtung und den Standard eines Fünf-Sterne-Hotels. Zwei Zimmer teilten sich jeweils einen Badesaal, der seinen Namen zu Recht trug. Das abgelegene Anwesen kam Lena wie eine Pension vor. Dag musste einen großen Freundeskreis haben, für den er so viele Gästezimmer bereithielt. Was fehlte, war Dags Schlafzimmer. Der Hausherr musste also auch in einem der fünf Zimmer schlafen, die alle über ein breites Bett verfügten. Neben diesem Gästetrakt gab es noch einen zweiten Bereich, aufgeteilt in einen Fitnessraum, die Sauna und ein riesiges Zimmer mit offenem Kamin. Eine braune Ledersitzlandschaft, kleine Tische, eine gut sortierte Bar, Jagdtrophäen an den Wänden und Felle auf den Holzdielen gaben dem Raum den Namen *Jagdzimmer*, wie das Schild an der Tür ankündigte. Die Wand gegenüber der Zimmertür bestand aus Glas und gab den Blick auf die schneebedeckten Gipfel im Westen frei. Vor der Natursteinwand gegenüber der Sitzlandschaft stand eine Leinwand. Super, sie liebte Filme. In der Filmsammlung, die in deckenhohen Regalen stand, würde sie bestimmt fündig werden.

Ein paar Minuten später ging Lena in einem duftenden Bademantel, der in dem Schrank des *Grünen Zimmers* gehangen hatte, über die Wiese auf den Weiher zu. Dags Jeep war inzwischen weg – und sie also allein. So konnte sie wenigstens nackt schwimmen. In Mikaels Anwesenheit wäre es ihr unangenehm gewesen. Sie ließ den Bademantel fallen und schlüpfte aus dem weißen Badeanzug. Umgeben von Farnkraut und niedrigen Gehölzen maß der See kaum mehr als zwanzig Meter im Durchmesser. Sie tauchte die Zehen ins Wasser. Brrr. Es hatte höchstens vierzehn Grad. Genau das, was sie brauchte: Schocktherapie, den Körper fordern, um den Geist ruhigzustellen. Sie überwand sich, ging hinein und tauchte unter. Es war der absolute Kreislaufschock, doch nach ein paar kräftigen Zügen fühlte sie sich schon besser. Ihr war, als würden ihre Lebensgeister, die Torben mit nach Göteborg genommen und nicht mehr zurückgebracht hatte, wieder erwachen. Sie spürte ein Prickeln und Kribbeln auf der Haut. Tief in ihr begann neue Energie zu fließen. Zwei Saunagänge später fühlte sie sich richtiggehend wohlig und voller Energie. Während sie sich vor dem mannshohen Spiegel eincremte, betrachtete sie sich. Ja, sie war zufrieden mit ihrem Körper. Ihre Hände strichen über ihre vollen Brüste, deren Warzen sich durch die Berührung sofort aufrichteten. Sie glitten weiter über ihre Hüften, die Oberschenkel entlang, nach hinten über ihren runden festen Po, wieder nach vorn über ihren Bauch ... Ihr Körper reagierte. Er hatte sein Bewusstsein zurückgewonnen und bat um mehr. Lena lächelte. Okay, sagte sie sich. Sie war in diesem Haus allein mit zwei sehr gut aussehenden Männern. Eine Situation, die sie vielleicht doch nutzen sollte?

Pffff ... Sie wedelte mit der Hand durch die Luft. Bei diesem Gedanken wurde ihr ganz heiß. Eine Frau und zwei Männer? So eine Situation hatte sie noch nie gehabt. Zwei Männern sollte es doch wohl gelingen, sie den einen, der ihren Kopf und vielleicht sogar ihr Herz immer noch besetzte, vergessen zu lassen, oder? Ihr Körper signalisierte ihr eindeutig, dass sie bereit war, sich auf ein Abenteuer einzulassen.

Sie schlüpfte in eine helle Jeans und ein weißes Sweatshirt und ging in die Küche. Im Kühlschrank fand sie eine Flasche Weißwein. Mit dem Glas, einem Buch und einer Decke machte sie es sich in dem Sessel auf der Veranda bequem. Die Sonne schien, der Himmel zeigte sich in einem tiefen Blau, und die Vögel sangen ihr ein Lied. Schön war es hier. Sie liebte ihr Häuschen am Strand über alles, aber die schneebedeckten Berge Norwegens in der Ferne und die würzig riechende Luft nach Harz und Wiesenkräutern vermittelten ihr Urlaubsfeeling pur. Ihre Stimmung hob sich. Sie hatte sich freigeschwommen von all dem Müll, den sie in der letzten Zeit mit sich herumgetragen hatte. Während sie las, trank sie in kleinen Schlucken den Wein, der sie noch zusätzlich entspannte, schloss zwischendurch immer wieder die Augen und ließ ihrer Fantasie, die sich auf das erotische Thema in den Buchseiten geradezu stürzte, freien Lauf. Als es kühler wurde, ging sie auf ihr Zimmer. Dag und Mikael waren noch nicht zurück. Sie legte sich aufs Bett und schlief sofort ein. Als sie aufwachte, brauchte sie ein paar Sekunden, um sich zurechtzufinden. Ob Dag inzwischen zurück war? Ein Blick aus dem Flurfenster bejahte ihre Frage. Der schwarze Jeep stand wieder im Schulterschluss neben Mikaels silberfarbenem. In der Küche und dem angrenzenden Ess- und Wohnzimmer war es still. Nur die Uhr tickte. Kurz vor fünf. Wo waren die beiden? Von irgendwoher vernahm sie Geräusche. Sie ging ihnen nach und fand sich vor der Tür zum Jagdzimmer wieder. Sie war nur angelehnt.

Lena klopfte. Keine Antwort. Sie hörte Musik, Barmusik, dazwischen Stimmen, Lachen und Geräusche, als würde hinter dieser Tür …? Hallo? Nein, sie musste sich täuschen. Vorsichtig drückte sie die Tür auf. Im Kamin brannte ein Feuer, die Sitzlandschaft stand verlassen dort, auf einem der niedrigen Tische standen zwei Whiskeygläser und auf der riesigen Leinwand lief ein Film, den sich augenscheinlich niemand ansah. Nur sie starrte wie gebannt auf das Geschehen auf der Leinwand und hielt den Atem an. Was sie sah, war ein Gelage. Ein Sex-Gelage. Die Kamera zeigte einen kleinen Barocksaal mit Tischen, auf denen sich Teller, Speisen und Flaschen häuften. Einige waren schon umgefallen, wie auch ein paar der hohen, mit Blattgold verzierten Lehnstühle. Kerzen waren heruntergebrannt. Unter einem riesigen Kristalllüster liebten sich ein paar Paare, einige völlig nackt, einige nur in aufreizenden Dessous, die Frauen mit Korsetts, die mehr von ihren üppigen Körpern zeigten als verhüllten, ihre deutlich jüngeren Partner nur mit Lendenschurz bekleidet. Zwei ältere Männer hatten nur ihre Hosen heruntergezogen und stießen von hinten in ihre Partnerinnen hinein, die mit hochgeschobenen Röcken und nackten baumelnden Brüsten vor ihnen hockten. Eine Vierergruppe wälzte sich auf einem weinroten Teppich, ohne dass man ausmachen konnte, wem welches Bein gehörte. Das Stöhnen aus vielen Kehlen übertönte die Musik.

Lena schluckte, benässte ihre Lippen mit der Zunge. Die Schamlosigkeit, mit der sich die Leute auf der Leinwand ihrer Lust widmeten, berührte sie einerseits unangenehm, andererseits jedoch konnte sie nicht verleugnen, dass sie dieser Anblick erregte. Ganz deutlich verspürte sie die Schwingungen, die durch ihren Unterleib gingen.

Die Kamera richtete sich nun auf eine Dreiergruppe, die in einem der Erker des Saals ihr Spiel trieb. Auf einer schwarzen Chaiselounge lag eine nackte junge Frau mit üppigen Formen. Sie hatte die Augen mit einer schwarzen Lederbinde verbunden, den Kopf mit lang gestrecktem Hals über die Lehne zurückgeworfen, sodass ihre blonden Locken den Boden berührten. Ihre Schenkel waren gespreizt. Zwischen ihnen kniete ein Mann, ebenfalls nackt. Sein graues Haar verriet, dass er schon älter sein musste, das schmatzende Geräusch, dass er die Frau leckte. Jetzt trat ein anderer Mann ins Bild, jung und knackig, mit einem muskulösen Körper und einem Glied, das in Größe und Länge seinesgleichen suchte. Schwerfällig stand der Ältere auf, machte zwei Schritte zur Seite. Die Kamera offenbarte seinen Bauch und den kleinen erigierten Penis darunter. Dann schwenkte das Objektiv auf die enthaarte klaffende Spalte der Blonden, die von einem großen Kitzler gekrönt war. Das glänzende Fleisch verriet ihre Erregung. Die Frau gab

Töne von Unmut von sich, rekelte sich auffordernd, nachdem der ältere Mann von ihr weggetreten war.

»Du bekommst ihn ja gleich«, sagte dieser atemlos zu ihr.

Er lehnte sich an das Erkerfenster. Seine Lippen glänzten von dem Nektar der Frau. Gierig leckte er mit der Zunge darüber, dabei hielt er seinen Schwanz umfasst und rieb ihn so fest, dass die Adern auf seinem Handrücken hervortraten. Derweil stellte sich der Jüngere breitbeinig über die Frau, griff mit der Hand zwischen ihre Beine und streichelte ihren Kitzler, worauf sie mit ein paar ekstatischen Bewegungen ihres Becken antwortete.

»Fick mich«, stöhnte sie mehr, als dass sie sprach.

»Ja, fick sie. Ich will sie schreien hören«, forderte der Mann den Jungen auf, während er wie besessen seine Rute bearbeitete.

Da stieß der Attraktive seinen Schwanz in die Frau, was sie mit einem Lustschrei quittierte. Die lasziven Bewegungen ihres Körpers, die kraftvollen ihres Partners, das Geräusch von aufeinanderklatschenden Schenkeln, die entrückten Mienen und die anfeuernden Befehle des Mannes, der sich selbst zum Höhepunkt molk, erregten Lena immer mehr. Ihre Brustwarzen waren hart. Ein süßes Prickeln erfasste ihren Körper. Sie schluckte, während sie gebannt beobachtete, wie diese Kopulation auf den Höhepunkt zusteuerte.

»Wein?«

Sie schrak zusammen und drehte sich um, als würde sie aus einem Traum erwachen.

Neben ihr stand Dag. Er hielt ihr ein Glas Rotwein entgegen. Sie nahm es und trank gierig ein paar Schlucke. Der Wein war schwer. Warm rann er ihr durch die Kehle. Sie blickte zu Dag hoch. In seinen schwarzen Augen stand ein Funkeln. Sie war sich sicher, dass er wusste, wie sehr sie das Geschehen auf der

Leinwand erregte. Spitze Schreie, lautes Stöhnen, tiefes Brummen verrieten ihr, dass die drei nun so weit waren. Ein kurzer Blick auf den Film und sie sah sich in ihrem Verdacht bestätigt. Die Kamera hielt den kleinen Schwanz des älteren, aus dem der Samen quoll, unerbittlich im Bild fest. Der Jüngere war über der Blonden zusammengebrochen, während sie sich noch immer wimmernd an ihm rieb, jedoch mit zunehmender Kraftlosigkeit.

»Ich schalte aus. Okay?« Dag lächelte sie harmlos an.

Sie konnte nur nicken und trank den Rest des Weines in einem Zug. Dag zauberte aus dem Nichts eine Flasche hervor und schenkte nach. Sie wehrte sich nicht, beobachtete, wie er mit ruhiger Hand die Flasche führte. Er hatte sich umgezogen, trug jetzt eine anthrazitfarbene Jogginghose mit passendem Sweatshirt. Selbst in dieser schlichten Sportkleidung sah er umwerfend aus. Sein Blick lag auf ihr, mit prüfendem Ausdruck. Er schien ihre Stimmung abschätzen zu wollen.

Sie räusperte sich. »Hast du nur solche Filme in deiner Sammlung?«, fragte sie, weil sie das Schweigen zwischen ihnen nicht länger ertragen konnte.

Ja, sie war erregt. Sie spürte den Alkohol, nicht etwa unangenehm, sondern eher im Gegenteil. Da sie ihn nicht gewohnt war, hatte das eine, hastig getrunkene Glas ihr bereits einen kleinen Schwips beschert. Sie fühlte sich leicht, beschwingt. Ihr Körper löste sich langsam von ihrem Verstand, der sie in der letzten Zeit viel zu oft fest im Griff gehalten hatte. Dag nahm ihr das Glas aus der Hand, legte es an ihre Lippen und ließ sie noch einmal trinken. Den Tropfen Rotwein, den er dabei auf ihren Lippen hinterließ, leckte er behutsam, aufreizend langsam mit seiner Zunge ab, was sie noch mehr erregte. Seine Arme, mit denen er sie nun an sich zog, taten das Übrige. Sie spürte seinen steifen Schwanz. Er war eine Offerte an sie, die ihr Körper nur zu gern annahm. Sie schlang die Arme um Dags Nacken und küsste ihn mit einer Leidenschaft, die sie selbst überraschte. Sie genoss Dags Mund an ihrem, seine Hände unter ihrem Shirt, die sich den Weg zu ihren Brüsten suchten. Als seine Finger ihre Nippel gefunden hatten und sie hart drehten, stöhnte sie auf. Zwischen ihren Schenkeln begann es zu brennen. Ein Beben lief durch ihren Köper, ihre Unterleibsmuskeln spannten sich an. Mit zitternden Händen schob sie Dags Hose hinunter, während sich ihre Lippen an seinen festsaugten, als hätte sie Angst, den Körperkontakt zu ihm zu verlieren. Danach half Dag ihr aus der Kleidung. Dafür ließen sie sich nur kurz los. Dann umarmten sie sich wieder hungrig, ihre Hände glitten über ihre nackten Körper, Dags Hand zwischen ihre Beine, ihre Hände über seine Pobacken, von hinten in seinen Schritt. Sie fühlte sich wie ihm Rausch. Das Geschehen auf der Leinwand hatte sie so sehr angetörnt, dass sie jetzt nach ihrem Höhepunkt lechzte. Dabei war es ihr völlig egal, wer ihr diesen bescheren würde. Sie wollte nur gebumst werden. Und wer kam dafür gerade besser in Frage als Dag?

Dag nahm sie auf die Arme und trug sie zur Sitzlandschaft. Dort positionierte er sie: halb liegend, mit gespreizten Beinen, die Füße auf dem Boden, wie die Blondine in dem Film. Er kniete sich zwischen ihre Schenkel und begann, mit der Zunge ihre Klit zu lecken. Sie schloss die Augen, stöhnte lustvoll. Als er an ihrem Kitzler zu saugen begann, glaubte sie schon, die erste Welle würde über sie hereinbrechen.

»Nein!« Sie zog ihr Becken zurück.

Dag lachte leise. »Schließ die Augen.«

»Ich habe sie geschlossen.«

»Nimm dich zusammen. Ich will in dir kommen, in langen kräftigen tiefen Zügen, die dir guttun werden, aber jetzt noch nicht.«

Wieder spürte sie seine Zunge, die ihre Klit nur neckisch leckte. Gleichzeitig kneteten zwei Hände ihre Brüste, deren Warzen sich nach Berührung sehnten. Die Hände kamen über ihren Kopf hinweg. Das konnten nicht Dags Hände sein. Verblüfft öffnete sie die Lider und sah in Mikaels dunkle Augen, der geräuschlos hinter die Couch getreten sein musste. Sie hielt den Atem an, ihr Körper versteifte sich. *Willst du das?*, fragte der verbliebene Rest ihres Verstandes.

»Ganz ruhig«, hörte sie Dag leise sagen. »Wir wollen dir nur Gutes tun. Lass dich einfach darauf ein.« Seine Stimme klang beschwörend.

Warum eigentlich nicht?, dachte sie mit diesem Rest ihres Verstandes. In dieser Phase wollte sie doch nur Sex, unverbindlichen Sex. Und einen Dreier hatte sie noch nicht erlebt.

Während dieses kurzen Selbstgesprächs, das sie mit einem bereits vom Wein leicht benebelten Gehirn führte, liebkosten Mikaels Hände ihre Brüste und entlockten ihren Nippeln die schönsten Empfindungen. Dag führte seine Zungenarbeit im Zentrum ihrer Lust fort. Er war äußerst geschickt, trieb sie immer wieder in Höhen, um sie dann durch eine langsamere Gangart oder dadurch, dass er seine Finger durch die Eichel seines Schwanzes ersetzte, wieder zurückzuholen. So baute er eine Spannung in ihr auf, die sie zerreißen wollte. Mikael streichelte ihren Bauch, ihre Vulva, und als Dags Zunge in ihre weite offene Vagina stieß und sich dort bewegte, rieb Mikael ihren Kitzler weiter, während seine andere Hand an ihrem Nippel zupfte. Sie stöhnte, wölbte ihren Leib Mikaels Händen und Dags Zunge entgegen. Nein, sie wollte noch nicht kommen.

»Dag …«

Dag richtete sich auf und stieß völlig unerwartet seine Finger in sie. Sie war so weit, so nass, dass sie diese jedoch kaum spürte.

»Dein Schwanz ...«, flüsterte sie.

Gleichzeitig merkte sie, wie Mikael seine Hände von ihr nahm. Nackt wie er war trat er hinter Dag, umarmte ihn von hinten, griff nach dessen Glied und führte es in sie ein, langsam und behutsam. Dags Finger spreizten dabei ihre Schamlippen, was ihr ein noch größeres Lustgefühl bescherte. Zentimeter um Zentimeter füllte Dags harte Rute sie aus, bis zum Anschlag. Sie schlang die Beine um Dags Mitte, presste seinen Unterleib an sich. Er hatte die Augen geschlossen, schien zu genießen, was Mikael mit ihm machte. Mikaels Hände streichelten Dags Brustwarzen, die wie kleine rosa Knöpfchen auf seiner perfekt geformten Brust saßen. Dann drückte Mikael seinen Freund leicht nach vorn, ihr entgegen, und Dag gab ein lustvolles Stöhnen von sich. Mikael musste sein Glied in Dags Anus versenkt haben, denn Dags Erregung nahm spürbar Fahrt auf. Er begann, sich in ihr zu bewegen. Sein Schwanz schien nochmals anzuschwellen. Er dehnte ihre Vagina bis zur Schmerzgrenze, was ihr ein ungeheueres Lustgefühl schenkte. Sie stützte sich nach hinten auf dem Lederpolster auf, beantwortete Dags Stöße in dessen Rhythmus, dem sich auch Mikael anpasste, der Dag von hinten nahm. Ihr Stöhnen, hervorgerufen durch Dags Hände, die ihre Brüste kneteten, sein Geschlecht, das er jetzt unerbittlich in sie trieb, und Mikaels Finger, die ihre Schamlippen spreizten, sodass sich ihr aufragender Kitzler an Dags Schamhügel reiben konnte, mischte sich unter das der beiden Männer. Und dann explodierte sie. Vor ihren Augen sprühten Sterne, eine Welle nach der anderen brandete durch ihren Körper. Dags Stöße wurden schneller, und auch Mikaels. Die beiden kamen nach ihr, zur gleichen Zeit. Als Dags Glied schließlich aus ihr herausglitt, entschlüpfte ihr ein Ton des Bedauerns. Sie hatte ihren Orgasmus gehabt, dennoch war sie hungrig. Sie öffnete die Augen, lächelte Dag und Mikael an, die nebeneinander auf dem Boden saßen und zurücklächelten.

»Noch Appetit?«, fragte Dag.

»Ich weiß noch nicht«, erwiderte sie mit trockenem Mund.

Mikael reichte ihr das Rotweinglas. »Trink einen Schluck.«

Sie nippte an ihm.

»Entspann dich.« Dag küsste sie auf den Mund, ganz freundschaftlich. Dann drückte er sie behutsam in die Lederkissen zurück. »Augen zu.« Seine Stimme klang wie die eines Hypnotiseurs.

Mit geschlossenen Lidern spürte sie, wie er ihre zitternden Schenkel wieder spreizte, seine Finger um ihren jetzt so empfindlichen Kitzler kreisen ließ und dann ein sanft vibrierendes, rundes kühles Etwas in sie hineinschob. Sie hielt den Atem an und horchte in sich hinein. Ein Vibrationsei, da war sie sich ganz sicher. Seine leichten sanften Rotationen stachelten ihre Lust erneut an, obwohl sie doch gerade erst einen gewaltigen Höhepunkt durchlebt hatte. Diese Art der Erregung jedoch war etwas völlig Neues für sie, etwas Köstliches, wie sie jetzt feststellte. Während das kleine Ding in ihr seine Arbeit tat, beugte sich Dag über sie und saugte an ihren Nippeln, immer abwechselnd. Zu seinem Mund und seiner Zunge gesellten sich jetzt auch noch Mikaels Finger, die ihren Kitzler reizten. Himmel ... Sie warf den Kopf in den Nacken. Sie glaubte zu schweben, glaubte, nicht mehr in ihrem Körper zu sein. Sie fühlte nur noch das süße Stechen in ihren Brustwarzen, das Pochen des Blutes in ihrem Kitzler und das Vibrieren des kleinen Gerätes in ihrer Vagina. Rücksichtslos trieb es sie auf den nächsten Höhepunkt zu. Er kündigte sich an, versprach, noch gewaltiger zu werden als der erste, und dann brach auch schon die erste turmhohe Welle über ihr zusammen. Es folgten weitere, die ihr Bewusstsein mitrissen. Alles verschwamm, sie bestand nur noch aus pulsierender Lust. Erst nachdem dieser Orgasmus verebbt war, kam sie wieder langsam zur Besinnung. Dag reichte ihr ein Glas Wasser, das sie gierig trank. Mikael legte ihr eine Decke um. Die beiden zogen Bademäntel an, die Mikael geholt hatte, und tranken ihren Whiskey zu Ende. Lena konnte nichts sagen. Sie fühlte sich völlig erschöpft, aber ihre Seele war immer noch hungrig. Diesen Hunger hatte auch dieser zweite Orgasmus nicht stillen können. Eine Welle von Traurigkeit schwappte durch ihr Inneres. Kurz, aber heftig. Und dann wollte sie nur noch Ruhe haben. Schlafen.

»Wie war es für dich?«, hörte sie Dag sanft fragen.

Sie öffnete die Augen und lächelte. »Es war ... einfach fantastisch. So etwas kannte ich nicht.«

»Immer wieder gern«, sagte Mikael mit jungenhaftem Grinsen.

»Möchtest du vielleicht ein Bad nehmen?«, fragte Dag.

»Das tut gut danach«, meinte Mikael mit liebevollem Zwinkern.

»Ich weiß nicht, ob ich danach noch aus der Wanne steigen kann«, scherzte sie halbherzig.

»Ich trage dich ins Bett«, bot Dag ihr an.

»Vielleicht solltest du vorher eine Kleinigkeit essen«, schlug Mikael vor.

»Aber bitte kein Elchsteak. Ich glaube, ich bin viel zu erschöpft, als dass ich es heute Abend angemessen genießen könnte.«

»Wie wäre es mit ein paar kalten Köttbullar mit Brot?«

Dankbar lächelte sie Mikael an. Seine Fürsorge tat ihr gut. »Das hört sich super an.«

Trotz eines warmen, müde machenden Bades und eines dann doch üppigen Abendbrotes konnte Lena in dieser Nacht nicht einschlafen. Kurz nach Mittsommer war diese Nacht eine der *Weißen Nächte*, in denen man im Norden um Mitternacht noch die Zeitung lesen konnte. Sie saß aufrecht im Bett, schaute zum Fenster hinaus und dachte über die Geschehnisse der vergangenen Stunden nach. Es war viel passiert, vieles, mit dem sie auf dem Hinflug nicht gerechnet hatte. Neue sexuelle Erfahrungen und dann auch noch ein Anruf von Cleo.

Ganz ungezwungen hatte sie nach dem Sex mit Dag und Mikael am Esstisch gesessen, alle drei in Bademänteln und gut duftend. Sie hatte sich wohl gefühlt. Dag und Mikael hatten sie umsorgt und unterhalten. Die Spannung, die sie bei ihrer Ankunft zwischen den beiden gespürt hatte, war wie weggeblasen.

»Mikael dachte, ich wollte ihn ausschließen«, erklärte Dag ihr. »Er ist ziemlich eifersüchtig.«

Lena sah Mikael an. Dieser lächelte entschuldigend und sagte:

»Dag ist bisexuell, ich bin schwul. Ich muss ihn immer mit einer Frau teilen. Das fällt mir manchmal schwer.«

»Dafür dass du schwul bist, kennst du dich mit dem weiblichen Körper aber gut aus«, sagte sie erstaunt.

Die beiden lachten. »Mikael war mal für kurze Zeit verheiratet«, klärte Dag sie auf. »In dieser Zeit hat er alles von seiner Angetrauten gelernt, was ein Mann wissen sollte.«

Mikael warf mit einem Brotkrumen nach ihm, und Dag duckte sich in übertriebener Manier. Beide lachten. Lena ließ ihren Blick zwischen den beiden hin- und herwandern.

Mit homosexuellen Männern hatte sie bisher noch nichts zu tun gehabt. Und bisexuellen? Wenn ja, dann hatte sie es nicht gewusst.

»Und ihr beide?«, fragte sie unsicher. »Ich meine ...«

»Wir sind schon über zehn Jahre liiert«, unterbrach Dag sie. »Wir sind, wenn du so willst, ein Paar. Mit Mikael zusammen kann ich eine Frau befriedigen, wie du heute feststellen konntest. Ohne ihn brauche ich andere Praktiken, um zum Orgasmus zu kommen, wie du ja sicher in meiner Wohnung schon bemerkt hast.« Er beugte sich ihr über den Tisch entgegen. »Ich genieße es, mit einer Frau sexuell zusammen zu sein. Wirklich. Ich möchte nicht darauf verzichten – sehr zu Mikaels Leidwesen. Ich würde aber auch nie auf Mikael verzichten. Niemals.«

Sie sah zu Mikael hinüber.

»Ich habe natürlich auch meine Abenteuer«, sagte dieser jetzt. »Sonst könnte ich Dags Bisexualität nicht ertragen.«

Sie zögerte, wandte sich dann wieder an Dag. »Du hast mir heute Morgen auf dem Hinflug erzählt, dass du Kinder haben möchtest.«

Irgendwie passte das, was sie inzwischen über ihn wusste, für sie nicht so recht zu dem Bild eines konservativen Familienvaters.

»Das hat doch nichts mit meinen sexuellen Neigungen zu tun. Du wirst deinen zukünftigen Kindern ja wohl auch kaum erzählen, dass du es schon mal mit zwei Männern gleichzeitig getrieben hast, oder?«

Sie runzelte die Stirn. »Das weiß ich heute noch nicht«, antwortete sie dann sachlich. »Ich bin dafür, dass man mit allen Themen offen umgehen und den Kindern nichts vormachen sollte. Die Wirklichkeit hat so viele Facetten.« Sie lächelte und winkte ab. »Aber lassen wir das. Ich bin zu müde, um noch eine Diskussion über Erziehungsfragen zu führen.«

»Möchtest du schlafen gehen?« Mikael sah sie an. Erwartungsvoll, wie ihr schien. Wollte er noch mit Dag allein sein?

»Bald.« Sie schenkte ihm ein Lächeln, das ganz aus ihrem Herzen kam. Sie mochte ihn. Sie mochte beide. Sie konnte sich jedoch nicht vorstellen, mit einem Mann wie Dag liiert zu sein. Seine Bisexualität mochte auch der Grund dafür sein, warum er noch nicht geheiratet hatte. Wahrscheinlich gab es kaum eine Frau, die damit umgehen konnte, dass ihr Mann einen festen Freund hatte.

Und als Liebhaber?, fragte da eine Stimme in ihr vorsichtig an. *Kannst du ihn dir als Liebhaber vorstellen?*

Eher nicht, antwortete sie dieser. Seit sie wusste, dass Dag es auch mit Männern trieb, hatte er in ihren Augen an Männlichkeit verloren. Ja, er besaß eine feminine Seite, gestand sie sich jetzt ein. Sein tänzelnder Gang, sein Händchen für Blumen, bestimmte Gesten, die sie an ihm beobachtet hatte.

Noch während ihr diese Gedanken durch den Kopf gingen, klingelte ihr Handy. Irritiert schaute sie sich um.

»Bleib sitzen, ich hole es dir.« Mikael war aufgesprungen und reichte ihr das Gerät.

Cleo ruft an, verriet ihr das Display.

»Cleo?«

Als Antwort hörte sie nur Cleos heftiges Schluchzen. Es dauerte lange, bis ihre Freundin etwas sagen konnte. »Ich bin völlig fertig.«

»Wo bist du?«

»In Mora.«

»Du bist in Mora?«, wiederholte sie überflüssigerweise. Eine Ahnung stieg in ihr auf, doch bevor diese konkrete Gestalt annehmen konnte, fragte sie:

»Ist mit deinem Vater alles in Ordnung?«

»Dem geht es gut.« Sie konnte Cleo kaum verstehen, so sehr weinte sie. »Nigel. Es ist aus. Ich habe ihn rausgeworfen.«

Hatte sie es sich doch gedacht. Wahrscheinlich hatte Cleo von Nigels Fingerfertigkeiten erfahren.

»Wann kommst du zurück aus Are?«

Lena sah Dag an. Der verfolgte ihr Telefonat mit hochgezogenen Brauen und besorgtem Blick.

»Eigentlich wollten wir übermorgen zurückfliegen«, antwortete sie zögerlich. Dag beugte sich näher zu ihr.

»Ich kann dich morgen früh nach Mora fliegen«, flüsterte er ihr zu.

Jetzt lag sie hier im Bett und konnte kaum erwarten, dass der Morgen kam. Wie sich alles fügte im Leben, wunderte sie sich. Sie hätte sich nicht vorstellen können, zwei weitere Tage allein mit Dag und Mikael zu verleben, oder mit Dag allein. Sie hatte ihr Erlebnis gehabt, aber sie brauchte keine Wiederholung. Gruppensex war letztendlich nicht ihr Ding. Cleos Unglück bewahrte sie also davor, noch länger in Are bleiben zu müssen, ohne dass ihre Abreise Dag verletzt hätte.

Dag zog seine Maschine über den Areskutan hinweg in Richtung Süden. Die Hütte wurde immer kleiner, verschwand schließlich ganz aus Lenas Blickfeld. Dafür würden ihr die Erfahrungen, die sie in ihr gemacht hatte, immer gegenwärtig bleiben – Sex mit zwei Männern, die erste Erfahrung mit einem Vibroei, vielleicht der Beginn einer Freundschaft mit Dag und Mikael.

»Ich habe dir etwas eingepackt«, sagte Dag, nachdem sie ihre Flughöhe erreicht hatten und er den Autopiloten eingeschaltete. Er griff in eines der Fächer im Cockpit und legte ihr ein mit einer roten Schleife verziertes eiförmiges Päckchen in den Schoß. Sie machte große Augen.

»Nein, oder …?« Sie musste lachen.

Er zwinkerte ihr zu. »Ich hatte den Eindruck, dass es dir Spaß gemacht hat. Vielleicht möchtest du in Zukunft nicht mehr darauf verzichten.«

Das wollte sie tatsächlich nicht. Das kleine sanft rotierende Spielzeug hatte ihr höchste Wonnen geschenkt.

»Wow. Danke.«

»Ich stehe dir selbstverständlich weiterhin gern selbst zur Verfügung, falls du dich auf die Voraussetzung einlassen kannst«, fügte er mit ernstem Blick hinzu.

Sie kannte die Voraussetzung. Sie hieß *Mikael.*

»Du wärst für mich die Frau, die ich heiraten würde«, fuhr Dag ernst fort. »Du bist klug, wunderschön, du hast Stil. Du würdest dich bestens als die Frau an meiner Seite machen. Und du möchtest auch Kinder haben.«

Wie bitte? Sie atmete tief durch und sagte dann in sanftem Ton:

»Meine Güte, das … das ehrt mich. Ja, wirklich. Ich fühle mich geehrt, aber ich kann nicht. Ich bin nicht in dich verliebt.«

»Warum nicht?«, fragte Dag mit ehrlich erstauntem Jungengesicht.

Sie lächelte. »Weil zum Verlieben mehr gehört als guter Sex. Ich möchte kein *gut funktionierendes Arrangement eingehen*, wie Cleo es nennt. Ich möchte lieben und geliebt werden. Ich brauche eine Seelenverwandtschaft, wenn du verstehst, was ich meine.«

»Ich verstehe, was du meinst. Ich habe sie mit Mikael.«

»Ich bin aber nicht bisexuell. Sex mit Frauen ist nichts für mich. Am meisten machen mich kernige Typen an.«

»Und? Bist du einem solchen schon begegnet?« Dag schien ihre Absage auf sein Angebot recht locker zu nehmen. Er schaltete den Autopiloten aus und übernahm wieder selbst das Steuer.

»Ja, vor Kurzem«, antwortete sie.

»Und?«

»Nichts *und*. Er ist mit meiner Schwester verlobt. Die beiden werden Eltern.«

Dag hob die schwarzen Brauen, ohne sie anzusehen. »Habt ihr miteinander geschlafen?«

»Mit ihm hatte ich den besten Sex meines Lebens«, gestand sie ihm offen. »Wahrscheinlich weil mein Herz daran beteiligt war.«

»War sein Herz ebenfalls beteiligt?«

»Das hat er zumindest gesagt, aber lassen wir das. Wie gesagt, die beiden bekommen ein Kind.«

»Das bekommt Maja«, stellte Dag trocken fest.

»Ich nehme doch meiner Schwester nicht den Mann weg und dem Kind den Vater. Bitte, lassen wir das jetzt.« Sie räusperte sich, leckte sich über die Lippen und wechselte das Thema. »Was ich dich noch fragen wollte: Dein Haus in Are hat so viele Gästezimmer. Veranstaltest du dort auch Sexpartys?«

»Ab und zu, wenn genügend Interessenten da sind«, lautete Dags Antwort. »Ich fliege die Leute hin und anschließend wieder zurück nach Stockholm.«

»Ja, aber ...«

»Manche kommen auch mit dem Auto. Die Clubabende gleichen ungefähr der Szene in dem Film, den du dir angeschaut hast.«

»Moment mal, der lief schon, als ich reinkam«, stellte sie klar.

Dag lächelte. »Stimmt. Das war meine Idee. Ich hab mir schon gedacht, dass dich so etwas antörnen würde.«

Sie lächelte zurück. »Gar nicht ungeschickt.« Dann wurde sie wieder ernst. »Nimmst du an diesen Clubabenden auch selber teil?«

»Nein, ich übernachte dann im Hotel. An diesen Wochenenden sind zwei meiner Leute aus Stockholm vor Ort, die sich um das Catering kümmern und darum, dass nichts aus dem Ruder läuft, außerdem noch ein Hausmeisterehepaar. Wir sind gleich da«, sprach er weiter, drückte auf einen Knopf und gab dem Hangar in Mora die Flugkoordinaten durch. Kurz darauf bekamen sie ihre Landeerlaubnis.

»Sehen wir uns wieder?«, erkundigte sich Dag und sah sie forschend von der Seite an.

Sie zögerte.

»Das ist nur eine Frage.«

»Aber ich kann sie noch nicht beantworten«, gestand sie ihm. »Das waren so viele Eindrücke in so wenigen Stunden – das muss ich erst einmal verarbeiten.«

»Wir könnten Freunde werden, falls du etwas anderes nicht willst.«

Da nahm sie seine Hand und schmiegte ihre Wange in sie. »Das ist zumindest schon einmal eine wunderbare Idee. Eine Freundschaft mit dir und Mikael würde mir gut gefallen.«

Lena fuhr vom Hangar, der wenige Kilometer vor Mora lag, mit einem Taxi zum Gustafson-Hotel am Siljansee. Auf der Fahrt rief sie Cleo an.

»Wie geht es dir heute Morgen?«, erkundigte sie sich.

»Schlecht.« Cleos ohnehin dunkle Stimme klang wie aus einem Grab. »Wo bist du?«

»Auf dem Weg zu dir.«

Da begann ihre Freundin zu schluchzen. »Echt? Du kommst wirklich?«

»Echt. Der Taxifahrer sagt, dass ich in wenigen Minuten bei dir ankomme.«

Cleo, die einen Hang zum Drama hatte, war an diesem Morgen in tiefes Schwarz gehüllt. Sie kam Lena auf der Hoteltreppe entgegengelaufen und drückte sie so fest an sich, dass diese kaum mehr atmen konnte.

»Dass du hergekommen bist, werde ich dir niemals vergessen«, versprach sie Lena unter Tränen. »Komm, wir gehen in mein Apartment. So verheult kann ich mich vor den Gästen nicht sehen lassen.«

Da saßen die beiden nun vor der langen Fensterfront mit Blick auf den Siljan, in dessen Wasser sich weiße Wattewolken spiegelten. Die Sonnenstrahlen, die immer wieder durch diese durchblitzten, ließen die Wasseroberfläche funkeln. Es war ein Anblick, der eigentlich die Stimmung erhellen musste, aber die beiden Freundinnen waren in düsteres Schweigen verfallen.

Inzwischen wusste Lena Bescheid. Ein weiblicher Gast hatte sich bei Cleo darüber beschwert, dass der Masseur sie unsittlich berührt hätte, jedoch erst nachdem diese Frau Nigel zu sich aufs Zimmer eingeladen und er diese Einladung abgelehnt hatte. Weibliche Rache also. Cleo hatte Nigel zur Rede gestellt und dieser hatte sein unziemliches Verhalten gestanden. Daraufhin hatte Cleo ihn gefeuert. Nigel war dabei ganz ruhig geblieben. Sie wäre sowieso nicht sein Frauentyp gewesen, so Cleo unter Tränen.

»Vielleicht war ich zu voreilig«, sagte Cleo jetzt in das Schweigen hinein. »Vielleicht hat diese Frau auch alles nur erfunden.«

»Nigel hat den Vorwurf doch bestätigt«, entgegnete Lena erstaunt.

»Ja, hat er, aber vielleicht nur aus Trotz, aus Wut auf mich, weil ich ihn so hart angegangen bin. Ich kann mir einfach nicht vorstellen, dass er zu so etwas fähig sein soll. Er ist ausgebildeter Masseur und nimmt seinen Beruf ernst.«

»Er ist ein Mann«, wandte Lena zaghaft ein. »Ein sehr körperbetonter.«

Cleo sah sie an. »Wie meinst du das?«

Lena schluckte. »Na ja, ich meine, er strahlt so etwas aus. Ich habe ihn von der ersten Minute an nicht als besonders brav eingeschätzt.«

»Wie *brav?*«

Oh Mann! Was sollte sie jetzt sagen? Lenas Hirn arbeitete auf Hochtouren. Die Wahrheit? Wie viel an Wahrheit konnte sie Cleo zumuten? Da Nigel die Kündigung bereits in der Tasche und seine Sachen gestern aus dem Massageraum abgeholt hatte, würde sie ihm nicht mehr schaden können, Cleo jedoch vielleicht helfen. Die Wahrheit war zwar brutal, aber sich in irrige Hoffnungen zu verlaufen, die sich dann doch zerschlugen, wäre letztendlich noch schmerzhafter,

»Hat Nigel etwa auch dich …« Cleo hielt inne und sah sie entsetzt an. »Nee, oder?«

»Ja.«

»Er hat dich befriedigt?«

Lena spürte Hitze in ihren Kopf steigen. »Ja, aber da hattest du ja noch nichts mit ihm«, schickte sie gleich hinterher.

Ihre Freundin griff sich an die Stirn, schüttelte mehrmals den Kopf. »Warum hast du mir das nicht erzählt?«

»Ich wollte Nigel nicht schaden. Ich wusste, dass du ihn wahrscheinlich noch am gleichen Wochenende rauswerfen würdest.«

Cleos blaue Augen wurden groß. »Ich fasse es nicht. Dann stimmt es wirklich?«

Sie nickte. »Du hast alles richtig gemacht. Ich weiß, dass es nicht leicht ist, aber vergiss ihn. Es lohnt sich nicht, um ihn zu weinen.«

Prompt schluchzte Cleo wieder heftig auf. »Ich bin eine Idiotin. Wie konnte ich nur mit solchen Scheuklappen an diesen Typen rangehen? Ich fand ihn nur so sexy, so unglaublich, überwältigend sexy. Und ich dachte, wir ticken gleich. Seelenverwandt, du weißt schon ... So ein Blödsinn, seelenverwandt. Als wenn es das zwischen Frau und Mann geben könnte. Nigel hat sich immer so zurückhaltend gegeben, ganz anders als die Kerle, die ich sonst kenne. So wohlerzogen, er hatte Achtung vor mir, er tat zumindest so, gab sich ehrgeizig, hatte große berufliche Pläne. Er hätte so, wie er sich mir darstellte, gut in unser Hotel hier gepasst, als Mann an meiner Seite. Und während er mir diese Schau vorspielt, fummelt er an anderen Frauen herum. Was gibt ihm das? Kannst du mir das sagen? Hast du mit ihm darüber gesprochen?«

»Er sagte nur, dass er das bei manchen Kundinnen macht, die ihm als besonders hungrig erscheinen. Wahrscheinlich hat er eine Macke, wie so viele.«

»Mistkerl.« Jetzt sprühten Cleos Augen Funken. »Wieder ein Mistkerl mehr auf der Liste. Gibt es eigentlich noch Männer ohne Macke?«

»Gibt es denn Frauen ohne?«

»Ach, ich weiß nicht. Wahrscheinlich nicht, nur dass ich mit den männlichen Macken schlechter umgehen kann. Was habe ich nicht schon alles gehabt? Ehemänner, die im Bett mal was Peppigeres erleben wollen als mit ihrer Frau, sich aber niemals von dieser trennen würden; Singles, die sich in einer Nacht vielfach durch die Betten vögeln und es ablehnen, ein Kondom überzuziehen, weil es ihre Empfindungsfähigkeit einschränkt; Typen, die keinen hochkriegen, Muttersöhnchen und jetzt zu allem Überfluss noch ein Frauenverwöhner. Weißt du was? Ich habe die Nase voll. Gibt es denn gar keinen normalen Mann mehr auf dieser Welt?«

»Ich weiß es nicht.« Lena hob die Schultern.

Ihre Freundin hielt inne. »Wie ist es eigentlich mit Dag gelaufen?«

Lena zögerte. »Dag ist bi. Ich hatte gestern Abend meinen ersten Dreier, mit Dag und seinem langjährigen Freund.«

Das verschlug Cleo die Sprache. »Habe ich richtig gehört? Dag ist bisexuell?«

Lena nickte. Dann fing ihre Freundin an zu lachen. Sie lachte Tränen. Nachdem sie sich beruhigt hatte, sah sie sie an. »Und? Wie war es?«

Da musste auch Lena lachen. So war Cleo. Weinen und Lachen lagen bei ihr nahe beieinander und letztendlich siegte immer ihre fröhliche Seite. Es würde bestimmt nicht mehr lange dauern, dann würde sie fragen: *Nigel? Wer ist Nigel?*

Am nächsten Tag fuhr Lena mit Cleo zurück nach Norrtälje. Dag hatte ihr angeboten, ihren Wagen, der noch in seiner Tiefgarage in Stockholm stand, von einem seiner Angestellten zu ihr nach Hause bringen zu lassen. *Den Schlüssel wirft er dann in deinen Briefkasten.* Dag …, dachte Lena mit versonnenem Lächeln, während sie und Cleo schweigend in Richtung Süden fuhren. Vielleicht hatte sie in den beiden wirklich neue Freunde gefunden. Wie hatte Dag an dem Abend gesagt, als sie in dem kleinen Restaurant in der Gamla Stan saßen? *Manchmal eröffnet sich einem das Schöne erst auf den zweiten Blick.*

»Sag mal, hast du noch mal was von Torben gehört?«, unterbrach Cleo ihre Gedanken.

Sie zuckte unter dieser unerwarteten Frage zusammen. »Nein.«

»Auch so ein Mistkerl.«

Lars ist total happy. Er wollte ja immer Kinder, hörte sie da wieder die Stimme ihrer Schwester am Telefon.

»Stimmt.« Sie nickte. Torbens Liebesworte waren nur Schall und Rauch gewesen.

»Was machen wir jetzt?« Cleo warf ihr einen Blick von der Seite zu.

»Wie meinst du das?«

»Ich meine, ein Leben so ganz ohne …«

»Was mich angeht, ich werde auf schnellstem Weg mein Studium beenden und dann erst einmal eine Zeit lang als Reiseleiterin arbeiten«, erwiderte Lena entschlossen. »Keine Stadtführungen, keine Schlossbesichtungen, sondern als Reisebegleitung auf längeren Reisen. Der Vater eines Kommilitonen besitzt ein Reisebüro. Der kann mich auf Expeditionen zum Nordkap vermitteln.«

Cleo fuhr langsamer. »Wann hast du dir das denn ausgedacht?«

»Vorletzte Nacht in Are, als ich nicht schlafen konnte. Das Angebot dieses Reisebüros besteht schon länger, und mein Kommilitone hat erst kürzlich noch einmal nachgefragt. Da war ich aber noch nicht so weit. Vielleicht lege ich auch ein oder zwei Urlaubssemester ein und mache den Job jetzt schon. Mal sehen.«

»Du gehst also weg?« Cleo hatte inzwischen am Straßenrand angehalten. Ihr fielen die Kornblumenaugen fast aus dem Kopf.

»Ich gehe nicht grundsätzlich weg. Ich brauche jetzt nur etwas Ablenkung, etwas Neues, was mich fasziniert. Mal etwas anderes machen. Ich kann mir nicht vorstellen, mich in Kürze in eine neue Affäre zu stürzen. So interessant sind die Männer nun auch wieder nicht. Diesen oberflächlichen Sex will ich nicht mehr. Sorry, aber so ist es nun einmal. Außerdem sind die Reiseleitungen ja zeitlich begrenzt. Zwischendurch werde ich immer wieder ein paar Tage in Norrtälje sein. Wir gehen einander also nicht verloren, falls du davor Angst haben solltest.«

Ihre Freundin fuhr weiter und schwieg. Nach langer Zeit sagte sie schließlich:

»Du hast völlig recht. Mach das. Vielleicht nehme ich mir auch eine Auszeit.«

»Du?« Sie sah Cleo verblüfft von der Seite an.

»Ja, warum nicht? Eine Zeit des Nachdenkens, der Läuterung.«

»Und wo willst du die verbringen?«

»Im Kloster vielleicht?« Cleo zwinkerte ihr verschmitzt zu. »Zwei Wochen oder drei, warum nicht? Und danach komme ich runderneuert zurück.«

Lena musste lachen. »Das möchte ich erleben.«

»Wer weiß«, erwiderte ihre Freundin mit sybillinischem Lächeln.

Als die beiden vor Lenas Häuschen ankamen, wartete dort schon ihr Auto auf sie.

»Dag ist wirklich ein Schatz«, sagte Lena in warmherzigem Ton. Sie sah Cleo an. »Trinken wir noch einen Kaffee?«

»Sei nicht böse, aber ich habe keine Ruhe mehr. Ich muss ins Hotel, um nach dem Rechten zu schauen.«

»Und du willst ins Kloster?« Lena lachte.

Cleo stimmte fröhlich ein. »War nur so eine Idee. Vielleicht werde ich auch lesbisch.«

Als Lena mit einem Becher Kaffee auf ihrer Veranda saß, atmete sie mehrmals tief durch. Sie war froh, wieder allein zu sein in der ihr vertrauten Umgebung. Das, was sie in kürzester Zeit erlebt hatte, war zu viel und zu vielfältig gewesen. Sie fühlte sich, als wäre sie nach einem Marathon endlich nach

Hause gekommen. Ruhe finden, um mit neuer Kraft wieder durchstarten zu können, das war jetzt ihr oberstes Gebot. Zurzeit hatte sie das Gefühl, sich selbst zu verlieren. Nach einer langen Phase sexueller Enthaltsamkeit hatte sie eine Hundertachtziggradwendung gemacht. Torben, Nigel, Dag, Dag und Mikael … Es reichte. Wenn das Leben nur diese beiden Extreme im Angebot hatte, dann … *Tja, was dann?*, fragte sie sich, während ihr Blick hinaus aufs Meer schweifte. Es ließ sich nichts erzwingen. Das wusste sie inzwischen. Sie jedoch brauchte sich auch zu nichts zwingen. Nur weil sie bald dreißig wurde, musste sie jetzt keine Sexmanie entwickeln aus Angst davor, bald zu unattraktiv dafür zu sein. Bleib gelassen, sagte sie sich und erinnerte sich auf einmal an einen Spruch, den sie von ihrer Mutter gehört hatte. *Keinem ist es möglich, dem Schicksal den Einlass in seine Tür zu verwehren. Es muss sich erfüllen, was den Menschen bestimmt ist.*

Also, schalt mehrere Gänge zurück und übe dich in Gelassenheit, riet sie sich.

Ihre lebensphilosophischen Gedanken wurden durch ein Geräusch unterbrochen. Kam da ein Auto auf ihr Haus zugefahren?

Sie stand auf und ging durchs Wohnzimmer auf die Haustür zu. Als sie diese öffnete, hielt gerade ein Taxi an. Ihm entstieg eine Frau mit kurzem Bob und schwarzer Sonnenbrille. Erst als die Fremde die Brille abnahm, erkannte Lena ihre Schwester. Ein Stich fuhr ihr ins Herz. Sie vergaß zu atmen. Was wollte Maja bei ihr?

Als der Taxifahrer eine große Reisetasche aus dem Kofferraum nahm, ahnte sie die Antwort auf ihre Frage. Maja schien vorzuhaben, ein paar Tage zu bleiben. Warum sonst das Gepäck?

Keiner Regung fähig, blieb sie in der Tür stehen und wartete, bis ihre Schwester den Fahrer entlohnt hatte. Dann kam Maja auf sie zu. Von Nahem erkannte Lena, wie schlecht sie aussah. Noch zierlicher, schon fast zerbrechlich, blieb sie vor ihr stehen.

»Bist du überrascht?« Die großen dunklen Augen sahen sie unsicher an.

Wo war Majas Forschheit, ihr Selbstbewusstsein geblieben?

»Ich müsste lügen, wenn ich sagen würde, dass ich heute mit dir gerechnet hätte«, antwortete sie mit belegter Stimme.

Der Anflug eines müden Lächelns ging über das bleiche Gesicht. »Darf ich reinkommen?«

»Natürlich.« Sie nahm Maja die riesige Reisetasche aus der Hand, unter deren Gewicht diese zusammenzubrechen schien.

Ihre Schwester ging ins Wohnzimmer, sah sich um und sah schließlich sie an. »Hier oder lieber draußen?«

»Draußen.« Sie brauchte unbedingt frische Luft. Ihr war übel. Warum war Maja hier?

»Kaffee? Oder lieber Wasser?«

»Wasser bitte.«

Der Gang in die Küche bot ihr Aufschub vor dem, was jetzt auf sie zukam. Was es auch sein mochte, es konnte nichts Gutes sein.

»Du hast dir die Haare schneiden lassen«, sagte Lena, als sie die Wasserflasche und die beiden Gläser auf den Terrassentisch stellte.

»Es ist Zeit für eine Veränderung«, erwiderte Maja tonlos, den Blick auf die See gerichtet.

Lag das Bedürfnis nach Veränderung etwa überall in der Luft? War es ein Virus, das immer mehr Leute befiel?

Lena räusperte sich. »Wie geht es dir? Ich meine, was macht …« Sie zwang sich, das Wort klar und deutlich auszusprechen »Deine Schwangerschaft?«

Maja trank einen Schluck. »Alles in Ordnung.« Sie lächelte, warmherzig und weich.

Sie freut sich auf das Kind, schoss es Lena durch den Kopf.

Beide schwiegen. Schließlich hielt sie das Schweigen nicht mehr länger aus und sagte:

»Darf ich fragen, warum du gekommen bist?«

»Kann ich ein paar Tage bleiben?«

Sie zögerte. »Ja, natürlich. Es ist auch dein Haus«, fügte sie steif hinzu.

»Ich würde gern mit dir reden. Ich muss dir etwas erzählen und dich etwas fragen.«

Lena räusperte sich. Hatte Torben seiner Verlobten etwa alles gebeichtet, um sich, bevor er Vater wurde, seine schwarze Seele rein zu reden, und Maja wollte jetzt …? *Was mochte sie wollen?*, fragte sie sich erneut mit hämmerndem Herzen. Nun gut, sie würde zu ihrem Fehltritt stehen. Wenn ihre Schwester Torben so oft allein ließ, musste sie damit rechnen, dass er auf Abwege geriet. Schließlich hatte sie anfangs gar nicht gewusst, wer Torben Svensson war. Und inzwischen erst recht nicht mehr.

»Ich war gemein«, hörte sie Maja in ihre Gedanken sagen.

Das war nichts Neues.

»Gemein? In welcher Hinsicht?«

Mit beiden Händen griff sich Maja in den lockigen Bob, senkte den Kopf, holte tief Luft und fuhr dann fort:

»Es ist alles so kompliziert, so verschachtelt. Ich weiß gar nicht, wo ich anfangen soll.«

Lenas Handflächen fühlten sich inzwischen klamm an. Ihr Herzschlag hatte den regelmäßigen Takt verloren. Angst stieg in ihr auf. Was jetzt?

Dann setzte sie sich aufrecht in den Korbsessel. Mit durchgedrücktem Rücken forderte sie ihre Schwester energisch auf:

»Fang einfach irgendwo an. Wir werden die Geschichte schon zusammenbekommen.«

Maja nippte an ihrem Wasser, legte die schmalen Hände ineinander und sah sie bedeutsam an.

»Also, erstens: Torben ...«

»Torben?«, unterbrach Lena sie erstaunt.

Ihre Schwester lachte freudlos auf. »Es war total bescheuert von mir, ihn *Lars* nennen. Also, Torben und ich haben uns getrennt. Das heißt, er hat sich von mir getrennt, nachdem ich aus New York zurückgekommen bin. Am nächsten Tag ist er ausgezogen und auf seine Insel gefahren, wo er immer noch ist. Wir telefonieren noch miteinander. Zweitens: Mein Baby ist nicht von Torben, sondern von Filip. Filip und ...«

»Moment mal«, unterbrach Lena ihre Schwester. Sie starrte sie an, konnte nicht glauben, was sie gerade gehört hatte. »Von Filip Sörensen?«

Maja nickte. »Seit ein paar Jahren haben wir wieder Kontakt. Zuerst nur wenig, vielleicht zweimal im Jahr, dann häufiger und in letzter Zeit recht intensiv.«

Lena blinzelte verwirrt. »Aber warum hast du dich dann mit Torben verlobt?«

»Das war ein Fehler. Zuerst dachte ich, ich hätte mich in ihn verliebt, aber da war immer noch Filip. Ich konnte nichts daran ändern. Ich habe gehofft, Filip mit dieser Verlobung aus der Reserve locken, ihm Verlustangst machen zu können, weil er keine feste Bindung haben will. Meine Taktik hat nicht funktioniert.« Maja senkte den Kopf, ihre Lippen zuckten. Sie war den Tränen nah.

Lena griff sich an die Stirn. In ihrem Kopf herrschte ein einziges Chaos. »Warst du wegen Filip mehrmals in der letzten Zeit in Stockholm?«

»Ja. Als ich dich vor ein paar Wochen nachmittags kurz

besucht habe, war ich abends mit ihm verabredet, nicht mit einem Kunden, wie ich dir vorgelogen habe. Danach war ich noch einige Male in der Stadt, um eine Nacht mit ihm zu verbringen. Und nach New York sind wir auch zusammen gefahren. All das ...« Sie senkte wieder den Kopf und schluchzte leise. »All das hat aber nichts daran geändert, dass Filip keine feste Beziehung will. Das Baby will er auch nicht.« Jetzt begann sie hemmungslos zu weinen. Ihre schmalen Schultern zuckten. Sie sah aus wie eine gebrochene Frau.

Lena stand auf, kniete sich neben sie und nahm Majas Hände in ihre. Sie wusste, wie tief Filips Haltung ihre Schwester traf. Und sie konnte Maja verstehen. Filip Sörensen, so ein mieser Kerl!

Sie schwiegen, bis sich Maja wieder beruhigt hatte. Lena setzte sich in ihren Sessel zurück und fragte:

»Weiß Torben, dass das Kind nicht von ihm ist?«

»Seit gestern.«

»Seit gestern?«, fragte sie verständnislos.

»Ich weiß«, flüsterte ihre Schwester, während sie sich mit dem Handrücken die Tränen wegwischte. »Ich sagte ja schon, ich war gemein. Torben gegenüber und auch dir gegenüber.«

Mir gegenüber?, fragte sich Lena verwirrt.

»Auf dem Rückflug von New York hat mir Filip klipp und klar gesagt, dass er das Kind nicht will. Er fühle sich zu alt, um ein Kind großzuziehen, er wäre kein Vatertyp und so weiter und so weiter. Ich war entsetzt, völlig verzweifelt, obwohl ich schon in den USA gemerkt habe, dass Filip sich mit meiner Schwangerschaft schwertat. Aber niemals hätte ich damit gerechnet, dass er so kompromisslos sein würde. Was blieb mir anderes übrig? Zu diesem Zeitpunkt konnte ich mir noch nicht vorstellen, das Baby allein großzuziehen. Also sagte ich Torben nach meiner Rückkehr, es wäre von ihm. Er ist einer der wenigen Menschen, die ich kenne, die Verantwortungsbewusstsein besitzen. Darauf hatte ich natürlich gehofft, obwohl ich wusste, dass ihr beide eine Affäre hattet. Deshalb ...«

»Wie bitte?« Lena war, als hätte sie gerade eine Ohrfeige bekommen.

»Ja, ich wusste von dir und Torben, und es war mir ziemlich egal. Ich liebte doch Filip, und du als meine Nachfolgerin bei Torben warst mir immerhin noch angenehmer als eine völlig Fremde.«

»Seit wann und von wem ...?« Fassungslos sah sie ihre Schwester an.

»Filip hat euch gesehen. Im Gewitter auf der Veranda in sehr aussagekräftiger Stellung. Er kennt Torben von Fotos. Filip war joggen, wurde vom Unwetter überrascht und hatte sich bei dir unterstellen wollen. Ihr hattet euch ja kurz vorher wiedergesehen.«

»An dem Tag, als du mir zum zweiten Mal das Foto von Torben geschickt hast«, flüsterte Lena mit heiserer Stimme.

Maja nickte. »Danach bin ich nach New York geflogen, wo Filip mir von euch erzählt hat.« Sie hielt einen Moment inne. »Nachdem feststand, dass Filip sein Kind nicht will, und ich Torben erzählt habe, es sei von ihm, hat Torben mir im gleichen Zug eröffnet, er wollte sich von mir trennen. Natürlich kannte ich den Grund. Du warst der Grund, obwohl er mir nichts von dir gesagt hat. Ich konnte ihn nicht umstimmen, die Beziehung mit mir weiterzuführen. Er war jedoch so anständig, sich zu dem Baby zu bekennen, obwohl ich gespürt habe, dass er seine Vaterschaft insgeheim angezweifelt hat. Torben ist am nächsten Morgen ausgezogen, und ich habe dich angerufen und dich angelogen, als ich sagte, er wäre total happy über das Kind. Ich kenne dich ja und wusste, dass du in Anbetracht dieser neuen Situation dein Verhältnis zu ihm sofort beenden würdest. Ich war mir sicher, dass du einem Kind niemals den Vater nehmen würdest.« Maja leckte sich über die Lippen und sah ihr in die Augen. »Kannst mir verzeihen?«

Lena lachte hart und kurz auf. »Dass du mir vorgelogen hast, Torben würde sich so sehr über das Kind freuen oder dass du damit unsere Beziehung beendet hast?«

»Beides.«

Sie atmete tief durch und hob die Schultern. Was blieb ihr schon anderes übrig? Sie hatte schließlich nur eine Schwester. »Ja, ich verzeihe dir.«

»Ich dachte, wenn du mit Torben Schluss machen würdest, käme er zu mir zurück. Das ist er aber nicht. Bis heute nicht. Und inzwischen will ich es auch nicht mehr. Ich habe viel nachgedacht. Es musste alles so kommen. Ich weiß jetzt, dass ich mein Kind alleine großziehen will und kann. Das machen andere Frauen auch, die finanziell weit weniger dazu in der Lage sind als ich. Ich werde meinem Baby all meine Liebe geben. Ich liebe es jetzt schon, und der Gedanke, es abzutreiben, war nicht einmal für eine Sekunde in meinem Kopf. Ich werde nach der Babypause wieder arbeiten, eine Tagesmutter anstellen und mich berufsmäßig besser organisieren. Und Filip will ich nicht mehr wiedersehen. Er ist für mich erledigt. Seine Haltung werde ich ihm nie verzeihen können. Ich will auch keine Alimente von ihm. Ich will nichts mehr von ihm. Es sei denn, er würde seine Einstellung ändern und sich zu uns, zu unserem Kind und auch zu mir, offen bekennen. Eher jedoch würde wahrscheinlich der Nordpol in diesem Jahr noch schmelzen.«

Staunend hatte Lena ihrer Schwester zugehört. So ruhig und besonnen hatte sie sie noch nie sprechen hören. Majas Hände hatten dabei still im Schoß gelegen. Maja hatte tatsächlich eine Wandlung durchgemacht.

»Jetzt weißt du alles«, sprach ihre Schwester weiter. »Und jetzt möchte ich etwas von dir wissen. Warum hast du mit Torben keinen Kontakt mehr? Er ist jetzt frei.«

Erstaunt erwiderte Lena Majas eindringlichen Blick. »Hat er dir das nicht erzählt?«

»Nein. Als ich ihm sagte, dass ich von euch wüsste, hat er nur gemeint, es wäre aus und er wolle nicht darüber reden.«

Wie tief musste sie ihn verletzt haben, wurde Lena da zum ersten Mal richtig bewusst. Durch ihren eigenen Schmerz hatte sie ihr Verhalten ihm gegenüber gar nicht richtig ermessen können. Sie biss sich auf die Lippe und sagte:

»Ich habe auch jemanden angelogen. Ich habe Torben belogen, als er mich angerufen hat. Am gleichen Tag wie du. Ich ging davon aus, dass er mir sagen wollte, bei dir und dem Baby bleiben zu wollen. Ich wusste ja von dir, dass er angeblich so glücklich war. Da habe ich ihm das Wort abgeschnitten mit der Lüge, ich hätte mich für einen anderen Mann entschieden und wollte ihn nie mehr sehen. Ich bat ihn, sich von mir fernzuhalten. Tja, und das war es dann.« Mit beiden Händen strich sie sich das Haar zurück und schloss die Augen. In ihrem Kopf herrschte das gleiche Chaos wie in ihrem Herzen. Wie viel Kraft hatte es sie gekostet, Torben zu vergessen, weil er unerreichbar für sie war. Und jetzt erfuhr sie, dass er frei war – und das Kind nicht von ihm. Eine Situation wie in einer griechischen Tragödie. Und jetzt?

»Und jetzt?« War das gerade Majas Stimme gewesen?

Sie öffnete die Lider und blickte in die tiefbraunen Augen ihrer Schwester, die sie mitfühlend ansahen.

»Und jetzt?«, wiederholte sie leise und hob die Schultern. »Ich weiß es nicht.« Sie zögerte, dann sah sie Maja genauso durchdringend an. »Hast du Torben inzwischen gesagt, dass du mir die Story vom glücklichen Vater erzählt hast?«

Ihre Schwester senkte den Kopf. »Nein, aber ich werde es sofort tun. Das bin ich euch schuldig«, fügte sie hastig hinzu.

»Nein, lass es«, erwiderte Lena energisch. »Bitte, lass es. Das will ich nicht.«

Maja hob mit schuldbewusster Miene beide Hände. »Okay, okay, ist ja schon gut.«

Wenn, dann mache ich das selbst, sagte sich Lena im Stillen.

»Liebst du Torben?« Jetzt traf sie Majas durchdringender Blick.

»Ich habe sehr daran gearbeitet, das nicht mehr zu tun.«

»Das mag sein, aber so einfach geht das nicht. Das weiß ich aus eigener Erfahrung. Obwohl Filip mir so wehgetan hat, würde ich, wenn er auf mich zukommen und mich um Verzeihung bitten würde ...« Ihre Stimme brach. Energisch schnitt sie mit der Hand durch die Luft. »Ach, lassen wir das. Zurück zu Torben und dir. Torben hat dich nicht verletzt. Aber du ihn, was sich vielleicht wieder aus der Welt schaffen lässt. Du hattest deine Gründe, deinen Stolz, nachdem ich dir kurz vorher diese Lüge aufgetischt habe. Ich kann mir vorstellen, dass er dir verzeihen wird. Er sitzt jetzt schon seit einiger Zeit auf seiner Insel und verschanzt sich hinter seiner Arbeit.« Maja stand auf, legte den Arm um sie und schmiegte ihre Wange an ihre. »Wäre es nicht schön, wenn wenigstens eine von uns beiden so richtig glücklich sein könnte?«

Lena schwieg – und erwiderte die innige Umarmung ihrer Schwester. Dabei lächelte sie versonnen in sich hinein. Wie hatte ihre Mutter gesagt? *Blut war also doch dicker als Wasser.*

Eine Weile hielten die beiden sich umschlungen. Dann schob Lena ihre Schwester behutsam von sich und stand auf. Sie überlegte. Schließlich sagte sie:

»Kann ich dich eine Weile allein lassen?«

»Willst du zu Torben fahren?«

Sie seufzte. »Ich weiß noch nicht. Ich brauche ein bisschen Ruhe, um nachzudenken.«

»Dein Felsen?« Ihre Schwester lächelte sie wissend an.

Sie lächelte zurück. »Zuerst zum Felsen und dann mal sehen.«

»Kommst du damit wirklich klar?«, rief der Kapitän der *Matti* Lena zu, während er sie in dem Beiboot seines Ausflugschiffes zu Wasser ließ.

Die anderen Fahrgäste standen an der Reling und verfolgten neugierig die Aktion. Dass sich Lena auf der *Matti* befand, hatte sie Cleo zu verdanken, die wieder einmal ihr Organisationstalent unter Beweis gestellt hatte.

»Natürlich«, beruhigte Lena den Kapitän. »Wir hatten selbst jahrelang ein Boot. Mein Vater hat mir das Fahren beigebracht.«

Die *Matti* war an diesem Tag auf ihrer letzten Fahrt durch den *Äußeren Schärengarten* unterwegs. Die Sonne war schon lange untergegangen, der Himmel mit einem Hauch von Kupfer überzogen, und über der Ostsee lag ein sanftes Glühen. Im matten Zwielicht der anbrechenden Nacht wirkten die Inseln wie verzaubert.

»Ich rufe dich an und sage dir Bescheid, ob du mich auf der Rückfahrt wieder einsammeln sollst!«, rief Lena zur *Matti* hoch, bevor sie den Motor startete.

Als Antwort tippte sich der Kapitän an seine Mütze und ging zurück ins Steuerhaus.

Sie nahm Kurs auf Torbens Schäre. Geschickt steuerte sie das Schlauchboot auf den schmalen Wasserwegen zwischen den kleinen Inseln hindurch. Es hinterließ eine Schneise aus weißer Gischt auf der spiegelglatten Ostsee. Nach einer lang gezogenen Kurve verlangsamte sie ihre Fahrt im gleichen Maße wie sich ihr Herzschlag beschleunigte. Da sah sie auch schon Torbens Schäre vor sich liegen. Er war zu Hause. Die *Louisa* lag am Steg, als würde sie auf sie warten. Langsam fuhr sie auf den hölzernen Steg zu, der von einem Podest aus ins Wasser ragte. Einige Meter vor ihm schaltete sie den Motor aus und blickte hoch zu der Klippe, auf der Torbens Haus stand. Auf dem Terrassentisch stand eine brennende Kerze, aber von Torben war keine Spur zu sehen. Er musste das Boot doch gehört haben, dachte sie mit zunehmender Beklemmung. Wie viel einfacher wäre es für sie, wenn er jetzt auf die Veranda treten würde. Seiner Reaktion würde sie schon ansehen können, ob sie das Boot vertäuen oder lieber wenden sollte.

»Lena!«

Sie zuckte zusammen, als Torbens Ruf an ihr Ohr drang, und blickte in die Richtung, aus der er gekommen war – zu dem kurzen grünen Uferstreifen zwischen den Felsen hinüber. Dort stand er, in Jeans und mit nacktem Oberkörper. In diesem Moment wusste sie, dass all ihre Bemühungen, ihn zu vergessen, umsonst gewesen waren. Ja, sie liebte diesen Mann.

Nach einem langen Arbeitstag saß Torben am Wasser, schaute aufs Meer hinaus und wünschte sich, dass die kleinen Wellen, die hier auf dem schmalen Sandstreifen ausliefen, all seine Gefühle einfach mit sich nehmen würden. Wie viel leichter lebte es sich doch, wenn man sie nicht besaß. Auf den Verstand war Verlass, aufs Herz weniger.

Das Licht wurde inzwischen weicher, wie Samt lag es über der Inselwelt. Die Luft war klar und rein. Er verfolgte den Weg eines der beleuchteten Ausflugsschiffe in der Ferne, dort wo die Wasserstraßen des Schärengartens breiter waren. Die Dampfer waren im Mittsommer auch noch am späten Abend unterwegs. Seit Tagen war er nicht mehr in Stockholm unter Menschen gewesen. Inzwischen kam er sich vor wie ein Einsiedler. Nein, er war nicht unglücklich, aber auch nicht glücklich. Mit seinem Buch kam er gut voran, mit der Verarbeitung der Verletzung, die Lena ihm zugefügt hatte, weniger gut. Okay, er hatte sich in ihr getäuscht. Irgendwann würde er diese Enttäuschung überwinden. Er wusste jedoch, dass dies nicht so schnell gehen würde, wie er es sich wünschte. Seine Gefühle wollten seinem Verstand nicht gehorchen. Aber waren Enttäuschungen im Leben nicht dafür da, um Erfahrungen zu sammeln, um den gleichen Fehler nicht noch einmal zu machen, um zukünftig klarer zu sehen? Ja, die Liebe war eben doch nur ein Traum, einer der ältesten seit Menschengedenken. Vielleicht gehörte zu der *großen Liebe* das Leid, ihr Ende, das schon in ihrem Anfang steckte. Vielleicht würde er, wenn ihn im hohen Alter jemand nach seiner großen Liebe fragen würde, sagen, dass sie Lena geheißen hatte – weil er diese Liebe nie wirklich gelebt hatte.

Gedankenverloren ließ er eine Hand voll Sand durch die Finger rinnen. Irgendwann hörte er das leise Tuckern eines Motors. Noch konnte er nichts erkennen. Das Geräusch war noch ganz weit entfernt, wurde schwächer, schwoll wieder an. Da löste sich aus dem Zwielicht, das über der Ostsee lag, ein kleines Boot. Von ihm schien das tuckernde Geräusch zu kommen.

Er stützte das Kinn auf die Hand. Neugierig folgte er dem Boot mit seinem Blick. Ein kleines Fischerboot vielleicht? Nein, eher ein Beiboot. Es schlängelte sich zwischen den kleinen Inseln hindurch, war mal verschwunden, dann war es wieder zu sehen. Ganz offensichtlich näherte es sich seiner Schäre.

Er stand auf. Später konnte er nicht mehr genau sagen, was

der Auslöser gewesen war. Urplötzlich begann sein Herz wie rasend zu schlagen. Er legte die Hand über die Augen, hielt den Atem an.

Das lange glatte Haar, wie silbrig glänzendes Wasser, die hohe aufrechte Gestalt, das wasserfarbene Kleid, mit dessen Stoff der Abendwind spielte und die weiblichen Formen darunter verriet – wie eine Galionsfigur stand Lena in diesem Boot. Auf dem Weg zu *ihm?*

Langsam kam es auf seine Insel zu. Jede Faser seines Körpers spannte sich. Seine Lippen bildeten stumm ihren Namen. Dann erstarb das Motorengeräusch.

»Lena!«

Endlich blickte sie in seine Richtung und sie sahen sich über die perlgrau schimmernde Fläche des Wassers an. Nein, er würde sich nicht freuen, solange er nicht sicher war, dass er nicht träumte oder sein übermüdetes Gehirn ihm etwas vorgaukelte. Vielleicht fantasierte er oder sein Verstand spielte ihm einen Streich. Da winkte sie ihm zu und er lief ins Wasser – angezogen, wie er war. Er konnte nicht mehr rufen, sein Herz schien zu bersten. Er spürte die Kälte nicht. Er sah nur die Frau, die gekommen war, um ihn wiederzusehen. Sie musste die gleiche Sehnsucht nach ihm empfunden haben wie er nach ihr. Nur dieser eine Gedanke zählte jetzt noch für ihn. Alles andere würde sich finden.

Während er auf Lena zulief, warf sie die Schlaufe des Taus über den Pfahl und sprang aus dem Boot. Als sie aus dem Meer wieder auftauchte, zeichnete der nasse Stoff ihre herrlichen Brüste nach. Sie lachte ihm entgegen, watete auf ihn zu. Sie trafen sich dort, wo sie beide bis zur Taille im Wasser standen – Lena mit nassen Haaren, die sie unsagbar sexy machten. Seine Göttin des Meeres … Entstammte sie nur seinem Geist, der sie gerade erschuf, um ihn vor der trostlosen Wahrheit zu schützen, dass er sie nie wiedersehen würde, oder stand sie tatsächlich vor ihm?

Für einen atemlosen Moment standen sie sich gegenüber, streichelten sich nur mit den Augen.

»Zeig mir, dass du echt bist«, sagte er leise mit rauer Stimme.

»Verzeih mir. Es gab gar keinen anderen Mann«, erwiderte Lena genauso leise. »Ich war nur so verletzt, aber das erkläre ich dir später.«

Da riss er sie in seine Arme und gestattete sich endlich das Glück, das er schon glaubte, verloren zu haben. Er hielt sie so fest, dass sie beide kaum atmen konnten. Er drückte sie an seinen Körper, die Hände in ihrem Haar, auf ihrem Rücken, an ihrer Taille, als wollte er alles an ihr auf einmal fühlen. »Ich habe dich so vermisst«, flüsterte er ihr ins Ohr.

Lena sah ihn an, mit all ihrer Liebe in den Augen. »Und ich dich. So sehr, dass es wehtat.«

Sie schlang die Arme um seinen Nacken und ihre Beine um seine Mitte. Torben spürte, dass sie zitterte, presste sie an sich und trug sie durchs Wasser auf den Strand zu. Lena genoss das Kratzen seines Dreitagebartes an ihrer Wange, seinen Herzschlag an ihrer Brust. Der ihr so vertraute Geschmack seines Mundes hatte sie binnen weniger Sekunden wieder erregt. Torben erging es genauso. Sie kannte ihn so gut, dass sie den tiefen Seufzer in seiner Kehle richtig deutete. Nachdem er sie in den Sand gelegt hatte, half sie ihm aus der Hose und er ihr aus Kleid und Slip. Dann waren seine Hände überall auf ihrem Körper und ihre auf seinem. Zu sehr hatten sie nach einander gehungert, um sich jetzt noch Zeit lassen zu können. Sie spreizte die Beine, empfing ihn klitschnass vor Verlangen, und mit einem einzigen Stoß war er in ihr. Ihre Körper bebten vor ungestillter Sehnsucht, vor aufgestauter Lust. Sie bewegten sich im gleichen Rhythmus, im Takt der flach und flüsternd auslaufenden Wellen, als hätten sie ihr Leben lang nichts anderes getan. Und dann kamen sie gleichzeitig. Nicht laut, nein, vielmehr leise, innig und voller Zärtlichkeit. Als sie danach eng umschlungen liegen blieben, erinnerte sich Lena mit versonnenem Lächeln an das Pärchen, das sie von ihrem Felsen aus beobachtet hatte, an dem Abend, an dem alles begonnen hatte.

Ein Dreivierteljahr später

Lena stellte ihre Arbeitstasche auf der Veranda ab und atmete aus. Die letzte Prüfung zur Dolmetscherin war geschafft. Nun fiel aller Arbeitsstress erst einmal von ihr ab und sie konnte sich überlegen, in welche Richtung ihr beruflicher Weg gehen sollte. Sie lächelte. Da fiel ihr Blick auf das kleine weiße Holzschild an der Haustür, das am Morgen noch nicht dort gehangen hatte. *Hier leben Lena Blomquist und Torben Svensson* stand da in Torbens klarer, fester Handschrift. Als sie die Worte las, floss eine warme Woge durch ihr Herz. Torben …

Leise öffnete sie die angelehnte Tür und trat ein. Die Flurwände strahlten in einem lichten Gelb, auf dem Boden lagen neue weiße Holzdielen und ein Kelim in leuchtenden Farben. Sie ging weiter und blieb in der Küchentür stehen. Auch die Küche war neu, eine hellgraue Holzküche mit allen technischen Raffinessen, die ergänzt wurde von einem antiken Bauernschrank und einem langen Esstisch. Vor der Spüle stand Torben, mit dem Rücken zu ihr, mit freiem Oberkörper und in Jeans, die seinen sexy Po und die muskulösen langen Beine betonte.

Wow, dachte sie wieder einmal. Immer noch kam es ihr wie ein Wunder vor: Sie kam von der Uni nach Hause und ihr wunderbar zärtlicher Geliebter, Seelenfreund und Wegbegleiter war da. Seit zwei Monaten lebten sie hier in Norrtälje zusammen, seit Torben ihrem Vater das Haus hälftig abgekauft hatte. Die andere Hälfte hatte ihr Dad ihr vorab als Erbe gegeben und

Maja den entsprechenden Geldbetrag. Die Wochenenden oder manchmal auch mehrere Tage in der Woche verbrachten sie auf Torbens Schäre. Bisher hatte sie keinen Tag und keine Nacht bereut, mit Torben zusammengezogen zu sein. Im Gegenteil, niemals zuvor in ihrem Leben war sie so glücklich gewesen. Jeder Tag mit ihm und jede Nacht brachte ihr eine neue wundervolle Erfahrung. Ganz gleich ob sie gemeinsam auf neue Gedanken kamen, Torben ihr ein interessantes Buch empfahl, ihr die Füße massierte oder sie eine neue Sexpraktik ausprobierten. Torben besaß die unerschöpfliche Fantasie, selbst ihnen bereits bekannte und oft gemeinsam praktizierte Stellungen im Bett immer wieder aufregend zu gestalten.

All diese Gedanken gingen Lena binnen eines Sekundenbruchteils durch den Kopf, bevor Torben, ohne sich umzudrehen, fragte:

»Top oder Flop?«

Sie musste lachen. Er hatte sie also doch gehört. »Rat mal.«

»Deinem Lachen nach zu urteilen *Top*.« Er drehte sich zu ihr um, mit diesem einzigartigen Lächeln, von dem sie sich einmal – beim ersten Mal, als sie ihn hatte lächeln sehen – gewünscht hatte, es möge sie immer begleiten. Ja, es sah so aus, als hätten die Götter ihren Wunsch erhört.

»Richtig.«

Er sah sie an und in seinen seegrünen Augen stand Liebe. »Ich gratuliere dir von ganzem Herzen. Ich bin stolz auf dich.«

Ihr Herz machte den sprichwörtlichen Freudensprung. Trotzdem sagte sie, weil sie diese Neuigkeit einfach loswerden musste:

»Maja hat mich angerufen.«

»Wie geht es den Dreien?« Sie merkte genau, dass Torben nicht wirklich eine Antwort haben wollte.

»Maja und dem Baby geht es bestens. Filip wahrscheinlich nicht so gut. Sie hat ihn rausgeworfen.«

Er zuckte mit den Schultern. »Na ja, und in vier Wochen zieht er wieder bei ihr ein.«

»Das glaube ich zwar nicht, aber es ist alles möglich.«

»Ich habe gekocht«, fuhr ihr Geliebter mit seiner tiefen, warm klingenden Stimme fort. »Wir können gleich essen. Und der Sekt steht auch schon kalt.«

So wie er jetzt vor ihr stand, war ihr jedoch wieder einmal nach etwas ganz anderem zumute, als ihr bestandenes Studium zu feiern. Das Feuer, das der ersten Zeit einer Liebe innewohnte, loderte bei ihnen immer höher, je länger sie sich kannten, je vertrauter sie miteinander wurden. Diese ungeheure sexuelle Anziehung, die sie vor langer, langer Zeit, wie ihr schien, im Hafen von Norrtälje bei seinem Anblick empfunden hatte, zog sie auch jetzt wieder magnetisch in seinen Bann. Torben ging es mit ihr nicht anders. Das sah sie in seinen grünen Augen. Ihre Blicke begannen, miteinander zu tanzen. Sein Lächeln bekam diesen verwegenen Ausdruck, der sie so sehr anmachte, der nur für sie da war.

»Es duftet nach Lachs«, sagte sie dennoch.

»Lachs mit Bratkartoffeln, nach dem Rezept deiner Mutter.«

Sie lächelte ihn an. Er interessierte sich für die Deutsche Küche und hatte schon manch gutes Rezept ihrer Mutter nachgekocht.

»Klingt gut.« Sie hielt seinem intensiven Blick stand, der sie geradezu versengte.

Torben stand vor ihr, lässig, sportlich und ungeheuer männlich. *Ihr Fels, ihr Wikinger.* Anders als Filip Sörensen war er kein vom wechselhaften Wind getriebenes Boot auf unruhiger See. Sie waren sich sehr ähnlich. Seelenverwandte ... Und dennoch ließen sie einander leben. Torben nahm sie so, wie sie war, und umgekehrt. Ja, sie liebte diesen Mann mit einer Intensität, vor der sie manchmal Angst bekam.

Sie schloss die Augen, nahm seinen Geruch wahr, den nach Sonne, Salz und Zedern. Sie wollte Torben jetzt nur noch riechen und fühlen. Und dann öffnete sie doch die Lider, weidete sich an seinem Körper, den harten Brustmuskeln, dem sexy Sixpack. Ihre rechte Hand glitt zärtlich über die Innenseite seines Oberschenkels, während sie mit der linken seine Jeans öffnete. Unter ihr war er nackt, was sie noch mehr erregte als sein purer Anblick. Sie griff in den Schlitz und spürte seinen harten Schwanz in ihrer Hand. Sie ging auf die Knie, beugte sich vor und nahm die bereits feuchte Spitze in den Mund. Aufreizend langsam leckte sie über die Eichel. Sie pochte, als schlüge Torbens Herz in ihr. Der Vergleich, der ihr da gerade in den Kopf gekommen war, ließ einen Schauer durch ihren Körper rieseln. Er passte. Ja, Torben bumste sie mit seinem ganzen Herzen. Deshalb konnte sie wahrscheinlich auch nicht genug davon bekommen, dachte sie, während sie ihre Lippen über seinen Penis zog, der zwischen ihnen noch größer und praller wurde. Dann fasste Torben unter ihre Arme und zog sie hoch.

»Komm«, sagte er nur, ruhig und entschlossen. Er hob sie auf die Arme und trug sie hinauf in ihr neu renoviertes Schlafzimmer, das eine Oase aus Weiß und Hellblau war. Sie fühlte sich wie eine Prinzessin, als er sie auf das riesige Bett legte, über dem ein Himmel aus hellblauer geraffter Gaze schwebte. Nur zu gern ließ sie sich von ihrem Geliebten ausziehen, Stück für Stück. Aufreizend langsam knöpfte er ihre Bluse auf, schälte erst die eine, dann die andere Brust aus den Spitzenschalen ihres BHs. Inbrünstig küsste er ihre Nippel, erst den einen, dann den anderen. Voller Wonne stöhnte sie auf. Kein Mann hatte es je verstanden, sie so anregend dort küssen. Hungrig bäumte sie ihre Brüste Torbens Mund entgegen. Ohne seine Arbeit zu unterbrechen, half er ihr aus Bluse und BH. Dann wanderte sein Mund tiefer, liebkoste ihren Bauchnabel, während er ihr die Jeans mit String auszog, mit nur einer einzigen kraftvollen Bewegung. Nun lag sie nackt vor ihm. Sie streckte sich wohlig, genoss es, in seinem Blick zu baden. Torben stand auf, stieg aus seiner Hose und legte sich umgekehrt auf sie. Sie sog den herben Duft seiner Hoden tief in sich hinein, nahm seinen Schwanz in den Mund und begann, an ihm zu saugen. Dabei ließ sie ihre Zunge um die geäderte Eichel kreisen, was ihm ein lustvolles Stöhnen entlockte. Seine Zunge spielte mit ihrer Klit, stieß in schnellen Schlägen gegen sie, ließ sie wachsen und praller werden. Dann stieß er besitzergreifend mit seinen Fingern in sie hinein, dehnte ihre Vagina, klopfte an ihren G-Punkt an, stimulierte ihn intensiv und unnachgiebig, während seine Zunge genauso unnachgiebig ihre Perle bearbeitete. Sie stöhnte laut, spreizte die Beine noch mehr und spürte, wie sich die erste Welle ihres Orgasmus in ihr aufbaute. Ihre Hand fand den Weg zu Torbens Hoden, umfasste und massierte sie. Ihre andere griff nach seinem prallen Glied, zog die Vorhaut herunter bis zur Wurzel, sodass ihre nassen Lippen direkten Hautkontakt mit seiner Länge hatten. Als sie die erste Welle in sich nahen spürte, molk sie sein Geschlecht im gleichen Rhythmus wie sie an ihm saugte, wobei sie ihre Zunge in die kleine Öffnung auf seiner Eichel schlüpfen ließ. Da spürte sie das Zucken, das Torbens Höhepunkt ankündigte. Sie stöhnte wollüstig, konzentrierte sich auf den Moment, in dem die Welle in ihrem Lustzentrum zusammenschlug. Gleichzeitig stöhnte auch Torben. Sein Samen schoss in ihren Mund, woraufhin er sich jedoch sofort zurückzog. Da hatte sie schon ihre Brüste in den Händen, fing ihn zwischen ihnen ein und presste sie zusammen. Seine Kontraktionen an ihrer Haut, die warme klebrige Nässe seines Spermas, das die Falte zwischen ihren Brüsten füllte und sein herber Duft trugen sie in andere Welten. Immer neue Wellen rollten in ihrem Unterleib heran, eine höher als die andere. Sie stöhnte, keuchte, wimmerte. Ihr Körper stand unter Strom, zuckte und zitterte. Nachdem dieser Orgasmus über sie beide hinweggefegt war, rollte sich Torben zur Seite, legte sich neben sie und zog sie in seine Arme. So blieben sie liegen, Haut an Haut, Herz an Herz, die Beine ineinander verschlungen. Sie klammerten sich aneinander, atmeten im gleichen Rhythmus, bewegten sich nicht. Sie waren verschmolzen zu einem einzigen Schatten, den die tief stehende Frühlingssonne über Norrtälje auf die neuen weißen Holzdielen malte. Irgendwann sagte Torben:

»Lena Blomquist, ich liebe dich. Weißt du was? Ich möchte dich heiraten.«

Lena wurde plötzlich ganz heiß. Sie löste sich gerade so weit aus seiner Umarmung, dass sie ihm in die Augen sehen konnte.

»Nicht mehr heute, nicht morgen oder übermorgen, aber in der nächsten Zeit vielleicht«, fügte er hinzu.

Da war es wieder: dieses bezwingende Lächeln, ohne dass sie nicht leben mochte.

»*In nächster Zeit* ist keine schlechte Idee«, erwiderte sie salopp. »Darüber können wir reden.« Dann legte sie sich auf ihn und nahm sein Gesicht in beide Hände. »Torben Lars Svensson, du bist der erste Mann, dem ich sage, dass ich ihn auch liebe.«

Als sie sich küssten, zärtlich und innig, schmeckte ihr Kuss nach Glück und einem wunderschönen Leben.